As raízes do Romantismo

F✷SF✷R✷

ISAIAH BERLIN

As raízes do Romantismo

Edição, prefácio e notas
HENRY HARDY

Tradução
ISA MARA LANDO

9 PREFÁCIO
Henry Hardy

21 Em busca de uma definição
46 O primeiro ataque ao Iluminismo
77 Os verdadeiros pais do Romantismo
105 Os românticos contidos
137 O Romantismo desenfreado
170 Os efeitos duradouros

209 APÊNDICE
Algumas cartas sobre as conferências
219 NOTAS
228 SOBRE AS NOTAS BIBLIOGRÁFICAS
232 ÍNDICE REMISSIVO
244 SOBRE O AUTOR
245 SOBRE O EDITOR

À memória de Alan Bullock

Isaiah Berlin em desenho de artista desconhecido (baseado em uma fotografia) publicado na coluna de Maxine Cheshire no *Washington Post*, em 28 de fevereiro de 1965

Prefácio

Cada coisa é o que é, e não outra coisa.
Joseph Butler[1]

Tudo é o que é [...].
Isaiah Berlin[2]

A observação de Butler era uma das citações favoritas de Isaiah Berlin, que lhe deu a réplica em um de seus ensaios mais importantes. Tomo a frase como ponto de partida porque a primeira coisa a ser dita sobre este volume, a fim de dissipar qualquer equívoco, é que ele não é, em grau algum, a nova obra sobre o Romantismo que Berlin tinha a esperança de escrever desde que proferiu as Conferências A. W. Mellon sobre o assunto (falando de improviso, com base em anotações), em março e abril de 1965, na National Gallery of Art, em Washington. Nos anos seguintes, em especial depois que se aposentou da presidência do Wolfson College, de Oxford, em 1975, Berlin continuou a ler muito, tendo em mente um livro sobre o Romantismo, e acumulou grande quantidade de anotações. Em sua última década de vida, colocou todas elas em um aposento separado da casa e se dedicou à tarefa de reuni-las: fez uma lista de tópicos e começou a gravar em fitas cassete uma seleção das anotações, que foi ordenando sob os respectivos tópicos. Berlin também considerou usar seu material como uma longa introdução a uma edição da obra de E. T. A. Hoffmann, e não como um estudo independente. No entanto, essa nova síntese, tão procurada, continuou a lhe fugir, talvez, em parte, porque ele a deixou para muito tarde na vida, e, que eu saiba, nem uma só sentença dessa obra idealizada jamais foi escrita.

Sem dúvida, é lamentável para seus leitores, tal como certamente foi para ele mesmo, que Berlin não tenha redigido seu texto para edição. Essa falta, contudo, não constitui uma perda: se ele o tivesse escrito, este livro, que é simplesmente uma transcrição editada das palestras, nunca teria sido publicado; e aqui há um frescor e uma sensação da presença imediata do autor, uma intensidade e uma emoção que inevitavelmente ficariam um tanto obscurecidos em uma versão cuidadosamente reelaborada e ampliada. Várias outras palestras ministradas por Berlin sobrevivem como gravações ou transcrições, e algumas podem ser comparadas diretamente com os textos publicados que delas derivaram ou com os que foram previamente redigidos para lhes servir de fundamento. Essa comparação mostra como as repetidas revisões que Berlin costumava realizar no caminho para a publicação, embora enriqueçam o conteúdo intelectual e a precisão de uma obra, podem por vezes exercer um efeito moderador sobre a palavra falada de improviso; ou, ao contrário, revela como um longo texto subjacente — um "torso", como Berlin o chamava — pode adquirir vida nova e caráter mais direto quando usado como fonte para uma palestra que não é lida de um texto preparado. A palestra proferida com base em anotações e o livro cuidadosamente construído são, como se poderia dizer na terminologia pluralista, incomensuráveis. Nesse caso, para o melhor ou para o pior, só existe a encarnação anterior de um dos projetos intelectuais mais centrais de Berlin.

O título que usei foi sugerido, em um estágio inicial, pelo próprio Berlin. Foi substituído por "Fontes do pensamento romântico" para as palestras* porque nas páginas iniciais de *Herzog*, de Saul Bellow, publicado em 1964, o herói, um acadêmico judeu chamado Moisés Herzog, que passa por uma crise de autoconfiança, esforça-se em vão para ministrar uma série de palestras de educação de adultos em uma escola noturna de Nova York — palestras intituladas, justamente, "As raízes do Romantismo". Foi apenas uma coincidência notável — Berlin negou haver qualquer conexão, e Bellow confirmou mais tarde que ele tinha razão:

> Eu estava escrevendo um romance cômico; precisava de um título para as palestras e peguei um assim, do ar, como é comum fazer quando se escreve um romance, nem sequer sonhando que esse parágrafo, a sombra de um mero nada, exigiria pesquisas e voltaria mais tarde para me assombrar. Na época eu conhecia Isaiah Berlin apenas por sua reputação. Ainda não o tinha encontrado pessoalmente.**

Seja como for, o título anterior era certamente mais altissonante, e, se na época havia motivos para abandoná-lo, hoje eles decerto já desapareceram.***

---

* A mudança, feita por Berlin em uma carta de 28 de fevereiro de 1965 (ver p. 213), veio tarde demais para constar do folheto com o calendário de eventos de março de 1965 da National Gallery of Art. Porém, o folheto de abril usou o novo título.

** Carta para Henry Hardy, 8 de março de 2001. Eu queria saber se por acaso os dois haviam se encontrado antes de Bellow terminar o romance e se discutiram os planos de Berlin.

*** Outros títulos avaliados por Berlin incluem "Prometeu: um estudo sobre a ascensão do Romantismo no século 18" (mencionado apenas satiricamente e rejeitado de imediato), "A ascensão do Romantismo", "O impacto romântico", "A rebelião romântica", "A revolta romântica" e "A revolução romântica" (usado em 1960 para uma palestra).

Embora as observações introdutórias de Berlin, antes de começar as palestras propriamente ditas, sejam demasiado circunstanciais para aparecerem no corpo do texto publicado, continuam tendo algum interesse em um prefácio. Assim, eis a maior parte delas:

Estas palestras dirigem-se sobretudo a genuínos especialistas em arte — historiadores da arte e especialistas em estética, entre os quais não posso, de modo algum, me incluir. Minha única desculpa válida para escolher este tema é que o movimento romântico é, naturalmente, relevante para as artes; e as artes, embora eu não saiba muito sobre elas, não podem ser deixadas totalmente de fora, e prometo não deixá-las de fora além do que seria razoável.

Há um sentido em que a conexão entre o Romantismo e as artes é ainda mais forte. Se eu puder apresentar alguma qualificação para falar sobre o assunto, é porque me proponho lidar com a vida política e social, e também com a vida moral; e é verdade, creio, dizer sobre o movimento romântico que não é apenas um movimento que envolve as artes, não apenas um movimento artístico, mas talvez o primeiro momento, decerto na história do Ocidente, em que as artes dominaram outros aspectos da vida, quando havia uma espécie de tirania da arte sobre a vida, o que, em certo sentido, é a essência do movimento romântico — ou, pelo menos, é o que me proponho tentar demonstrar.

Devo acrescentar que o interesse do Romantismo não é simplesmente histórico. Muitos fenômenos da atualidade — o nacionalismo, o existencialismo, a admiração pelos grandes homens, a admiração pelas instituições impessoais, a democracia, o totalitarismo — são profundamente afetados pela ascensão do Romantismo, que entra em todos eles. Por esse motivo é um tema não de todo irrelevante, mesmo para nossos dias.

Também tem algum interesse o fragmento a seguir, que parece ser o rascunho para uma introdução às palestras, escrito antes de serem proferidas. É o único texto elaborado por Berlin para este projeto que encontrei entre suas anotações:

Não me proponho nem sequer tentar definir o Romantismo em termos de atributos e propósitos, pois, como Northrop Frye adverte sabiamente, se uma pessoa tentar apontar alguma característica óbvia dos poetas românticos — por exemplo, a nova atitude em relação à natureza ou ao indivíduo — e dizer que isso se limita aos novos escritores do período de 1770 a 1820, e contrastar com a atitude de Pope ou de Racine, outra com certeza vai apresentar exemplos contrários, de Platão ou Kalidasa, ou (como Kenneth Clark) do imperador Adriano, ou (como Seillière) de Heliodoro, ou de um poeta espanhol medieval, ou de um poema em árabe pré-islâmico, e, por fim, dos próprios Racine e Pope.

Tampouco desejo dar a entender que haja casos *puros* — um sentido em que qualquer artista ou pensador ou sujeito possa ser considerado *inteiramente* romântico, e nada mais, assim como não se pode dizer que um homem é *inteiramente* individual, ou seja, que não compartilha características com nenhuma outra coisa no mundo, ou que é *totalmente* social, ou seja, que não possui nenhuma propriedade exclusivamente sua. No entanto, essas palavras não são sem sentido, e de fato não podemos passar sem elas: indicam atributos, ou tendências, ou tipos ideais cuja aplicação serve para esclarecer, identificar e talvez, se ainda não foram suficientemente observadas antes, exagerar aquilo que, por falta de palavra melhor, tem de ser chamado de *aspectos* do caráter de um homem, ou de sua atividade, ou de uma visão geral, ou de um movimento, ou de uma doutrina.

Dizer que alguém é um pensador romântico ou um herói romântico não é dizer qualquer coisa. Às vezes, equivale a dizer que aquilo que ele é ou faz precisa ser explicado em termos de um propósito, ou de um conjunto de propósitos (talvez internamente contraditórios), ou de uma visão, ou talvez de vislumbres ou sugestões, que podem apontar para algum estado ou atividade em princípio irrealizável — algo na vida, ou um movimento, ou uma obra de arte que faz parte de sua essência, mas é inexplicável, talvez ininteligível. Não mais que isso tem sido o objetivo da maioria dos escritores sérios ao falar dos muitos — dos incontáveis — aspectos do Romantismo.

Minha intenção é ainda mais limitada. Parece-me que uma radical mudança de valores ocorreu na segunda metade do século 18 — antes do que se chama propriamente de movimento romântico — que afetou o pensamento, o sentimento e a ação no mundo ocidental. Essa mudança é expressa mais vividamente em boa parte do que parece ser mais caracteristicamente romântico nos românticos; não em tudo o que é romântico neles, nem no que é romântico em todos eles, mas em algo quintessencial, algo sem o qual não teria sido possível nem a revolução sobre a qual pretendo falar, nem as consequências dela reconhecidas por todos aqueles que admitiram que existiu o fenômeno chamado movimento romântico — a arte romântica, o pensamento romântico. Se alguém argumentar que não incluí a característica que se encontra no cerne disso ou daquilo, ou mesmo de todas as manifestações do Romantismo, é justamente esse o caso, e concordarei prontamente. Não é meu objetivo definir o Romantismo, mas apenas lidar com a revolução da qual o Romantismo, pelo menos em algumas de suas formas, é a mais forte expressão e o mais forte sintoma, não mais que isso. No entanto, isso é muita coisa, pois espero mostrar que essa revolução é a mais profunda e a mais duradoura de todas as mudanças na vida do Ocidente, não menos abrangente do que as três grandes revoluções cujo impacto não se questiona — a industrial na Inglaterra, a política na França e a social e econômica na Rússia —, com as quais, na verdade, o movimento de que me ocupo se conecta em todos os níveis.

Ao editar a transcrição dessas palestras (a partir das gravações da BBC), tentei restringir-me, de modo geral, a fazer o mínimo de alterações para garantir um texto fluente; considerei a informalidade do estilo e as leves heterodoxias ocasionais da linguagem, que são naturais em palestras ministradas com base em anotações, como pontos positivos a serem preservados, dentro de certos limites. Embora por vezes tenha sido necessária boa dose de correções sintáticas, como é normal quando se transcrevem sentenças proferidas de maneira espontânea, raramente há alguma verdadeira dúvida sobre o significado que Berlin quis dar. Pequenas mudanças feitas por ele às transcrições em uma fase anterior foram incorporadas, e isso explica algumas das poucas discrepâncias substanciais que serão percebidas pelo leitor que, tendo este livro nas mãos como um libreto, ouvir as gravações das palestras que estão disponíveis.*

Como sempre, não poupei esforços para encontrar a fonte das citações de Berlin e fiz as correções necessárias em trechos que foram concebidos, claramente, como passagens de uma

---

* A maneira de expressar-se de Berlin, altamente singular e cativante, foi um ingrediente central em sua reputação, e a experiência de ouvi-lo palestrar é bastante recomendada. A série completa pode ser ouvida (mediante agendamento prévio) na British Library, em Londres, ou na National Gallery of Art, em Washington. Um CD da última palestra foi fornecido com a edição britânica deste livro em capa dura, para que os leitores pudessem ouvir como soavam as palestras quando proferidas. Essa edição não está mais em catálogo, embora muitas bibliotecas tenham cópias. A gravação da última palestra também está disponível em: http://berlin.wolf.ox.ac.uk/information/recordings.html.

fonte em inglês citadas na íntegra ou como traduções diretas de outro idioma, e não como paráfrases.* Há, no entanto, outro dispositivo no arsenal de Berlin, intermediário entre a citação ipsis litteris e a paráfrase, que poderia ser chamado de "semicitação". As palavras semicitadas por vezes são apresentadas entre aspas, mas trazem o caráter do que um autor poderia dizer, ou o que ele de fato disse, em vez de buscar reproduzir (ou traduzir) literalmente suas palavras. É um fenômeno familiar em livros escritos antes de nossa época,** porém talvez não seja mais bem-

---

* Em um mundo perfeito, talvez, todas as fontes seriam fornecidas, não só das citações e semicitações, como também das paráfrases e até de materiais baseados mais vagamente em trabalhos identificáveis. Contudo, o mundo não é perfeito, felizmente, e o tempo necessário para rastrear tais fontes seria exagerado em relação ao benefício de especificá-las, mesmo que a tarefa pudesse ser concluída, o que é bem duvidoso. De fato, se um processo tão exaustivo de anotações fosse seguido até sua conclusão lógica, o aparato seria maior que o texto, e a tribulação do leitor seria ainda pior do que no caso de um mapa traçado em escala de 1:1, que, inutilmente, duplicaria aspectos da realidade representada. Além disso, as próprias fontes muitas vezes necessitam de confirmação, de modo que a tentativa de validar cada afirmação citando fontes geraria uma regressão infindável até chegar a observações empíricas primárias (as quais, muitas vezes, se não sempre, são ambíguas e/ou impossíveis de confirmar) e, portanto, na prática, impediria a conclusão de qualquer trabalho de escrita ou de edição de obra não ficcional.

** Embora seja difícil diferenciá-lo de puro desinteresse por aquilo que, pelos padrões atuais, se considera "precisão". Como Theodore Besterman observou na introdução a sua tradução do *Dicionário filosófico* de Voltaire (Harmondsworth, 1971, p. 14), "as noções modernas de fidelidade textual eram desconhecidas no século 18. As palavras que Voltaire põe entre aspas nem sempre são citações precisas ou mesmo diretas". No caso de Giambattista Vico, as coisas foram ainda piores, conforme registraram Thomas Goddard Bergin e Max Harold Fisch no prefácio à edição revisada de sua tradução de *Ciência nova* de Vico (Nova York, 1968, pp. v-vi): "Vico cita de memória, sem exatidão; suas referências são vagas; sua lembrança muitas vezes não é da fonte original, mas de uma citação feita em alguma obra secundária; ele atribui a um autor o que foi dito por outro, ou a uma obra o que foi dito em outra do mesmo autor [...]". No entanto, como disseram Bergin e Fisch no prefácio à primeira edição de sua tradução da obra de Vico (Nova York, 1948, p. viii), "uma exposição completa dos erros de Vico [...] não atingiria o cerne de sua argumentação". No caso de Berlin, de todo modo, há a agravante de que, na medida em que

-aceito no clima acadêmico contemporâneo. Nas coletâneas de ensaios de Berlin que publiquei durante sua vida, em geral me limitei à citação direta, cotejada com uma fonte primária, ou à paráfrase declarada. Em um livro desse tipo, porém, pareceria artificial e excessivamente intrusivo tentar esconder esse caminho intermediário perfeitamente natural e retoricamente eficaz, insistindo em usar aspas apenas em citações exatas. Menciono isso para que o leitor não seja induzido a erro e como pano de fundo para outras observações sobre as citações de Berlin que faço no início da nota sobre as referências bibliográficas (p. 229).

As palestras foram transmitidas pela primeira vez pela emissora de rádio educativa WAMU-FM (sediada em Washington), em junho e julho de 1965. Depois, foram ao ar no *Third Programme*, da BBC, em agosto e setembro de 1966 e em outubro e novembro de 1967, e retransmitidas na Austrália (sem autorização) em 1975 e na Grã-Bretanha, pela BBC Radio 3, em 1989, quando Berlin completou oitenta anos. Também foram incluídos trechos em programas de rádio posteriores sobre sua obra.

Berlin se recusou terminantemente a permitir a publicação de uma transcrição das palestras, não só porque até seus últimos anos de vida ele ainda tinha esperança de escrever seu almejado livro, como também, talvez, porque acreditava ser um ato de

---

→ suas citações não são estritamente precisas, elas em geral constituem melhorias do original. Discutimos esse ponto muitas vezes, e ele era deliciosamente autoirônico a respeito, mas costumava insistir na correção se estivesse evidente que havia alguma imprecisão, embora sua abordagem descontraída em relação às citações quase nunca distorcesse o significado do autor citado e por vezes até o esclarecesse melhor. É claro que as observações sobre Vico feitas por Bergin e Fisch são um exagero se aplicadas a Berlin, porém, como Vico foi um dos heróis intelectuais de Berlin, essa analogia (parcial) tem certa ressonância. No entanto, Bergin e Fisch apontam, apropriadamente (1968, p. VI), que Fausto Nicolini, o famoso editor de Vico, trata as deficiências acadêmicas de Vico "com amor e rigor" — decerto uma atitude editorial exemplar.

vaidade publicar uma transcrição direta de palestras proferidas espontaneamente, sem empreender o trabalho de revisão e ampliação. Ele sabia muito bem que algumas coisas que tinha dito eram, provavelmente, demasiado genéricas, especulativas, um material em estado bruto — aceitável se vindo da tribuna, talvez, mas não na página impressa. De fato, em uma carta a P. H. Newby, então diretor do *Third Programme*, ele agradece ter tido "a possibilidade de soltar esse enorme fluxo de palavras — mais de seis horas de fala agitada, em certos pontos incoerente, apressada, ofegante e até histérica a meus ouvidos".[3]

Há os que acreditam que a transcrição não deveria ser publicada nem mesmo postumamente, julgando que, apesar de seu indiscutível interesse, ela diminui o valor da obra de Berlin. Dessa visão eu discordo, e já obtive apoio de diversos estudiosos cujo discernimento eu respeito, em particular do falecido Patrick Gardiner, o mais exigente dos críticos, que leu a transcrição editada alguns anos antes de eu publicá-la pela primeira vez e opinou, de maneira inequívoca, que era a favor da publicação do material tal como estava. Mesmo que seja, de fato, um erro publicar materiais desse tipo durante a vida do autor (não estou certo disso), parece-me não só aceitável mas altamente desejável fazê-lo quando o autor é tão notável e as palestras tão estimulantes, como nesse caso. Além disso, o próprio Berlin admitia, claramente, que a transcrição fosse publicada após sua morte, referindo-se a essa eventualidade sem indicar que tinha sérias reservas. A publicação póstuma, acreditava ele, é regida por critérios bem diferentes dos que se aplicam durante a vida de um autor, e Berlin devia saber, embora jamais o tenha reconhecido, que suas Conferências Mellon eram uma façanha na arte de ministrar palestras de maneira espontânea, com base em anotações, e que mereciam ficar disponíveis permanentemente, mesmo com suas falhas. Era chegada a hora de essa opção — para citar as palavras do próprio Berlin sobre seu livro declaradamente polêmico sobre J. G. Hamann — "ser aceita ou refutada pelo leitor crítico".[4]

Para esta edição fiz também uma série de pequenas correções, acrescentei algumas fontes que vieram à tona depois da primeira edição, algumas delas por meio do Google Books — ferramenta profundamente falha, porém transformadora para a tarefa do pesquisador literário —, e compilei um adendo com uma seleção de cartas sobre as palestras, escritas principalmente por Berlin. A maior parte de sua correspondência sobre esse tema sobrevive em seus próprios papéis e/ou na National Gallery of Art, em Washington. Sou grato a Maygene Daniels, chefe dos Gallery Archives, por me fornecer cópias dos originais ali abrigados. As cartas foram escolhidas para dar um sabor da atitude quase paranoica de Berlin em relação a proferir palestras em público, especialmente uma série tão conhecida e prestigiosa como as Conferências Mellon.

Em meio à correspondência há duas cartas de Berlin sobre a possibilidade de usar slides para ilustrar as palestras. Na primeira, de 8 de fevereiro de 1965, ele observa com esplêndida inconsistência: "Ainda não estou realmente pretendendo exibir slides, se puder evitar; mas, ao mesmo tempo, quero muito, pelo menos em uma das palestras". Na segunda, de 24 de fevereiro, escreve: "Desde que a noção geral estivesse clara, eu não os explicaria [os slides] em detalhes; apenas os teria ali como uma espécie de pano de fundo geral para mostrar de que tipo de coisa se trata".

Há muitas dívidas de gratidão a serem registradas — mais numerosas, sem dúvida, do que consigo lembrar. As relativas ao fornecimento de referências estão mencionadas na página 230. Excluindo estas, meus maiores agradecimentos (basicamente os mesmos que os de volumes anteriores) são para com os generosos benfeitores que financiaram minha bolsa como *fellow* do

Wolfson College; ao falecido Lord Bullock, por garantir que eu tivesse benfeitores a quem agradecer; ao Wolfson College, por abrigar a mim e a meu trabalho; à falecida Pat Utechin, secretária do autor, que foi minha paciente amiga e defensora por cerca de 35 anos; a Roger Hausheer e ao falecido Patrick Gardiner, pela leitura e aconselhamento sobre a transcrição e por muitas outras formas de indispensável ajuda; a Jonny Steinberg, por valiosas sugestões editoriais; aos editores que tiveram de suportar minhas numerosas e específicas exigências, especialmente Will Sulkin e Rowena Skelton-Wallace, da Chatto & Windus, e Deborah Tegarden, da Princeton University Press; a Samuel Guttenplan, pelo apoio moral e conselhos úteis; e, finalmente (embora, com muita falta de consideração, eu não os tenha mencionado antes), aos meus familiares, por suportar essa forma um tanto estranha de obstinação que é subjacente à profissão que escolhi. Espero que seja quase supérfluo acrescentar que minha maior dívida é para com o próprio Isaiah Berlin, por me confiar a tarefa mais gratificante que um editor poderia ter esperanças de receber e por me dar total liberdade para realizá-la.

Wolfson College, Oxford, maio de 1998
Heswall, maio de 2012

HENRY HARDY
Escritor e editor britânico, organizador
das obras de Isaiah Berlin.

Em busca de uma definição

Seria de esperar que eu começasse com algum tipo de definição do Romantismo, ou pelo menos alguma generalização, a fim de deixar claro o que quero dizer com essa palavra. No entanto, não me proponho entrar nessa armadilha. O eminente e erudito professor Northrop Frye[1] observa que quando alguém se dispõe a fazer uma generalização sobre o tema do Romantismo, mesmo algo tão inócuo como, por exemplo, dizer que surgiu uma nova atitude entre os poetas ingleses em relação à natureza — em Wordsworth e Coleridge, digamos, em contraste com Racine e Pope —, sempre haverá aquele que apresentará provas em contrário com base nos escritos de Homero, Kalidasa, épicos árabes pré-islâmicos, poesia da Espanha medieval... e, por fim, até os próprios Racine e Pope. Por essa razão, não me proponho generalizar, e sim transmitir de alguma outra maneira o que creio que o Romantismo seja.

Na verdade, a literatura sobre o Romantismo é maior do que o próprio Romantismo, e, por sua vez, a literatura que define de que se ocupa a literatura sobre o Romantismo também é bem grande. Trata-se de uma espécie de pirâmide invertida. É um assunto confuso e perigoso, no qual muitos já perderam, eu não diria os sentidos, mas pelo menos o senso de direção. É como aquela caverna escura descrita por Virgílio, onde todos os passos seguem em uma só direção, ou a caverna de Polifemo — quem entra parece que nunca mais sairá. Por isso, é com alguma apreensão que me lanço no assunto.

A importância do Romantismo é ter sido o maior movimento recente que transformou a vida e o pensamento do mundo ocidental. Creio ser ele a maior mudança já ocorrida na consciência do Ocidente, e todas as outras mudanças que aconteceram ao longo dos séculos 19 e 20 me parecem, em comparação, menos importantes e, de todo modo, profundamente influenciadas por ele.

A história, não só do pensamento, mas da consciência, da opinião, assim como da ação, da moral, da política, da estética, é em grande medida uma história dos modelos dominantes. Sempre que olhamos para qualquer civilização, vamos descobrir que seus escritos e outros produtos culturais mais característicos refletem determinado tipo de vida que domina os que são responsáveis por esses escritos — ou pintam esses quadros, ou produzem essas músicas específicas. E, para identificar uma civilização, para explicar que tipo de civilização ela é, para compreender o mundo no qual aqueles homens pensavam, sentiam e agiam, é importante tentar, ao máximo possível, isolar o padrão dominante a que essa cultura obedece. Consideremos, por exemplo, a filosofia grega ou a literatura grega da época clássica. Se lermos, digamos, a filosofia de Platão, veremos que ele é dominado por um modelo geométrico ou matemático. É nítido que seu pensamento funciona segundo linhas que são condicionadas pela ideia de que há certas verdades axiomáticas, irredutíveis, inquebrantáveis que permitem, mediante uma lógica severa, deduzir algumas conclusões absolutamente infalíveis; que é possível atingir esse tipo de sabedoria absoluta por meio de um método especial, que ele recomenda; que existe uma coisa que é o conhecimento absoluto a ser obtido no mundo, e, se conseguirmos atingir esse conhecimento absoluto, do qual a geometria, e de fato a matemática em geral, é o exemplo mais próximo, o paradigma mais perfeito, então poderemos organizar nossa vida em termos desse conhecimento, em termos dessas verdades, de uma vez por todas, de maneira estática, que não necessita de mais mudança alguma; e então se pode esperar que todo o sofrimento, toda a dúvida, toda a ignorância, todas as formas de vício e insensatez humanos desapareçam da face da Terra.

Essa noção de que existe em algum lugar uma visão perfeita e que ela precisa apenas de certo tipo de disciplina severa ou de certo tipo de método para atingir essa verdade, que é análoga, de todo modo, às verdades frias e isoladas da matemática — tal ideia afeta muitos outros pensadores da era pós-platônica: com certeza o Renascimento, que tinha ideias semelhantes, com certeza pensadores como Spinoza, pensadores do século 18 e também pensadores do século 19, que acreditavam ser possível alcançar um tipo de conhecimento, se não absoluto, pelo menos quase absoluto e, nesses termos, organizar o mundo, criar alguma ordem racional na qual a tragédia, o vício e a estupidez, que causaram tanta destruição no passado, pudessem finalmente ser evitados pelo uso de informações cuidadosamente adquiridas e pela aplicação a elas de uma razão universalmente inteligível.

Esse é um tipo de modelo, que ofereço apenas como exemplo. Tais modelos invariavelmente começam por libertar as pessoas do erro, da confusão, de algum mundo ininteligível que elas procuram explicar para si mesmas por meio de um modelo, mas acabam, quase sempre, por escravizar essas mesmas pessoas, por não explicarem o todo da experiência. Começam como libertadores e acabam em algum tipo de despotismo.

Vejamos mais um exemplo: uma cultura paralela, a da Bíblia, a dos judeus em um período correspondente ao de Platão. Aqui vamos encontrar um outro modelo, um conjunto de ideias totalmente diversas, que teriam sido ininteligíveis para os gregos. A cultura da qual surgiu o judaísmo, e também o cristianismo em grande medida, é a da vida familiar, das relações entre pai e filho, talvez das relações dos membros de uma tribo entre si. Relações fundamentais, segundo as quais a natureza e a vida são explicadas, tais como o amor dos filhos pelo pai, a fraternidade entre os homens, o perdão, os comandos emitidos por um superior a um inferior, o senso de dever, a transgressão, o pecado e, portanto, a necessidade de expiá-lo — todo esse complexo de qualidades, com base nas quais o Universo inteiro é explicado por aqueles que criaram a Bíblia e por aqueles que foram, em grande parte, influenciados por ela, teria sido totalmente ininteligível para os gregos.

Consideremos um salmo muito conhecido que diz: "Quando Israel saiu do Egito [...] O mar viu e fugiu; o Jordão voltou atrás. Os montes saltaram como carneiros, e as colinas como cordeirinhos", e a Terra recebe a ordem de tremer "[...] diante do Senhor".[2] Isso teria sido totalmente ininteligível para Platão ou Aristóteles, pois toda essa concepção de mundo que reage pessoalmente às ordens do Senhor, a ideia de que todos os relacionamentos, tanto animados como inanimados, devem ser interpretados segundo as relações entre os seres humanos ou pelo menos segundo as relações entre personalidades, em um caso divinas, no outro caso humanas, é muito distante da concepção grega do que era um deus e quais eram suas relações com a humanidade. Vem daí a ausência entre os gregos da noção de obrigação, a ausência da noção de dever, que é tão difícil de compreender para os que os leem com lentes parcialmente afetadas pelo judaísmo.

Permitam-me tentar dar uma ideia de como diferentes modelos podem ser estranhos, pois isso é importante simplesmente para traçar a história dessas transformações da consciência. Revoluções consideráveis ocorreram no panorama geral da humanidade, cujo rumo por vezes é difícil de traçar, pois nós as engolimos como se fossem bem conhecidas. Giambattista Vico, pensador italiano que floresceu no início do século 18 — se é que se pode dizer que um homem totalmente pobre e esquecido tenha florescido —, foi talvez o primeiro a chamar nossa atenção para a estranheza das culturas antigas. Ele aponta, por exemplo, que na citação *"Jovis omnia plena"*[3] (Tudo está repleto de Júpiter), o final de um hexâmetro latino bem conhecido, algo é dito que para nós não é totalmente inteligível. De um lado, Júpiter é uma divindade, um grande deus barbudo que desfecha raios e trovões. De outro, o verso diz que tudo — *"omnia"* — está "repleto" desse ser barbudo, algo que não é inteligível diretamente. Vico então argumenta, com grande imaginação e de maneira convincente, que a visão desses povos antigos, tão distantes de nós, deve ter sido muito diferente da nossa para que eles concebessem sua divindade não só como um gigante barbudo comandando os deuses e os homens, mas também como algo de que todo o firmamento pudesse estar repleto.

Gostaria de dar um exemplo mais conhecido. Quando Aristóteles, na *Ética a Nicômaco*, discute o tema da amizade, ele diz, de um modo que para nós é um tanto surpreendente, que existem vários tipos de amigos. Por exemplo, existe a amizade que consiste em uma paixão ardorosa de um ser humano por outro, e também aquela que consiste nas relações de negócios, no comércio, na compra e venda. O fato de que, para Aristóteles, não haja nada de estranho em dizer que existem dois tipos de amigos, de um lado pessoas cuja vida inteira é dedicada ao amor ou pelo menos cujas emoções são ardorosamente envolvidas pelo amor, e, de outro, pessoas que vendem sapatos para outras, e que ambas são espécies do mesmo *genus* — tudo isso é para nós difícil de entender por causa do cristianismo, ou do movimento romântico, ou do que quer que seja.

Dou esses exemplos apenas para mostrar que essas culturas antigas são mais estranhas do que pensamos e que ocorreram transformações maiores na história da consciência humana do que perceberíamos fazendo uma leitura comum e acrítica dos clássicos. Há, naturalmente, muitos outros exemplos. O mundo pode ser concebido de maneira orgânica, como uma árvore, em que cada parte vive para todas as outras partes e por meio de todas as outras partes, ou de maneira mecanicista, talvez como resultado de algum modelo científico, em que as partes são externas umas às outras e em que o Estado, ou qualquer outra instituição humana, é considerado um instrumento destinado a promover a felicidade ou a impedir que as pessoas acabem umas com as outras. Essas são concepções de vida muito diferentes, pertencem a tendências de opinião diferentes e são influenciadas por considerações diferentes.

O que acontece, em regra, é que alguma disciplina ganha a ascendência — digamos a física ou a química — e, em razão da enorme influência que exerce sobre a imaginação de sua geração, é aplicada também a outras esferas. Isso aconteceu com a sociologia no século 19; isso aconteceu com a psicologia em nosso século. Minha tese é que o movimento romântico foi uma transformação tão gigantesca e radical que depois dele nada mais foi o mesmo. É nessa tese que quero me concentrar.

Onde surgiu o movimento romântico? Decerto não na Inglaterra, embora tecnicamente, tenha sido lá — é o que dirão todos os historiadores. Mas, de todo modo, não foi lá que ele se deu em sua forma mais dramática. Aqui surge a pergunta: quando falo em Romantismo, estou me referindo a algo que aconteceu em dado momento histórico, como parece que estou dizendo, ou, talvez, a uma mentalidade permanente que não é exclusiva de uma época, nem é monopolizada por ela? Herbert Read e Kenneth Clark* adotaram a posição de que o Romantismo é um estado de espírito permanente, que pode ser encontrado em qualquer lugar. Kenneth Clark o encontra em algumas linhas de Adriano; Herbert Read cita numerosos exemplos. O barão Seillière,[4] que escreveu extensamente sobre o assunto, cita Platão e Plotino, e também o romancista grego Heliodoro e muitas outras pessoas que, em sua opinião, eram escritores românticos. Não desejo entrar nessa questão — talvez seja verdade. O tema de que eu, pessoalmente, desejo tratar é confinado no tempo. Não quero tratar de uma atitude humana permanente, mas de uma transformação especial que ocorreu em dado momento da história e que nos afeta ainda hoje. Assim, proponho confinar minha atenção ao que se passou no segundo terço do século 18. E se passou não na Inglaterra nem na França, mas sim, em sua maior parte, na Alemanha.

A visão corrente da história e das transformações históricas nos dá esse relato. Começamos com o *dix-huitième*** francês, um século elegante em que tudo se inicia calmo e suave, as regras são obedecidas na vida e na arte, há um avanço geral da razão, a racionalidade está progredindo, a Igreja está recuando, a irracionalidade vai cedendo aos grandes ataques feitos contra ela pelos *philosophes* franceses. Existe paz, existe calma, constroem-se edifícios elegantes, há uma crença na aplicação da razão universal tanto às questões humanas como à prática artística, à moral, à política, à filosofia. E vem então uma súbita invasão, aparentemente inexplicável. De repente há uma violenta erupção de emoção, de entusiasmo. Surge um interesse pelos edifícios góticos, pela introspecção. As pessoas subitamente se tornam neuróticas e melancólicas; passam a admirar os voos inexplicáveis do gênio

---

* Ambos, assim como Berlin, também proferiram Conferências Mellon.

** Em francês no original, século 18.

espontâneo. Há uma debandada geral daquele estado de coisas simétrico, elegante, vítreo. Ao mesmo tempo, ocorrem outras mudanças. Eclode uma grande revolução, há descontentamento; cortam a cabeça do rei; começa o Terror.

Não é muito claro o que essas duas revoluções têm a ver uma com a outra. Ao lermos a história, há um sentimento geral de que algo catastrófico ocorreu no final do século 18. No início as coisas pareciam ir relativamente tranquilas, e então acontece uma reviravolta repentina. Alguns a recebem bem, outros a condenam. Os que a condenam supõem que antes dessa reviravolta vivia-se em uma época elegante e pacífica, a qual quem não conheceu não saberá jamais o que é o verdadeiro *douceur de vivre*,* como disse Talleyrand.[5] Outros dizem que essa época foi artificial e hipócrita e que a Revolução trouxe um reinado de mais justiça, mais humanidade, mais liberdade, mais compreensão do homem pelo homem. Seja como for, a questão é: qual é a relação entre a chamada revolução romântica — a súbita irrupção nos domínios da arte e da moral dessa nova e turbulenta atitude — e a revolução normalmente conhecida como Revolução Francesa? Será que as pessoas que dançaram sobre as ruínas da Bastilha, as que cortaram a cabeça de Luís 16 eram as mesmas que foram afetadas pelo súbito culto ao gênio, ou pela súbita irrupção do emocionalismo, de que nos falam, ou pelas súbitas turbulência e perturbação que inundaram o mundo ocidental? Aparentemente, não. Sem dúvida, os princípios em nome dos quais se travou a Revolução Francesa eram princípios da razão, da ordem, da justiça universais, com pouca relação com o senso de singularidade, a profunda introspecção emocional, o senso das diferenças entre as coisas, mais das dessemelhanças que das semelhanças, aspectos com que o movimento romântico em geral é associado.

* Doçura de viver.

E o que dizer de Rousseau? Rousseau, claro, é corretamente associado ao movimento romântico como sendo, em certo sentido, um de seus pais. Mas o Rousseau que foi responsável pelas ideias de Robespierre, o Rousseau que foi responsável pelas ideias dos jacobinos franceses não é o mesmo Rousseau, parece-me, que tem uma conexão óbvia com o Romantismo. Aquele Rousseau é o que escreveu *O contrato social*, um tratado tipicamente clássico que fala sobre o retorno do homem aos princípios originais, primários, que todos têm em comum; o reinado da razão universal, que une os homens, em contraste com as emoções, que dividem os homens; o primado da justiça universal e da paz universal, oposto aos conflitos e às turbulências e às perturbações que lançam o coração humano para longe da mente e dividem os homens, colocando-os uns contra os outros.

Assim, é difícil ver qual é a relação dessa grande reviravolta romântica com a revolução política. E depois há também a Revolução Industrial, que não pode ser considerada irrelevante. Afinal, ideias não geram ideias. Certos fatores sociais e econômicos são responsáveis por grandes convulsões na consciência humana. Temos um problema nas mãos. Há a Revolução Industrial, há a grande revolução política francesa sob os auspícios clássicos e há a revolução romântica. Consideremos até mesmo a grande arte da Revolução Francesa. Olhando, por exemplo, para as grandes pinturas revolucionárias de Jacques-Louis David, é difícil conectá-lo especificamente com a revolução romântica. Os quadros de David têm uma espécie de eloquência, a austera eloquência jacobina de um retorno a Esparta, um retorno a Roma; eles comunicam um protesto contra a frivolidade e a superficialidade da vida, que tem a ver com as pregações de homens como Maquiavel, ou Savonarola, ou Mably, pessoas que denunciaram a frivolidade de sua época em nome de ideais eternos de tipo universal, enquanto o movimento romântico, segundo nos dizem todos os seus historiadores, foi um protesto apaixonado contra a universalidade de qualquer tipo. Portanto, se coloca, pelo menos à primeira vista, um problema para compreender o que aconteceu.

Para dar uma ideia do que considero ter sido essa grande ruptura, e por que creio que nesses anos, entre 1760 e 1830, ocorreu algo transformador, um forte rompimento na consciência europeia, para dar pelo menos algumas provas preliminares de por que penso que se pode dizer isso, gostaria de partir de um exemplo. Suponhamos que você estivesse viajando pela Europa Ocidental na década de 1820 e que conversasse, na França, com os jovens vanguardistas que eram amigos de Victor Hugo, os *Hugolâtres*.* Suponhamos que fosse à Alemanha e lá conversasse com as pessoas que receberam a visita de Madame de Staël, a escritora que interpretou a alma alemã para os franceses. Suponhamos que conhecesse os irmãos Schlegel, grandes teóricos do Romantismo, ou um ou dois amigos de Goethe em Weimar, tal como o fabulista e poeta Tieck, ou outras pessoas relacionadas com o movimento romântico e seus seguidores nas universidades, estudantes, rapazes, pintores, escultores, que foram profundamente influenciados pela obra desses poetas, dramaturgos e críticos. Suponhamos que você conversasse na Inglaterra com alguém que foi influenciado por, digamos, Coleridge ou, acima de tudo, por Byron — com qualquer pessoa influenciada por Byron, fosse na Inglaterra, ou na França, ou na Itália, ou além do Reno, ou além do Elba. Suponhamos que você conversasse com essas pessoas. Você descobriria que para elas o ideal de vida era algo próximo do que descreverei a seguir.

Os valores aos quais elas atribuíam a maior importância eram integridade, sinceridade, disponibilidade para sacrificar a vida

---

* "Hugólatras", por analogia com "idólatras".

para alguma chama interior, dedicação a algum ideal pelo qual valia a pena sacrificar tudo aquilo que a pessoa é, pelo qual valia a pena viver e também morrer. Você descobriria que elas não estavam interessadas principalmente no conhecimento ou no avanço da ciência, não estavam interessadas no poder político, na felicidade, não estavam interessadas, acima de tudo, em se adaptar à vida, em encontrar seu lugar na sociedade, em viver em paz com seu governo, até mesmo em lealdade a seu rei ou a sua república. Você descobriria que o bom senso, a moderação, estava muito longe de seus pensamentos. Você descobriria que elas acreditavam na necessidade de lutar por suas crenças até o último alento de seu ser, e que acreditavam no valor do martírio como tal — martírio pelo quê, isso não importava. Você descobriria que elas acreditavam que as minorias eram mais santas do que as maiorias, que o fracasso era mais nobre do que o sucesso, o qual tinha algo de inferior e vulgar. A própria noção de idealismo, não no sentido filosófico, mas no sentido comum em que nós a usamos, isto é, o estado mental de um homem que está disposto a sacrificar muita coisa pelos princípios ou por alguma convicção, que não está disposto a se vender, que está disposto a ir para a fogueira por algo em que acredita, porque acredita naquilo — essa atitude era relativamente nova. O que as pessoas admiravam era a sinceridade, o empenho de todo o coração, a pureza de alma, a capacidade e a disponibilidade para se dedicar a seu ideal, qualquer que fosse.

Qualquer que fosse o ideal: isso é o mais importante. Suponhamos que você tivesse uma conversa no século 16 com alguém que lutava nas grandes guerras religiosas que dilaceravam a Europa naquele período, e suponhamos que você dissesse para um católico dessa época, envolvido nas hostilidades: "É claro que esses protestantes acreditam no que é falso; é claro que acreditar nisso em que eles acreditam é atrair a perdição; eles são perigosos para a salvação das almas humanas, e não há nada mais importante que isso; mas eles são tão sinceros, tão prontos a morrer pela causa em que acreditam, a integridade deles é tão esplêndida que é preciso conceder alguma admiração pela dignidade moral e pela sublimidade de pessoas que estão dispostas a fazer isso". Tal sentimento seria ininteligível. Qualquer pessoa que realmente conhecesse, que achasse que conhecia a verdade, digamos um católico que acreditasse nas verdades pregadas pela Igreja, saberia que as pessoas capazes de se colocar por inteiro na teoria e na prática da falsidade eram simplesmente pessoas perigosas e, quanto mais sinceras fossem, mais perigosas, mais loucas.

Nenhum cavaleiro cristão teria suposto, ao lutar contra os muçulmanos, que se esperava dele que admirasse a pureza e a sinceridade com que esses pagãos acreditavam em suas doutrinas absurdas. Sem dúvida, se você fosse uma pessoa decente e matasse um inimigo corajoso, não seria obrigado a cuspir sobre o cadáver. Você seguiria o raciocínio de que era uma pena tanta coragem (uma qualidade universalmente admirada), tanta capacidade, tanta devoção serem aplicadas a uma causa tão palpavelmente absurda ou perigosa. Mas você não teria dito: "Pouco importa no que essas pessoas acreditam; o que importa é o estado de espírito em que elas estão quando acreditam. O que importa é que não se venderam, que eram homens íntegros. São homens que eu posso respeitar. Se eles tivessem passado para nosso lado simplesmente para se salvar, isso teria sido uma forma de ação muito egoísta, muito prudente, muito desprezível". Esse é o estado de espírito em que as pessoas devem dizer: "Se eu acredito em uma coisa e você acredita em outra, então é importante que lutemos um contra o outro. Talvez seja bom que você me mate ou que eu mate você; talvez, em um duelo, o melhor seria que os dois matassem um ao outro; mas a pior de todas as coisas possíveis seria entrar em um acordo, pois isso significaria que nós dois traímos o ideal que está dentro de nós".

O martírio, é claro, sempre foi admirado, mas o martírio pela verdade. Os cristãos admiravam os mártires porque eram testemunhas da verdade. Se fossem testemunhas da falsidade, não haveria nada de admirável neles — talvez algo digno de pena, mas decerto nada para admirar. Na década de 1820, o estado mental, o motivo, é mais importante do que a consequência, a intenção é mais importante do que o efeito. Pureza de coração, integridade, devoção, dedicação — todas essas coisas que hoje admiramos sem muita dificuldade, que entraram na própria textura de nossas atitudes morais, tornaram-se mais ou menos comuns, primeiro entre as minorias, disseminando-se pouco a pouco.

Eis um exemplo do que quero dizer que ocorreu com essa mudança. Vejamos a peça de Voltaire sobre Maomé. Voltaire não estava particularmente interessado em Maomé, e a peça tencionava ser, sem dúvida, um ataque contra a Igreja. No entanto, Maomé aparece como um monstro supersticioso, cruel e fanático, que esmaga todos os esforços em prol da liberdade, da justiça, da razão e, portanto, deve ser acusado como inimigo de tudo o que Voltaire tinha como mais importante: a tolerância, a justiça, a verdade, a civilização. Consideremos agora o que Carlyle tem a dizer, muito mais tarde. Maomé é descrito por Carlyle — que é um representante altamente característico, ainda que um tanto exagerado, do movimento romântico — em um livro chamado *On Heroes, Hero-Worship, and the Heroic in History* [Sobre heróis, a adoração ao herói e o heroico na história], no qual muitos heróis são enumerados e analisados. Maomé é descrito como "uma massa incandescente de Vida forjada do grande seio da própria Natureza".[6] É um homem de ardente sinceridade e poder e, portanto, para ser admirado; a ele se contrapõe o século 18, que não é admirado, que é pervertido e inútil, que, para Carlyle, é um "século ressequido, [...] de segunda mão".[7] Carlyle não tem o menor interesse nas verdades do Alcorão nem supõe, de modo algum, que o Alcorão contenha algo em que ele, Carlyle, poderia acreditar. Maomé suscita sua admiração por ser uma força elementar, alguém que vive uma vida intensa, tem consigo grande número de seguidores; na figura de Maomé ele identifica um fenômeno tremendo, um episódio grande e comovente na vida da humanidade.

A importância de Maomé é seu caráter e não suas crenças. Saber se aquilo em que Maomé acreditava era verdadeiro ou falso teria parecido para Carlyle perfeitamente irrelevante. Ele diz, no decurso dos mesmos ensaios: "O sublime catolicismo de Dante [...] tem de ser dilacerado por um Lutero; o nobre feudalismo de Shakespeare [...] tem de acabar em uma Revolução Francesa".[8] E por que tem de ser assim? Porque não importa se o catolicismo sublime de Dante é verdadeiro ou não. Importa que é um grande movimento, que já esgotou seu tempo de vida, e agora algo igualmente poderoso, igualmente sério, igualmente sincero, igualmente profundo, igualmente tremendo deve tomar seu lugar. A importância da Revolução Francesa foi o grande impacto que exerceu sobre a consciência da humanidade; foi ter sido feita por homens que agiam com profunda seriedade e empenho, e não eram simplesmente hipócritas sorridentes, que era a opinião de Carlyle sobre Voltaire. Essa é uma atitude, eu não diria totalmente nova, porque é muito perigoso dizer isso, mas, de todo modo, nova o bastante para merecer atenção; e, seja lá qual for a sua causa, ocorreu, parece-me, em algum momento entre os anos 1760 e 1830. Começou na Alemanha e cresceu em ritmo acelerado.

Vejamos outro exemplo do que quero dizer: a atitude para com a tragédia. As gerações anteriores acreditavam que a tragédia sempre ocorria em razão de algum tipo de erro. Alguém se equivocou, alguém cometeu um erro. Foi um erro moral ou um erro intelectual. Podia ter sido evitado ou podia ser inevitável. Para os gregos, a tragédia era um erro que os deuses lançavam sobre os homens, que ninguém sujeito a eles talvez pudesse evitar; mas, em princípio, se esses homens fossem oniscientes, não teriam cometido os graves erros que cometeram e, portanto, não teriam atraído a desgraça sobre si próprios. Se Édipo soubesse que Laio era seu pai, não o teria assassinado. Isso é verdade, até certo ponto, mesmo nas tragédias de Shakespeare. Se, em *Otelo*, o mouro soubesse que Desdêmona era inocente, o desfecho dessa tragédia não poderia ter ocorrido. Portanto, a tragédia é fundada sobre uma falta inevitável, ou talvez evitável, de algo nos homens — falta de conhecimento, de habilidade, de coragem moral, de capacidade de viver, de agir corretamente quando sabe qual é a ação correta, ou o que quer que seja. Homens melhores — moralmente mais fortes, intelectualmente mais aptos e, acima de tudo, pessoas oniscientes, talvez também com poder suficiente — sempre podiam evitar aquilo que é, de fato, a substância da tragédia.

As coisas não são assim no início do século 19 ou mesmo no final do 18. Quem ler a tragédia de Schiller *Os bandoleiros*, à qual voltarei mais adiante, vai descobrir que Karl Moor, o herói-vilão, é um homem que se vinga de uma sociedade detestável tornando-se bandido e cometendo uma série de crimes atrozes. Ele é punido no final, mas — caso se pergunte: "Quem é o culpado? É o lado de onde ele provém? Serão seus valores totalmente corruptos ou totalmente insanos? Qual dos dois lados está certo?" — não há uma resposta que se possa obter nessa tragédia, e para Schiller a própria pergunta teria parecido superficial e cega.

Aqui há uma colisão, talvez uma colisão inevitável, entre conjuntos de valores incompatíveis. As gerações anteriores supunham que todas as coisas boas podiam ser reconciliadas. Isso não é mais verdade. Se vocês lerem a tragédia de Büchner *A morte de Danton*, em que Robespierre finalmente causa a morte de Danton e de Desmoulins no transcurso da Revolução, e perguntarem "Robespierre estava errado ao fazer isso?", a resposta é não; a tragédia é tal que Danton, embora fosse um revolucionário sincero que cometeu alguns erros, não merecia morrer, e contudo Robespierre estava perfeitamente certo ao mandá-lo para a guilhotina. Aqui há uma colisão entre o que Hegel mais tarde chamou de "o bem contra o bem".[9] Não se deve a um erro, e sim a algum conflito de tipo inevitável, de elementos soltos vagando pela Terra, de valores que não podem ser reconciliados. O que importa é que as pessoas devem se dedicar a esses valores com todo o seu ser. Se fizerem isso, servirão como heróis para a tragédia. Se não o fizerem, serão burgueses medíocres, membros da burguesia, não servirão para nada e não valerá a pena escrever sobre elas.

A figura que domina o século 19 como imagem é a figura desgrenhada de Beethoven em seu sótão. Beethoven é um homem que expressa aquilo que está dentro dele. Ele é pobre, é ignorante, é grosseiro. Não tem boas maneiras, sabe pouco e talvez não seja uma figura muito interessante, exceto pela inspiração que o impele para a frente. Mas ele não se vende. Senta-se em seu sótão e cria. Ele cria de acordo com a luz que está dentro dele, e isso é tudo o que um homem deve fazer; é isso que faz de um homem um herói. Mesmo que ele não seja um gênio como Beethoven, mesmo que, tal como o herói do romance de Balzac *A obra-prima ignorada*, seja louco e recubra a tela com tintas, de modo que no final não haja nada de inteligível, apenas uma confusão horrível de borrões incompreensíveis e irracionais — mesmo assim essa figura é digna de algo mais do que pena, ele é um homem que se dedicou a um ideal, que pôs de lado o mundo, que representa as qualidades mais heroicas, mais abnegadas, mais esplêndidas que um ser humano pode ter. Théophile Gautier, em seu famoso prefácio a *Mademoiselle de Maupin*, de 1835, defendendo a noção de arte pela arte, diz, dirigindo-se aos críticos em geral e também ao público: "Não, imbecis! Não! Tolos e cretinos que vocês são, um livro não vai fazer um prato de sopa; um romance não é um par de botas; um soneto não é uma seringa; um drama não é uma estrada de ferro. [...] Não, duzentas mil vezes não".[10] A tese de Gautier é que a antiga defesa da arte (bem distinta da escola da utilidade social que ele está atacando — Saint-Simon, os utilitaristas e os socialistas), a ideia de que o propósito da arte é dar prazer a um grande número de pessoas, ou mesmo a um pequeno número de conhecedores de formação esmerada, não é válida. O propósito da arte é produzir beleza, e, se apenas o próprio artista percebe que seu objeto é belo, essa já é uma justificativa suficiente para sua existência.

É evidente que algo ocorreu para mudar a consciência a esse grau, afastando-a da noção de que existem verdades universais, cânones artísticos universais, que todas as atividades humanas têm como fim último fazer as coisas direito, e que os critérios para fazer as coisas direito eram públicos, eram demonstráveis, que todos os homens inteligentes, aplicando seu intelecto, iriam descobri-los — afastando a consciência de tudo isso para adotar uma atitude completamente diferente em relação à vida e em relação à ação. Algo ocorreu, sem dúvida. Quando perguntamos o quê, dizem-nos que houve uma grande guinada para o emocionalismo, que houve um súbito interesse pelo primitivo e pelo remoto — o remoto no tempo e o remoto no espaço —, que houve um surto de desejo de infinito. Algo foi dito sobre "a emoção recolhida em tranquilidade";[11] algo foi dito — mas não está claro o que isso tem a ver com qualquer das coisas que acabo de mencionar — sobre os romances de Walter Scott, as canções de Schubert, os quadros de Delacroix, a ascensão da adoração ao Estado e a propaganda alemã em favor da autossuficiência econômica, e também sobre as qualidades sobre-humanas, a admiração ao gênio indômito, os fora da lei, os heróis, o esteticismo, a autodestruição.

O que todas essas coisas têm em comum? Se tentarmos descobrir, veremos uma perspectiva um tanto surpreendente. Permitam-me apresentar algumas definições de Romantismo que recolhi nos escritos de algumas das pessoas mais eminentes que já escreveram sobre o assunto; elas mostram que o assunto não é nada fácil.

Stendhal[12] diz que o romântico é o moderno e o interessante; o classicismo é o velho, o maçante. Isso talvez não seja tão simples quanto parece: o que ele quer dizer é que o Romantismo é uma tentativa de compreender as forças que se movem na própria vida da pessoa, e não é uma fuga para algo obsoleto. Contudo, o que ele realmente diz, no livro sobre Racine e Shakespeare, é o que acabei de enunciar. Seu contemporâneo Goethe, por sua vez, diz que o Romantismo é a doença, o fraco, o doentio, o grito de guerra de uma escola de poetas tresloucados e de reacionários católicos, ao passo que o classicismo é forte, novo, alegre, robusto como Homero, como *A canção dos nibelungos*. Nietzsche diz que não é uma doença, mas uma terapia, a cura para uma doença. Sismondi, um crítico suíço de considerável imaginação, embora não tão simpatizante do Romantismo, apesar de ser amigo de Madame de Staël, diz que o Romantismo é uma união entre amor, religião e cavalaria andante. No entanto, Friedrich von Gentz, que era o principal agente de Metternich nessa época e um contemporâneo exato de Sismondi, diz que o Romantismo é uma das cabeças de uma hidra tricéfala, sendo as outras duas cabeças a Reforma e a Revolução; é, na verdade, uma ameaça de esquerda, uma ameaça à religião, à tradição e ao passado, que deve ser erradicada. Os jovens românticos franceses, "*les jeunes-France*", ecoam isso dizendo: "*Le romantisme c'est la Révolution*".[13] *Révolution* contra o quê? Aparentemente, contra tudo.

Diz Heine que o Romantismo é a flor que brotou do sangue de Cristo, um novo despertar da poesia da sonâmbula Idade Média, pináculos sonhadores que nos contemplam com os olhos profundos e dolorosos de espectros de sorriso fixo. Os marxistas acrescentariam que foi de fato uma fuga dos horrores da Revolução Industrial, e Ruskin concordaria, dizendo que foi um contraste entre o belo passado e o assustador e monótono presente; isso é uma modificação da visão de Heine, mas nem tão diferente assim. Taine, porém, diz que o Romantismo é uma revolta burguesa contra a aristocracia após 1789; o Romantismo é a expressão da energia e da força dos novos arrivistas — exatamente o oposto. É a expressão do vigoroso poder de propulsão da nova burguesia contra os antigos valores decentes e conservadores da sociedade e da história. É a expressão não da fraqueza nem do desespero, mas de um otimismo brutal.

Friedrich Schlegel, o maior precursor, o maior arauto e profeta do Romantismo que já existiu, diz que há no homem um terrível desejo insatisfeito de alçar voo para o infinito, um desejo febril de romper os estreitos vínculos da individualidade. Sentimentos um tanto semelhantes podem ser encontrados em Coleridge e também em Shelley. Mas Ferdinand Brunetière, no final do século 19, diz que se trata de egoísmo literário, de um realce da individualidade em detrimento do mundo mais amplo ao redor, que é o oposto da autotranscendência, é pura autoafirmação; e o barão Seillière concorda, e acrescenta egomania e primitivismo; e Irving Babbitt faz eco.

O irmão de Friedrich Schlegel, August Wilhelm Schlegel, e Madame de Staël concordam que o Romantismo vem dos países românicos, ou pelo menos das línguas românicas, que vem, na verdade, de uma modificação dos versos dos trovadores provençais; mas Renan diz que o Romantismo é celta. Gaston Paris diz que é bretão; Seillière diz que vem de uma mistura de Platão e Pseudo-Dionísio Areopagita. Joseph Nadler, um erudito crítico alemão, diz que o Romantismo é, na verdade, a saudade daquele alemães que viviam entre o Elba e o Niemen — sua saudade da velha Alemanha Central, de onde tinham vindo outrora, o devaneio de exilados e colonos. Eichendorff diz que é a nostalgia da Igreja Católica por parte dos protestantes. Mas Chateaubriand, que não vivia entre o Elba e o Niemen e, portanto, não experimentava essas emoções, diz que é o deleite secreto e inexprimível de uma alma brincando consigo mesma: "Falo perpetuamente sobre mim mesmo".[14] Joseph Aynard[15] diz que é a vontade de amar alguma coisa, uma atitude ou uma emoção para com os outros, e não para consigo mesmo, exatamente o oposto do desejo de poder. Middleton Murry diz que Shakespeare foi essencialmente um escritor romântico e acrescenta que todos os grandes escritores desde Rousseau foram românticos. No entanto, o eminente crítico marxista Georg Lukács[16] diz que nenhum grande escritor é romântico, muito menos Walter Scott, Victor Hugo e Stendhal.

Se considerarmos essas citações de homens que, afinal, merecem ser lidos, que são, em outros aspectos, escritores profundos e brilhantes sobre muitos assuntos, fica claro que há alguma dificuldade em descobrir o elemento comum em todas essas generalizações. É por essa razão que Northrop Frye foi tão sábio ao alertar contra isso. Todas essas definições concorrentes nunca, que eu saiba, foram realmente objeto de protesto de ninguém; nunca incorreram na ira da crítica com a mesma intensidade que poderia ser desfechada contra qualquer um que tivesse dado definições ou generalizações universalmente consideradas absurdas e irrelevantes.

O próximo passo é ver quais características têm sido chamadas de românticas pelos escritores que abordaram o assunto e pelos críticos. Surge um resultado muito peculiar. A variedade dos exemplos que acumulei é tanta que a dificuldade deste assunto que tive a imprudência de escolher parece ainda mais extrema.

O Romantismo é o primitivo, o ignorante, é a juventude, a exuberante sensação de vida do homem natural, mas também é palidez, febre, doença, decadência, *la maladie du siècle* [a doença do século], *La Belle Dame Sans Merci* [A bela dama sem misericórdia], a Dança da Morte, na verdade a própria Morte. É a cúpula de vidro multicolorido de Shelley, e é também o esplendor branco da eternidade. É a plenitude vigorosa e confusa e a riqueza da vida — *Fülle des Lebens* —, a multiplicidade inexaurível, a turbulência, a violência, o conflito, o caos, mas também é a paz, a união com o grande "Eu", a harmonia com a ordem natural, a música das esferas, a dissolução no eterno espírito que tudo contém. É o estranho, o exótico, o grotesco, o misterioso, o sobrenatural, as ruínas, o luar, castelos encantados, trombetas de caça, elfos, gigantes, grifos, cascatas, o velho moinho no Floss, as trevas e os poderes das trevas, fantasmas, vampiros, o terror sem nome, o irracional, o indizível. Também é o familiar, o sentido da tradição particular de cada um, o júbilo com o aspecto sorridente da natureza de todo dia e as cenas e sons habituais da gente simples e contente do campo, a sabedoria sã e feliz dos filhos da terra, com suas faces rosadas. É o antigo, o histórico, são as catedrais góticas, as névoas da Antiguidade, as raízes antigas e a velha ordem com suas qualidades não analisáveis, suas lealdades profundas mas inexprimíveis, o impalpável, o imponderável. Também é a busca da novidade, a mudança revolucionária, a preocupação com o presente fugaz, o desejo de viver no momento, a rejeição do conhecimento, o passado e o futuro, o idílio pastoral da feliz inocência, a alegria no instante que passa, uma sensação de atemporalidade. É nostalgia, é devaneio, são sonhos inebriantes, é a doce melancolia e a amarga melancolia, a solidão, os sofrimentos do exílio, o sentimento de alienação, o vagar em lugares remotos, em especial o Oriente, e em tempos remotos, em especial a Idade Média. Mas também é o prazer da cooperação em um esforço criativo comum, a sensação de fazer parte de uma igreja, uma classe, um partido, uma tradição, uma grande hierarquia simétrica e abrangente, cavaleiros e vassalos, as fileiras da Igreja, os laços sociais orgânicos, a união mística, uma só fé, uma só terra, um só sangue, "*la terre et les morts*" [a terra e os mortos], como disse Barrès,[17] a grande sociedade dos mortos e dos vivos e dos ainda por nascer.[18] É o conservadorismo tory de Scott, Southey e Wordsworth, e é o radicalismo de Shelley, Büchner e Stendhal. É o medievalismo estético de Chateaubriand, e é a aversão de Michelet à Idade Média. É a adoração à autoridade de que fala Carlyle, e o ódio à autoridade de Victor Hugo. É o extremo misticismo da natureza, e o extremo esteticismo antinaturalista. É energia, força, vontade, vida, *étalage du moi* [ostentação do eu]; também é autotortura, autoaniquilação, suicídio. É o primitivo, o não sofisticado, o seio da natureza, campos verdes, vaquinhas com sinetas, riachos murmurantes, o céu azul infinito. Não menos, porém, é também o dandismo, o desejo de se vestir bem, os coletes vermelhos, as perucas verdes, os cabelos azuis, que os seguidores de pessoas como Gérard de Nerval usavam em Paris em certo período. É a lagosta que Nerval levava a passear pelas ruas de Paris presa por uma cordinha. É o exibicionismo selvagem, a excentricidade, é a batalha de Ernâni, é o enfado (*ennui*), o *taedium vitae* [tédio da vida], é a morte de Sardanópolis (pintada por Delacroix, composta por Berlioz e narrada por Byron). É a convulsão de grandes impérios, as guerras, a mortandade e a derrocada dos mundos. É o herói romântico — o rebelde, *l'homme fatal,* a alma condenada, o corsário, Manfred, Giaour, Lara, Caim, toda a galeria de personagens dos poemas heroicos de Byron. É Melmoth, é Jean Sbogar, todos os párias e os Ismaéis, assim como as cortesãs de coração de ouro e os condenados de coração nobre da ficção oitocentista. É beber usando como taça um crânio humano, é

Berlioz dizendo que queria escalar o Vesúvio para comungar com uma alma gêmea. São celebrações satânicas, a ironia cínica, o riso diabólico, os heróis negros, mas também a visão que Blake tinha de Deus e seus anjos, a grande sociedade cristã, a ordem eterna e "o céu estrelado", que mal pode "expressar os pensamentos e emoções infinitas que enchem a alma de um cristão".[19] É, em suma, a unidade e a multiplicidade. É a fidelidade ao particular, nas pinturas da natureza, por exemplo, e também a imprecisão tentadora do contorno misterioso. É beleza e feiura. É a arte pela arte, e a arte como um instrumento de salvação social. É força e fraqueza, individualismo e coletivismo, pureza e corrupção, revolução e reação, paz e guerra, amor à vida e amor à morte.

Talvez não surpreenda que, diante disso, A. O. Lovejoy,[20] certamente o erudito mais escrupuloso e um dos mais esclarecedores que já trataram da história das ideias dos dois últimos séculos, tenha chegado perto do desespero. Ele deslindou muitas correntes do pensamento romântico, tantas quantas conseguiu, e não só descobriu que algumas contradizem as outras, o que evidentemente é verdade, e que algumas são totalmente irrelevantes para as outras, como foi ainda mais longe. Lovejoy considerou duas características que ninguém negaria serem do Romantismo, como o primitivismo e a excentricidade — o dandismo —, e perguntou o que elas tinham em comum. O primitivismo, que começou na poesia inglesa e até certo ponto na prosa inglesa no início do século 18, comemora o bom selvagem, a vida simples, os padrões irregulares da ação espontânea, contra a sofisticação corrupta e o verso alexandrino de uma sociedade altamente refinada. É uma tentativa de demonstrar que existe uma lei natural e que a melhor maneira de descobri-la é no coração singelo, ainda não instruído, do índio ou da criança não corrompidos. Mas, pergunta Lovejoy, bem razoavelmente, o que isso tem em comum com os coletes vermelhos, os cabelos azuis, as perucas verdes, o absinto, a morte, o suicídio e a excentricidade geral dos seguidores de Gérard de Nerval e Théophile Gautier? Ele conclui dizendo que realmente não vê o que possa existir em comum entre as duas coisas, e podemos simpatizar com esse raciocínio. É possível dizer, talvez, que há um ar de revolta nos dois, que ambos se revoltaram contra algum tipo de civilização — um, a fim de ir para uma ilha como Robinson Crusoe, para ali comungar com a natureza e viver entre as pessoas simples, não corrompidas; e a outra, em busca de um violento esteticismo e dandismo. No entanto, a mera revolta, a mera denúncia da corrupção não pode ser romântica. Não consideramos os profetas hebreus, ou Savonarola, ou mesmo os pregadores metodistas particularmente românticos. Isso estaria muito longe da verdade.

Podemos, assim, simpatizar com o desespero de Lovejoy.

Gostaria de citar uma passagem de George Boas, discípulo de Lovejoy, que escreveu a respeito:

> Depois da discriminação entre os vários Romantismos feita por Lovejoy, não deveria haver mais nenhuma discussão sobre o que o Romantismo *realmente* foi. Já houve doutrinas estéticas diversas, algumas das quais relacionadas logicamente com outras, outras não relacionadas, todas chamadas pelo mesmo nome. Mas esse fato não implica que todas tivessem uma essência em comum, assim como o fato de que centenas de pessoas se chamam John Smith não significa que todas têm a mesma filiação. Esse é, talvez, o erro mais comum e enganoso decorrente da confusão de ideias e palavras. Poderíamos, talvez deveríamos, falar durante horas apenas sobre isso.[21]

Gostaria de aliviar agora mesmo o temor dos ouvintes, afiançando que não pretendo fazer isso. Ao mesmo tempo, porém, creio que tanto Lovejoy como Boas, embora sejam eminentes estudiosos e tenham dado uma grande contribuição para iluminar a reflexão, no presente caso estão enganados. *Houve* de fato um movimento romântico; ele teve algo que lhe era central; ele criou uma grande revolução na consciência; e é importante descobrir o que é.

Pode-se, claro, desistir do jogo todo. Pode-se dizer, como Valéry, que palavras como *romantismo* e *classicismo*, palavras como *humanismo* e *naturalismo* não são nomes com que se possa trabalhar, em absoluto. "Não se pode ficar bêbado, não se pode matar a sede com os rótulos das garrafas."[22] Há muito a dizer em favor desse ponto de vista. Ao mesmo tempo, é impossível traçar o curso da história humana sem que utilizemos algumas generalizações. Portanto, por mais difícil que seja, é importante descobrir qual foi a causa da enorme revolução na consciência humana que ocorreu naqueles séculos. Há pessoas que, confrontadas com essa abundância de provas que tentei coletar, podem sentir alguma simpatia pelo falecido Sir Arthur Quiller-Couch, que disse com típica animação britânica: "Todo esse alvoroço sobre [a diferença entre Classicismo e Romantismo] não constitui nada que deva perturbar um homem saudável".[23]

Devo dizer que não compartilho desse ponto de vista. Parece-me excessivamente derrotista. Portanto, farei o máximo para explicar a que veio, a meu ver, o movimento romântico. A única maneira sã e sensata de se aproximar dele, ou pelo menos a única maneira que achei útil até hoje, é pelo método histórico, lento e paciente: examinar o início do século 18, refletir sobre qual era a situação na época e então considerar, um por um, quais fatores a abalaram e qual combinação ou confluência de elementos, mais para o final do século, causou o que me parece ser a maior transformação da consciência do Ocidente, certamente em nossa época.

O primeiro ataque ao Iluminismo

O Iluminismo do fim do século 17 e início do 18 necessita de uma definição. Há três proposições, se pudermos reduzir a isso, que são, por assim dizer, os três alicerces sobre os quais repousava toda a tradição ocidental. Elas não se limitavam ao Iluminismo, embora o Iluminismo tenha oferecido uma versão especial delas, que as transformou de maneira particular. Exponho os três princípios a seguir.

Em primeiro lugar, todas as perguntas autênticas podem ser respondidas; se uma pergunta não pode ser respondida, então não é uma pergunta. Podemos não saber qual é a resposta, mas alguém saberá. Podemos ser muito fracos, ou muito estúpidos, ou muito ignorantes para conseguirmos descobrir a resposta sozinhos. Nesse caso, a resposta talvez seja conhecida por pessoas mais sábias que nós — os especialistas, algum tipo de elite. Podemos ser criaturas pecadoras e, portanto, incapazes de alcançar a verdade sozinhos. Nesse caso, não sabemos a resposta neste mundo, mas talvez saibamos no próximo. Ou talvez a verdade tenha sido conhecida em alguma Idade de Ouro, antes que a Queda e o Dilúvio nos tornassem fracos e pecaminosos como somos. Ou talvez a Idade de Ouro não esteja no passado, e sim no futuro, e descobriremos a verdade depois. Se não for aqui, será ali. Se não agora, em algum outro momento. Mas, em princípio, a resposta deve ser conhecida, se não pelos homens, então, de todo modo, por um ser onisciente, por Deus. Se a resposta não é possível de conhecer, se a resposta está, em princípio, de alguma forma oculta de nós, então deve haver algo de errado com a pergunta. Essa é uma proposição comum tanto para os cristãos como para os escolásticos, para o Iluminismo e para a tradição positivista do século 20. De fato, é a espinha dorsal da principal tradição do Ocidente, e foi isso que o Romantismo quebrou.

A segunda proposição é que todas essas respostas são cognoscíveis, que elas podem ser descobertas por meios que podem ser aprendidos e ensinados a outras pessoas; que existem técnicas pelas quais é possível aprender e ensinar maneiras de descobrir do que o mundo é composto, que parte ocupamos nele, qual é nossa relação com as pessoas, qual é nossa relação com as coisas, quais são os verdadeiros valores e a resposta a todas as perguntas sérias e responsáveis.

A terceira proposição é que todas as respostas devem ser compatíveis umas com as outras, pois, se não forem compatíveis, o resultado será o caos. É evidente que a verdadeira resposta a uma pergunta não pode ser incompatível com a verdadeira resposta a outra pergunta. É uma verdade lógica que uma proposição verdadeira não pode contradizer outra. Se todas as respostas a todas as perguntas são apresentadas sob a forma de proposições, e se todas as proposições verdadeiras são, em princípio, detectáveis, deve-se admitir que existe uma descrição de um Universo ideal — uma utopia, por assim dizer — que é simplesmente aquilo que é descrito por todas as verdadeiras respostas a todas as perguntas sérias. Essa utopia, embora não sejamos capazes de atingi-la, é, de todo modo, o ideal segundo o qual podemos medir nossas imperfeições atuais.

Esses são os pressupostos gerais da tradição ocidental racionalista, seja ela cristã ou pagã, seja teísta ou ateísta. A nuance particular que o Iluminismo deu a essa tradição foi dizer que as respostas não deviam ser obtidas por muitas das formas tradicionais de até então — não preciso me deter nesse tópico, porque é conhecido.

A resposta não deve ser obtida por meio da revelação, pois diferentes revelações feitas aos homens parecem contradizer umas às outras. Não deve ser obtida pela tradição, pois se pode demonstrar que a tradição muitas vezes é enganadora e falsa. Não deve ser obtida pelo dogma, não deve ser obtida pelo autoexame individual dos homens de um tipo privilegiado, porque muitos impostores já usurparam esse papel — e assim por diante. Há apenas uma forma de descobrir essas respostas, e é o uso correto da razão — pela dedução como nas ciências matemáticas, pela indução como nas ciências naturais. Essa é a única maneira pela qual se podem obter as respostas em geral — respostas verdadeiras a perguntas sérias. Não há razão alguma para que tais respostas, que afinal produziram resultados triunfantes no mundo da física e da química, não se apliquem igualmente aos campos muito mais conturbados da política, da ética e da estética.

O padrão geral, eu gostaria de ressaltar, dessa noção é que a vida, ou a natureza,[*] é um quebra-cabeça. Estamos aqui entre os fragmentos esparsos desse quebra-cabeça. Deve haver algum meio de encaixar essas peças. O homem sábio, o ser onisciente, seja ele Deus, seja uma criatura terrena onisciente — como você queira concebê-lo —, é, em princípio, capaz de encaixar todas as peças, formando um desenho coerente. Qualquer um que fizer

---

* Quando os autores dos séculos 17 e 18 dizem "natureza", podemos traduzir perfeitamente por "vida". A palavra "natureza" era tão comum no século 18 como a palavra "criativo" é hoje, com a mesma precisão de significado.

isso vai saber como é o mundo: o que as coisas são, o que elas já foram, o que elas serão, quais leis as governam, o que é o homem, qual é a relação do homem com as coisas e, portanto, de que o homem precisa, o que ele deseja, e também como pode obter tudo isso. Todas as perguntas, sejam elas de natureza factual ou do que chamamos de natureza normativa — perguntas como "o que devo fazer?", ou "o que eu deveria fazer?", ou "o que seria certo ou apropriado fazer?" —, todas elas podem ser respondidas por alguém capaz de encaixar as peças do quebra-cabeça. É como a caça a um tesouro escondido. A única dificuldade é encontrar o caminho para o tesouro. Sobre isso, é claro, os teóricos têm divergido. No entanto, no século 18 havia um consenso bastante amplo de que aquilo que Newton tinha conseguido na física decerto podia ser aplicado também à ética e à política.

As esferas da ética e da política ofereciam uma rara perturbação. Era perfeitamente claro, então como agora, que as pessoas não conhecem as respostas a essas perguntas. Como se deve viver? Seria a república preferível à monarquia? O correto seria buscar o prazer ou cumprir seu dever? Ou essas alternativas poderiam se reconciliar? Seria correto ser asceta ou ser voluptuoso? Seria adequado obedecer às elites de especialistas que sabem a verdade ou todo homem teria direito à própria opinião sobre o que ele deve fazer? A opinião da maioria deve ser considerada, necessariamente, como a resposta correta para a vida política? Seria o bem algo intuído como uma propriedade externa, como algo que existe em algum lugar, eterno, objetivo, válido para todos os homens em todas as circunstâncias, em qualquer lugar, ou o bem seria apenas algo de que determinada pessoa em determinada situação por acaso gosta ou para o qual tem inclinação?

Essas perguntas eram na época, assim como agora, de natureza intrigante. Era muito natural que as pessoas se voltassem para Newton, que tinha encontrado a física em um estado muito semelhante, com numerosas hipóteses entrecruzando-se, fundamentadas em muitos erros clássicos e escolásticos. Com algumas poucas pinceladas magistrais, Newton conseguiu reduzir esse enorme caos a uma ordem comparativa. Por meio de algumas poucas proposições físico-matemáticas, ele foi capaz de deduzir a posição e a velocidade de cada partícula do Universo ou, se não de deduzi-las, de colocar armas nas mãos das pessoas com as quais elas poderiam, caso se empenhassem, deduzi-las, armas que qualquer homem inteligente poderia, em princípio, usar por conta própria. Decerto, se esse tipo de ordem pôde ser instituído no mundo da física, os mesmos métodos produziriam resultados igualmente esplêndidos e duradouros nos mundos da moral, da política, da estética e no resto do mundo caótico das opiniões humanas, onde parece que as pessoas lutam umas contra as outras, assassinam umas às outras, destroem umas às outras e humilham umas às outras, em nome de princípios incompatíveis. Isso parecia ser uma esperança perfeitamente razoável e um ideal humano muito digno. Seja como for, esse era, certamente, o ideal do Iluminismo.

O Iluminismo com certeza não foi, como às vezes se afirma, um movimento uniforme em que todos os membros acreditavam quase nas mesmas coisas. Por exemplo, as opiniões sobre a natureza humana diferiam amplamente. Fontenelle e Saint-Evremond, Voltaire e La Mettrie pensavam que o homem é irremediavelmente ciumento, invejoso, mau, corrupto e fraco, e que por isso precisa da disciplina mais árdua possível, só para manter a cabeça acima da água. Ele precisa de uma rígida disciplina que lhe permita lidar com a vida. Outros não assumiam uma visão tão sombria e pensavam que o homem é, essencialmente, uma substância maleável, uma argila que qualquer educador competente, qualquer legislador esclarecido poderia moldar em uma forma perfeitamente adequada e racional. Havia, claro, algumas pessoas, como Rousseau, que achavam que o homem não é, por natureza, neutro, tampouco mau, mas bom, e foi arruinado apenas por instituições que ele próprio criou. Se essas instituições pudessem ser alteradas ou reformadas de maneira drástica, a bondade natural do homem irromperia, e o reino do amor poderia mais uma vez ser criado sobre a Terra.

Alguns eminentes doutrinadores do Iluminismo acreditavam na imortalidade da alma. Outros acreditavam que a noção de alma era uma superstição vazia, que tal entidade não existia. Alguns acreditavam na elite, na necessidade de um governo de sábios; que a plebe nunca aprenderia; que havia uma desigualdade de talentos que era permanente na humanidade, e, a menos que os homens pudessem ser de alguma forma treinados ou induzidos a obedecer àqueles que sabiam, à elite dos especialistas — como ocorre no caso de tecnologias que sem dúvida precisam deles, como a navegação ou a economia —, a vida na Terra continuaria a ser uma selva. Outros acreditavam que em matéria de ética e política cada homem era seu próprio especialista; que, embora nem todos pudessem ser bons matemáticos, os homens, caso examinassem o próprio coração, poderiam saber a diferença entre o bem e o mal, o certo e o errado; e o motivo pelo qual não sabiam era apenas que no passado haviam sido enganados por velhacos ou tolos, por governantes egoístas, soldados malvados, sacerdotes corruptos e outros inimigos do homem. Se essas pessoas pudessem ser eliminadas ou liquidadas de alguma forma, então respostas claras poderiam ser descobertas por todo homem, gravadas em letras eternas sobre seu coração, como pregava Rousseau.

Havia outras discordâncias, também, que não preciso abordar. Mas o que é comum a todos esses pensadores é a visão de que a virtude consiste, em última análise, no conhecimento; que, se sabemos o que somos, e sabemos de que precisamos, e sabemos onde obtê-lo, e o obtemos com os melhores meios em nosso poder, então podemos viver uma vida feliz, virtuosa, justa, livre e contente; que todas as virtudes são compatíveis entre si; que é impossível que a resposta à pergunta "deve-se buscar a justiça?" seja "sim", e a resposta à pergunta "deve-se buscar a misericórdia?" seja "sim", e que essas duas respostas demonstrem, de alguma forma, ser incompatíveis. Igualdade, liberdade, fraternidade devem ser compatíveis umas com as outras. O mesmo com a misericórdia e a justiça. Se um homem disser que a verdade pode tornar alguém infeliz, isso deve, de alguma forma, ser demonstrado como falso. Se puder ser demonstrado que, de algum modo, a liberdade total é incompatível com a igualdade total, deve haver algum mal-entendido no argumento — e assim por diante. Essa era uma crença mantida por todos esses homens. Acima de tudo, eles julgavam que se podia chegar a essas proposições gerais por meio dos métodos confiáveis usados pelos cientistas naturais ao estabelecer o grande triunfo do século 18 — ou seja, as ciências naturais.

Antes de voltar à forma específica assumida pelo ataque contra o Iluminismo, gostaria de explicar que, naturalmente, essa perspectiva penetra tanto o reino das artes como o das ciências e o da ética. Por exemplo, a teoria estética dominante do início do século 18 dizia que o homem deve apresentar um espelho para a natureza. Posto assim, parece algo bastante grosseiro e enganoso; de fato, uma falsidade. Pois segurar um espelho diante da natureza é simplesmente copiar o que já existe lá. E isso não é o que esses teóricos entendiam por tal expressão. Por "natureza" eles queriam dizer "vida", e por "vida" não queriam dizer aquilo que se vê, mas aquele objetivo que, segundo eles, a vida luta para alcançar, certas formas ideais para as quais toda a vida se inclina. Sem dúvida, foi algo muito inteligente por parte do pintor Zêuxis, de Atenas, pintar uvas tão realistas que os pássaros iam bicá-las. Foi muito habilidoso por parte de Rafael pintar joias de ouro com tanta precisão que o estalajadeiro pensou que eram genuínas e o deixou sair sem pagar a conta. Mas esses não foram os mais altos arroubos de gênio artístico humano. O gênio artístico mais elevado consistia em visualizar, de alguma forma, aquele ideal objetivo interno para o qual tendiam a natureza e o homem, e, de alguma forma, incorporar isso em uma pintura nobre. Ou seja, existe um padrão universal, e o artista é capaz de incorporá-lo em imagens, tal como o filósofo ou o cientista é capaz de incorporá-lo em proposições.

Gostaria de citar uma afirmação bem típica de Fontenelle, a mais representativa de todas as figuras do Iluminismo, homem que levou uma vida muito cautelosa e racional, que lhe permitiu durar até os cem anos. Ele disse: "Uma obra de moralidade, de política, de crítica, talvez até mesmo de literatura, será mais refinada, considerando todas as coisas, se feita pelas mãos de um geômetra".[1] Isso porque os geômetras são pessoas que compreendem as inter-relações racionais entre as coisas. Qualquer um que compreenda o padrão que a natureza segue — pois a natureza é certamente uma entidade racional, caso contrário o homem não seria capaz de concebê-la nem de compreendê-la, de maneira alguma (esse era o argumento) — será capaz, com certeza, de extrair do aparente caos e confusão da natureza esses princípios eternos, essas conexões necessárias, que unem os elementos eternos e objetivos que compõem o mundo. René Rapin disse, no século 17, que a poética de Aristóteles é apenas "a natureza reduzida ao método, o bom senso reduzido a princípios",[2] e Pope repetiu isso em versos famosos, dizendo:

Those rules of old discover'd *not* devis'd,
Are Nature *still, but* Nature Methodiz'd.[3]

[Essas regras de outrora, *descobertas*, não *inventadas*,
Ainda são a *Natureza*, mas a *Natureza Metodizada*.]

Essa é, grosso modo, a doutrina oficial do século 18, ou seja, descobrir o método na própria natureza. Reynolds, provavelmente o mais representativo teórico da estética do século 18, pelo menos na Inglaterra, disse que o pintor corrige a natureza em seus próprios termos, trocando o estado imperfeito da natureza por um estado mais perfeito. Ele percebe uma ideia abstrata de formas mais perfeitas do que qualquer original real. Essa é a famosa beleza ideal, pela qual, diz ele, Fídias adquiriu sua fama. Portanto, devemos compreender em que consiste esse ideal.

A ideia é a seguinte. Há certas pessoas que são mais eminentes do que outras. Alexandre, o Grande, é uma figura mais esplêndida do que um mendigo coxo ou cego e, portanto, merece mais do artista do que o mendigo, que é um mero acidente da natureza. A natureza tende à perfeição. Sabemos o que é a perfeição por algum sentido interior, que nos diz o que é a norma e o que é anormal, o que é o ideal e o que é o desvio desse ideal. Por isso, diz Reynolds com grande firmeza, se por acaso Alexandre fosse de baixa estatura, não deveríamos retratá-lo assim. Bernini nunca deveria ter deixado o rei Davi morder o lábio inferior, pois essa é uma expressão mesquinha, imprópria para o status de um rei. Se São Paulo era de aparência mediana, como nos foi dito, Rafael teve razão em não pintá-lo desse modo. Perrault, escrevendo no final do século 17, diz que é uma grande pena que Homero permita que seus heróis mostrem tanta familiaridade com tratadores de porcos. Ele não quer negar, suponho, que talvez os heróis de Homero, ou as pessoas em quem ele se baseou para seus personagens, tivessem tanta familiaridade com os tratadores de porcos como aparece em suas representações; mas, se fosse o caso, a representação não seria essa. A atividade do pintor não é simplesmente reproduzir realisticamente o que existe — isso é o que os pintores holandeses costumam fazer com demasiada frequência e só serve para povoar o mundo com numerosas cópias de entidades que originalmente não precisavam existir.

O objetivo da pintura é transmitir ao intelecto questionador ou à alma questionadora o que a natureza está buscando. A natureza busca a beleza e a perfeição. Todas essas pessoas acreditavam nisso. A natureza pode não ter atingido esses ideais — o homem, em particular, não os alcançou, como é bem visível. Mas, examinando a natureza, observamos as linhas gerais em que ela avança. Vemos o que ela se esforça para produzir. Sabemos a diferença entre um carvalho atrofiado e um carvalho plenamente desenvolvido; sabemos, quando nós o chamamos de atrofiado, que é um carvalho que não conseguiu tornar-se o que pretendia ser, por si ou pela natureza. Da mesma forma, existem ideais objetivos de beleza, de grandeza, de magnificência, de sabedoria, que cabe aos escritores, filósofos, pregadores, pintores, escultores — também compositores — nos transmitir, de algum modo. Essa é a ideia geral.

Johann Joachim Winckelmann, o mais original de todos os teóricos da estética do século 18, que introduziu esse intenso gosto nostálgico pela arte clássica, fala da "nobre simplicidade" e da "calma grandiosidade".[4] Por que nobre simplicidade? Por que calma grandiosidade? Ele não supõe que todos os antigos eram nobremente simples ou calmamente grandiosos, mas julga que essa é a concepção ideal do que o homem deve ser. Ele pensa, isso sim, que ser um senador romano ou um orador grego — ou o que quer que ele considerasse a perfeição do homem, aquilo que todos os alemães de sua época tendiam a julgar como o mais perfeito dos homens — era ser uma pessoa que tendia para o mais nobre dos ideais humanos; e que os escultores que imortalizaram esses traços específicos mostram para nós o ideal do que o homem pode ser — e assim não só nos inspiram a imitar esses ideais, como nos revelam os objetivos internos da natureza, nos revelam a realidade. A realidade, a vida, a natureza, o ideal — essas coisas são idênticas para esses pensadores.

Assim como a matemática lida com círculos perfeitos, também o escultor e o pintor devem lidar com formas ideais. Essa é a noção racionalista da maior parte da estética do século 18. É por isso que há uma relativa negligência da história. É verdade que Voltaire foi a primeira pessoa a escrever não mais a história dos reis e conquistadores, capitães e aventureiros, tendo-se interessado pela moral das pessoas, suas roupas, seus hábitos, suas instituições judiciais; é verdade que algum interesse pela história geral dos costumes, bem como das conquistas e dos tratados, existia no século 18; mesmo assim, não há dúvida de que, quando Bolingbroke afirmou que a história não passava do "ensino da filosofia por meio de exemplos",[5] ele estava expressando uma visão muito comum.

O interesse de Voltaire pela história implicava mostrar que os homens eram muito iguais na maioria das épocas e que causas iguais produzem efeitos iguais. O objetivo era revelar o que somos sociologicamente: que tipo de objetivos os homens procuram, que tipo de meios não conseguem alcançar esses objetivos, que tipo de meios conseguem alcançá-los — e assim criar uma ciência de como viver bem. O mesmo é verdade quanto a Hume, que disse coisas bem semelhantes. Ele afirmou que a maioria dos homens, na maioria das circunstâncias, obedecendo às mesmas causas, se comporta mais ou menos da mesma forma. O objetivo da história não é simplesmente a curiosidade sobre o que aconteceu no passado, nem um desejo de revivê-la simplesmente porque temos um interesse ardente em saber como eram nossos antepassados ou porque desejamos conectar, de alguma forma, o passado com nossa própria vida, para saber de onde nós surgimos. Esse não é o principal interesse desses homens. Seu principal objetivo era simplesmente acumular dados sobre os quais pudessem construir proposições gerais, dizendo às pessoas o que fazer, como viver, o que ser. Essa é a atitude mais não histórica que se pode adotar para com a história, e é uma atitude bem característica do século 18, incluindo a de grandes historiadores que, apesar de terem essas ideias, escreveram importantes obras históricas, como Gibbon, cujos ideais eram muito inferiores a suas realizações reais.

Sendo essas as noções gerais do Iluminismo, é claro que, no caso das artes, elas levariam ao formal, ao nobre, ao simétrico, ao proporcional, ao criterioso. Havia exceções, sem dúvida. Não estou dizendo que todo mundo acreditava exatamente na mesma coisa: isso seria muito raro em qualquer época. Mesmo na França clássica havia todo tipo de aberrações: quietistas e convulsionistas, indivíduos de temperamento com tendência para a histeria ou para o êxtase. Havia pessoas como Vauvenargues, que se queixava amargamente do terrível vazio da vida. Havia Madame de la Popelinière, que disse que queria atirar-se pela janela porque sentia que a vida não tinha sentido nem propósito. Mas esses eram, relativamente, minoria. Em termos gerais, pode-se dizer que eram Voltaire e seus amigos, pessoas como Helvétius, Fontenelle, que representavam a posição majoritária da época; e essa posição dizia que estávamos progredindo, estávamos descobrindo, estávamos destruindo os antigos preconceitos, a superstição, a ignorância e a crueldade, e estávamos bem a caminho de fundar algum tipo de ciência que tornaria as pessoas felizes, livres, virtuosas e justas. Essa posição foi atacada pelas pessoas às quais darei atenção a partir de agora.

Certas rachaduras nesse muro um tanto presunçoso e liso demais já haviam sido feitas pelo próprio Iluminismo. Por exemplo, Montesquieu, um representante bastante típico do Iluminismo, tinha sugerido que os homens não são os mesmos em todos os lugares, e essa proposição, que já havia sido proferida por um bom número de sofistas gregos, mas depois fora esquecida, teve algum impacto no quadro geral, embora não muito profundo. A tese de Montesquieu era que, se você fosse persa e criado em condições persas, poderia não desejar aquilo que desejaria se fosse parisiense e criado em Paris; que os homens não ficam felizes com as mesmas coisas, que a tentativa de impingir aos chineses coisas deleitáveis para os franceses ou impingir aos franceses coisas deleitáveis para os chineses causaria infelicidade em ambos os casos; e que, portanto, era preciso ter muita cautela, ao modificar leis, ao fazer reformas e, de modo geral, ao cuidar das pessoas, se você fosse um estadista ou político, ou até mesmo nas relações pessoais, na amizade, na vida familiar, muita cautela para considerar quais são as necessidades reais das pessoas, qual é o processo relevante de crescimento, em que condições determinado grupo de pessoas cresceu. Ele atribuía enorme importância ao solo, ao clima e às instituições políticas. Outros atribuíam importância a outros fatores. No entanto, como quer que vejamos a coisa, a noção básica era de um relativismo geral, de que aquilo que servia bem para as pessoas em Birmingham não serviria para as pessoas em Bukhara.

Em certo sentido, isso contradiz, claro, a proposição de que existiam certas entidades objetivas, uniformes, eternas, fixas, como algumas formas de prazer, que agradavam a todos, em todos os lugares; que havia certas proposições verdadeiras que todos os homens em todas as épocas poderiam ter descoberto por si mesmos, e só não conseguiram fazê-lo porque eram demasiado estúpidos ou se encontravam em circunstâncias infelizes; e que havia uma forma de vida especial que, uma vez introduzida no Universo, poderia ser fixada como eterna e não seria necessário alterar, porque era perfeita, porque satisfazia aos interesses e desejos permanentes dos homens. Opiniões como a de Montesquieu contradiziam isso, mas não de maneira muito acentuada. Tudo o que Montesquieu disse foi que, embora todos os homens de fato procurem as mesmas coisas, ou seja, felicidade, contentamento, harmonia, justiça, liberdade — ele não negava nada disso —, as circunstâncias diferentes exigem usar meios diferentes para alcançar essas coisas. Essa foi uma observação muito sensata e não contradiz, em princípio, os fundamentos do Iluminismo.

Na verdade, Montesquieu fez um comentário que chocou as pessoas. Ele afirmou que, quando Montezuma disse a Cortés que a religião cristã era boa para a Espanha, mas a religião asteca poderia ser melhor para seu povo, isso não era absurdo.[6] E com isso Montesquieu chocou, claro, os dois campos. Chocou a Igreja Católica e chocou a ala esquerda. Chocou a Igreja por razões óbvias. E chocou a esquerda porque os partidários da esquerda também sabiam que, por ser falso o que dizia a Igreja Católica, o oposto era verdade, e, como o que a religião asteca dizia era falso, o oposto deveria ser verdade. Portanto, a noção de que as proposições que podem não parecer verdadeiras para nós podem servir para alguma outra cultura, que se deve estimar o valor das verdades religiosas não segundo algum padrão objetivo, e sim por algum meio muito mais flexível ou pragmático, ou seja, perguntando se essas verdades tornam felizes as pessoas que acreditam nelas, se são adequadas à forma de vida delas, se desenvolvem certos ideais entre elas, se se encaixam bem na textura geral de sua vida e de sua experiência — isso pareceu a ambos os lados, tanto para a Igreja Católica como para os ateus materialistas, uma traição. No entanto, esse é o tipo de crítica que Montesquieu fazia e, como eu já disse, modificou um pouco o quadro geral. Modificou a proposição de que existem verdades eternas, instituições eternas, valores eternos, adequados para todos, em todos os lugares. Era preciso ser mais flexível. Era preciso dizer: "Bem, talvez não seja eterno, talvez não em todos os lugares, mas para a maioria das pessoas, na maioria dos lugares, com os devidos ajustes feitos para a época e o lugar". No entanto, mesmo que você pensasse assim, ainda podia preservar os fundamentos da visão do Iluminismo.

Uma rachadura um pouco mais profunda foi feita por Hume. Carl Becker, em seu notável livro, muito inteligente, interessante e divertido, *The Heavenly City of the Eighteenth-Century Philosophers* [A cidade celestial dos filósofos do século 18], argumenta que Hume explodiu toda a posição do Iluminismo ao mostrar que não existem de fato as necessidades nas quais esses filósofos acreditavam, a rede de relações lógicas rigorosas que constituem o Universo e que a razão é capaz de compreender e seguir. Portanto, segundo ele, Hume minou a noção geral de uma espécie de túnica inconsútil ou harmonia das conexões necessárias.

Não estou de acordo com Becker quanto a isso, embora não queira entrar em detalhes. O principal serviço prestado por Hume em seu ataque ao Iluminismo — e ele certamente não parecia, para si mesmo, estar armando tal ataque — consistiu em duvidar de duas proposições. Em primeiro lugar, ele duvidava que a relação causal fosse algo que nós percebemos diretamente ou mesmo que sabemos existir. Ele afirmou que as coisas não são consequência necessária de outras coisas; elas apenas seguem de maneira regular, e não de modo necessário. Em vez de dizer que as causas devem produzir efeitos, ou que este evento deve produzir aquele evento, ou que esta situação não pode deixar de decorrer daquela situação, tudo o que se precisava dizer era: "em geral" esta situação resulta daquela situação; "normalmente" esta coisa se encontra antes, ou ao mesmo tempo, ou depois daquela coisa — o que, para efeitos práticos, não fez grande diferença.

A segunda proposição posta em dúvida por Hume é mais importante para nossos objetivos. Quando se perguntou como ele sabia que existe um mundo externo, disse que não podia deduzir isso logicamente: não haveria maneira de demonstrar que as mesas existem. Não haveria maneira de demonstrar que neste momento estou comendo um ovo cozido ou tomando um copo d'água. Posso demonstrar coisas na geometria. Posso demonstrar coisas na aritmética. Posso demonstrar coisas na lógica. Eu poderia, suponho, ser capaz de demonstrar coisas na heráldica, ou no xadrez, ou em outras ciências que seguem regras artificiais, estabelecidas por convenção. Mas não posso provar com certeza matemática que alguma coisa existe. Tudo o que posso dizer é que, se eu ignorar alguma coisa, vou acabar lamentando isso. Se eu achar que não existe uma mesa na minha frente e caminhar direto para ela, provavelmente sofrerei um incômodo. No entanto, demonstrar tal como posso demonstrar proposições matemáticas, demonstrar tal como posso demonstrar uma proposição na lógica, em que o oposto não é apenas falso, mas sem sentido — isso eu não posso fazer. Portanto, devo aceitar o mundo como matéria de fé, na base da confiança. A crença não é o mesmo que a certeza dedutiva. Na verdade, a dedução não se aplica, em absoluto, aos fatos.

Sem entrar nas vastas consequências para a história geral da lógica e da filosofia, podemos ver que isso claramente enfraqueceu a posição geral segundo a qual o Universo era um todo racional e cada parte do todo era necessariamente da maneira como era — porque assim exigiam as outras partes do todo — e tudo isso se tornava belo e racional pelo fato de que nenhuma das coisas ali existentes não poderia ser de outra forma a não ser como era. A velha crença dizia que tudo o que era verdade era necessariamente verdade, que as coisas não podiam ser diferentes do que eram, e é por isso, disse Spinoza (e as pessoas que pensavam como ele), que, quando compreendo que as coisas são inevitáveis, eu as aceito com muito mais boa vontade. Nenhum homem quer acreditar que dois mais dois é igual a cinco; qualquer um que disser "dois mais dois é sempre igual a quatro, mas essa é uma verdade muito sufocante; será que não pode acontecer, ocasionalmente, que dois mais dois sejam quatro e meio ou dezessete?", qualquer um que quiser fugir da prisão hedionda da taboada será considerado um pouco insano. A proposição de que dois mais dois é igual a quatro, ou a proposição de que, se A é maior que B e B é maior que C, então A é maior que C — essas são proposições que aceitamos como fazendo parte do processo racional geral do pensamento, parte do que queremos dizer com sanidade, com racionalidade. Se todos os fatos do Universo puderem ser reduzidos a esse nível, então não devemos mais espernear contra eles. Esse é o grande pressuposto racionalista. Se todas as coisas que no momento você odeia e teme pudessem ser representadas como derivadas, necessariamente, de cadeias lógicas a partir de tudo o mais que existiu, você as aceitaria como sendo não apenas inevitáveis, mas razoáveis e, portanto, deleitáveis, tanto quanto "dois mais dois são quatro" ou qualquer outra verdade lógica sobre a qual você fundamenta sua vida, sobre a qual seu pensamento repousa. Esse ideal do racionalismo foi certamente quebrado por Hume.

Embora Montesquieu e Hume tenham causado esses pequenos impactos no panorama do Iluminismo — um mostrando que nem tudo é igual em toda parte, o outro dizendo que não existem obrigatoriedades, mas apenas probabilidades —, a diferença que fizeram não foi muito grande. Hume certamente pensava que o Universo ia continuar avançando mais ou menos da mesma forma que antes. Decerto pensava que havia caminhos racionais e irracionais de ação e que os homens seriam felizes por meios racionais. Ele acreditava na ciência, acreditava na razão, acreditava no discernimento frio, acreditava em todas as proposições bem conhecidas do século 18. Acreditava na arte exatamente como

Reynolds acreditava, exatamente como o Dr. Johnson acreditava. As implicações lógicas de suas ideias só se tornaram realmente evidentes no final do século 19 e no 20. O ataque que eu gostaria de discutir veio de um lugar muito diferente — da Alemanha.

A verdade sobre os alemães nos séculos 17 e 18 é que eles formam uma província um pouco atrasada. Eles não gostam de considerar a si mesmos por esse prisma, mas mesmo assim é correto descrevê-los nesses termos. No século anterior, o 16, os alemães tinham sido tão progressistas, tão dinâmicos e tão generosos em sua contribuição para a cultura europeia como qualquer outro povo. Certamente Dürer foi tão grande pintor como qualquer outro pintor europeu de sua época. Certamente Martinho Lutero foi uma figura religiosa tão grande como qualquer outra na história europeia. Mas, se considerarmos a Alemanha do século 17 e início do 18, com exceção da grande figura de Leibniz, sem dúvida um filósofo de escala mundial, é muito difícil encontrar alguém entre os alemães da época que tenha afetado o pensamento ou mesmo a arte mundial de alguma forma significativa, em especial no final do século 17.

O motivo disso é difícil precisar. Não sendo um historiador competente, não quero apresentar muitas ideias. No entanto, por alguma razão, os alemães não conseguiram alcançar um Estado centralizado da maneira como a Inglaterra, a França e até a Holanda conseguiram. Os alemães eram governados nos séculos 17 e 18 por 300 príncipes e 1.200 subpríncipes. O imperador tinha interesses na Itália e em outros lugares, o que o impedia, talvez, de prestar a devida atenção a suas terras alemãs. E, acima de tudo, houve a ruptura violenta da Guerra dos Trinta Anos, na qual tropas estrangeiras, inclusive da França, destruíram e mataram uma parte muito grande da população alemã, e engolfaram o que poderia ter sido um grande desenvolvimento cultural em um mar de sangue. Foi uma infelicidade de um tipo sem precedentes na história da Europa. Um tal número de pessoas nunca tinha sido assassinado antes disso, não importa por que motivo, desde os tempos de Gêngis Khan, e a desgraça para a Alemanha foi esmagadora. Esmagou o espírito do país de tal maneira que a cultura alemã se tornou provincianizada, fragmentada naquelas pequenas cortes aristocráticas de província. Não havia Paris, não havia nenhum centro, não havia vida, não havia orgulho, não havia nenhum senso de crescimento, dinamismo e poder. A cultura alemã estava à deriva, ou presa ao pedantismo escolástico extremo de tipo luterano — um academismo minucioso, mas seco —, ou então em revolta contra esse academismo, rumo à vida interior da alma humana. Isso foi, sem dúvida, estimulado pelo luteranismo como tal, mas principalmente pelo fato de que havia um enorme complexo de inferioridade nacional, que começou nesse período, em relação aos grandes Estados progressistas ocidentais, especialmente em relação ao francês, esse Estado brilhante que tinha conseguido esmagá-los e humilhá-los, esse grande país que dominava as ciências e as artes e todas as províncias da vida humana com uma arrogância e um sucesso até então sem precedentes. Isso produziu na Alemanha uma sensação permanente de tristeza e humilhação, que aparece nas baladas melancólicas e na literatura popular do final do século 17, e inclusive nas artes em que os alemães se distinguiram — até mesmo na música, que tendia a ser doméstica, religiosa, intensa, voltada para dentro e, acima de tudo, diferente da arte resplandecente da corte e das esplêndidas conquistas seculares de compositores como Rameau e Couperin. Não há dúvida de que, comparando Bach e seus contemporâneos, como Telemann, aos compositores franceses da época, apesar de o gênio de Bach ser incomparavelmente maior, toda a atmosfera e o tom de sua música são muito mais, não digo provincianos, mas confinados à vida religiosa interior da cidade de Leipzig (ou onde quer que ele estivesse morando), e não havia intenção de que fosse oferecida aos cintilantes palácios da Europa ou para a admiração geral da humanidade, como ocorria obviamente com as pinturas e as composições musicais dos ingleses, holandeses, franceses e das outras principais nações do mundo.*

Nesse contexto, o movimento pietista, que realmente é a raiz do Romantismo, tornou-se profundamente arraigado na Alemanha. O pietismo era um ramo do luteranismo e consistia em um estudo cuidadoso da Bíblia e profundo respeito pela relação pessoal do homem com Deus. Havia, portanto, uma ênfase na

---

* Em outubro de 1967, Berlin recebeu uma carta de I. Berz discutindo essas observações sobre Bach. Em sua resposta, datada de 30 de outubro de 1967, Berlin escreveu: "É claro que o que eu disse foi muito abrangente, como acontece em palestras desse tipo, e eu não deveria dizer isso em um texto impresso [...]. Bach, como você diz, com razão, compôs música para a corte em Weimar, em Cöthen e assim por diante, e ficou encantado quando o rei o convidou para ir a Berlim, mostrando grande respeito ao tema musical do rei, sobre o qual ele compôs então essas famosas variações [...] E nem mesmo as *Variações Goldberg* devem ser consideradas uma obra musical *innig* [íntima], que vai fundo na alma. Tudo isso é verdade. O ponto que eu quis destacar é que a maior parte das peças de Bach foi composta em um ambiente pietista — que havia uma tradição de interioridade religiosa pela qual os alemães se isolavam, em grande medida, das superficialidades mundanas, do brilho, da busca da fama e do resplendor geral da França e até mesmo da Itália; que o próprio Bach nunca se comportou como se acreditasse ser uma figura grandiosa e dominante no mundo da música de seu tempo, como se fosse provável que sua música seria tocada nas cortes italianas ou francesas nos anos seguintes, no sentido em que Rameau certamente pensava, e que ele não era, segundo sua própria opinião, um pioneiro, um inovador, um legislador para os outros, como era Rameau; que já ficava muito satisfeito quando suas obras eram tocadas em sua própria cidade ou nas cortes dos príncipes alemães; em outras palavras, que seu universo era socialmente (não, é claro, emocional ou artisticamente) limitado, de uma forma que o dos parisienses não era. Essa é uma grande ironia do destino, uma vez que, como você diz, com razão, esse gênio soberano, comparável a Shakespeare ou Dante, de fato transcendeu sua época e é um grande luminar da civilização humana, de um modo que todos aqueles franceses não são. Em suma, tudo o que eu queria dizer era que Bach, assim como outros alemães de seu tempo, foi modesto em suas ambições, e isso foi, ao mesmo tempo, um efeito e uma causa dessa interiorização que produziu resultados espirituais tão imensos a partir da própria triste condição do provincianismo alemão e da falta de um senso de importância mundial do país no século 18".

vida espiritual, desprezo pelo aprendizado, desprezo pelo ritual e pela forma, pela pompa e pela cerimônia, e uma enorme ênfase na relação individual da alma humana sofredora com seu criador. Spener, Francke, Zinzendorf, Arnold — todos esses fundadores do movimento pietista conseguiram trazer consolo e salvação para um grande número de seres humanos socialmente esmagados e politicamente miseráveis. O que ocorreu foi uma espécie de retirada para as profundezas.

Às vezes acontece na história da humanidade — embora os paralelos possam ser perigosos — que, quando o caminho natural para a realização humana é bloqueado, o ser humano retira-se para dentro de si mesmo, envolve-se consigo mesmo e tenta criar interiormente esse mundo que algum destino mau lhe negou externamente. Isso foi, decerto, o que aconteceu na Grécia Antiga, quando Alexandre, o Grande, começou a destruir as cidades-estados, e os estoicos e os epicuristas começaram a pregar uma nova moralidade de salvação pessoal, que dizia que a política não era importante, que a vida civil não era importante, que todos os grandes ideais sustentados por Péricles e por Demóstenes, por Platão e por Aristóteles eram triviais e idênticos a nada, diante da imperiosa necessidade de salvação pessoal e individual.

Foi um caso grandioso de "as uvas estão verdes" [como na fábula "A raposa e as uvas", de Esopo]. Quem não pode obter do mundo o que realmente deseja deve ensinar a si mesmo a não querer. Quem não pode obter o que deseja deve ensinar a si mesmo a querer o que *pode* ter. Essa é uma forma muito frequente de recolhimento espiritual em profundidade, para uma espécie de cidadela interior, na qual você tenta se trancar contra todos os terríveis males do mundo. O rei de minha província — o príncipe — confisca minha terra: então não quero possuir terras. O príncipe não quer me dar um título de nobreza: então penso que posição social é algo trivial, sem importância. O rei roubou minhas posses: os bens não são nada. Meus filhos morreram de desnutrição e doenças: os apegos terrenos, até mesmo o amor aos filhos, são como nada perante o amor a Deus. E assim por diante. Você aos poucos vai se cercando com uma muralha estreita para tentar reduzir a superfície vulnerável — para evitar ao máximo ser ferido. Feridas de todo tipo já foram amontoadas em cima de você; portanto, você deseja se contrair na menor área possível, para que o mínimo possível de você fique exposto a novas feridas.

Esse é o estado de espírito em que atuavam os pietistas alemães. O resultado foi uma intensa vida interior, uma grande quantidade de literatura muito comovente e interessante, mas altamente pessoal e violentamente emocional, o ódio ao intelecto e, acima de tudo, claro, o ódio violento à França, às perucas, às meias de seda, aos salões, à corrupção, aos generais, aos imperadores, a todas as grandes e magníficas figuras deste mundo, que são simplesmente encarnações da riqueza, da maldade e do diabo. É uma reação natural de uma população piedosa e humilhada, e aconteceria depois em outros lugares também. É uma forma particular de antagonismo à cultura, de anti-intelectualismo e xenofobia — a que os alemães estavam, naquele determinado momento, particularmente propensos. Esse é o provincianismo que alguns pensadores alemães estimavam e adoravam no século 18, e contra o qual Goethe e Schiller lutaram a vida toda.

Há uma citação significativa de Zinzendorf, o líder do *Herrnhuter*, uma espécie de divisão da Irmandade da Morávia, que era uma grande divisão do grupo pietista. Disse ele: "Todo aquele que deseja compreender Deus com o intelecto se torna ateu".[7] Isso era simplesmente um eco de Lutero, que disse que a razão é uma prostituta e deve ser evitada.[8] Aqui, um dado social sobre esses alemães não é de todo irrelevante. Se perguntarmos quem eram esses alemães do século 18, que foram os pensadores que mais influenciaram a Alemanha e de quem já ouvimos falar, há neles um componente sociológico um tanto peculiar que sustenta a tese que eu gostaria de sugerir, ou seja, que tudo isso é produto da sensibilidade nacional ferida, de uma humilhação nacional terrível, que essa é a raiz do movimento romântico por parte dos alemães. Se perguntarmos quem eram aqueles pensadores, vamos descobrir que, em contraste com os franceses, eles vieram de um meio social completamente diferente.

Lessing, Kant, Herder, Fichte tinham origem muito humilde. Hegel, Schelling, Schiller, Hölderlin eram da classe média baixa. Goethe era um burguês rico, mas só mais tarde recebeu um título. Apenas Kleist e Novalis eram parte do que naqueles dias se chamava de aristocracia rural. As únicas pessoas com algum grau de conexão aristocrática que se pode dizer que participaram da literatura alemã, da vida alemã, da pintura alemã, de qualquer tipo de civilização alemã, até onde consegui descobrir, foram dois irmãos, os condes Christian e Friedrich Leopold Stolberg, e o místico barão Karl von Eckartshausen — não exatamente figuras de primeira grandeza, não exatamente figuras da linha de frente do movimento.

Se, de outro lado, pensarmos nos franceses desse período, pensarmos em todos os radicais, na ala esquerda, nos adversários mais extremos da ortodoxia, da Igreja, da monarquia, do status quo, todos eles vieram de um mundo muito diferente. Montesquieu era barão, Condorcet era marquês, Mably era abade, Condillac era abade, Buffon se tornou conde, Volney era bem-nascido. D'Alembert era filho ilegítimo de um nobre. Helvétius não era nobre, mas seu pai tinha sido médico da mulher de Luís 15 e ele era milionário, agricultor e frequentava círculos aristocráticos. O barão Grimm e o barão d'Holbach eram dois alemães que foram viver em Paris, um proveniente da Boêmia, outro da Renânia. Havia uma série de outros abades: o abade

Galiani era secretário na embaixada napolitana, o abade Morellet e o abade Raynal eram de boa origem. Até mesmo Voltaire provinha da pequena nobreza. Só Diderot e Rousseau eram plebeus, plebeus de verdade. Diderot realmente veio da classe pobre. Rousseau era suíço e, portanto, não conta nessa categoria. Consequentemente, essas pessoas falavam uma língua diferente. Eram, sem dúvida, de oposição, mas se opunham contra as pessoas que provinham da mesma classe que elas mesmas. Frequentavam os salões, brilhavam, eram pessoas muito polidas, de elevada educação, esplêndida prosa e uma visão generosa e bela da vida.

A mera existência desses homens irritava, humilhava e enfurecia os alemães. Quando Herder foi a Paris, no início dos anos 1770, não conseguiu entrar em contato com nenhum deles. Parecia-lhe que eram todos artificiais, de maneiras excessivamente polidas, extremamente afetados, secos, sem alma, pequenos mestres de dança circulando nos salões, seres que não compreendiam a vida interior do homem, que eram impedidos, seja por uma má doutrina ou por uma falsa origem, de entender os verdadeiros propósitos do homem na Terra e as autênticas, ricas e generosas potencialidades com que os seres humanos haviam sido dotados por Deus. Isso também ajudou a criar um abismo entre os alemães e os franceses. Só de pensar nesses *frondeurs,*[*] nessa oposição — mesmo por parte daqueles que também odiavam a Igreja de Roma, que também odiavam o rei da França —, os alemães se enchiam de náusea, repugnância, humilhação e inferioridade, e isso cavou uma enorme vala entre eles e os franceses, que nem mesmo todos os intercâmbios culturais já descobertos pelos estudiosos foram capazes de superar. Essa é, talvez, uma das raízes da oposição alemã aos franceses, que deu origem ao Romantismo.

---

[*] Em francês no original, pessoas descontentes, críticas.

Há um homem que, em minha opinião, desfechou o golpe mais violento contra o Iluminismo e iniciou todo o processo romântico, todo o processo de revolta contra essa perspectiva que tentei descrever: Johann Georg Hamann. É uma figura obscura, mas as figuras obscuras, por vezes, criam grandes consequências. (Hitler também foi, afinal, um homem obscuro durante parte de sua vida.) Hamann pertencia a uma família ainda mais obscura — seu pai era zelador dos banhos públicos na cidade de Königsberg, e ele foi criado na Prússia Oriental, em um ambiente pietista. Era uma espécie de vagabundo, não conseguia arranjar emprego algum; escrevia um pouco de poesia e um pouco de crítica, e fazia isso muito bem, mas não o suficiente para ganhar a vida. Era sustentado por seu vizinho e amigo Immanuel Kant, que morava na mesma cidade e com quem teve frequentes brigas durante a vida; a certa altura, foi enviado a Londres por ricos comerciantes do Báltico, a fim de realizar uma transação comercial que ele não conseguiu completar, pois passou o tempo bebendo e jogando, contraindo pesadas dívidas.

Como resultado desses excessos, chegou perto do suicídio, mas depois teve uma experiência religiosa, leu o Antigo Testamento, em que seus pais e avós pietistas acreditavam, e de repente sofreu uma transformação espiritual. Percebeu que a história dos judeus era a história de cada homem; que, quando lia o livro de Rute, ou quando lia o livro de Jó, ou quando lia sobre as tribulações de Abraão, Deus estava falando diretamente a sua alma e lhe dizendo que havia certos acontecimentos espirituais que tinham um infinito significado, muito diferente de qualquer coisa que havia na superfície.

Transformado pela religião, Hamann voltou para Königsberg e começou a escrever. Escreveu obscuramente sob muitos pseudônimos, e em um estilo que desde aqueles dias até hoje vem se demonstrando ilegível. Ao mesmo tempo, teve uma influência muito poderosa e marcante sobre uma série de outros escritores, os quais, por sua vez, tiveram uma influência considerável sobre a vida europeia. Era admirado por Herder, que com certeza transformou a maneira de escrever história, e até certo ponto também iniciou toda a atitude para com as artes que prevalece hoje. Teve influência sobre Goethe, que desejou editar suas obras e o considerava um dos espíritos mais brilhantes e profundos de seu tempo, e lhe dava apoio contra todos os rivais. Teve influência sobre Kierkegaard, que disse que ele era um dos escritores mais profundos que já tinha lido, ainda que nem sempre inteligível. No entanto, embora escrevesse de maneira obscura, é possível, com extrema atenção (o que eu realmente não recomendo), absorver certo sentido das metáforas extraordinariamente contorcidas, da afetação dos estilismos e da eufuística, das alegorias e outras formas de discurso poético obscuro que Hamann usava em seus escritos fragmentários — aliás, ele nunca terminou nada.

A doutrina que ele enunciou era aproximadamente a seguinte: ele partiu de Hume, e disse de fato que Hume estava certo, que, se você se perguntar como conhece o Universo, a resposta é que não o conhece pelo intelecto, mas pela fé. Se Hume disse que, sem um ato de fé que não podia ser sustentado pela lógica, era impossível sequer comer um ovo ou beber um copo d'água, isso era ainda mais verdadeiro para quase todas as outras experiências da vida. Hamann queria dizer que sua crença em Deus e na Criação era sustentada exatamente pelo mesmo argumento que a crença de Hume em seu ovo e em seu copo d'água.

Os franceses lidavam com as proposições gerais das ciências, mas essas proposições gerais nunca captavam a vida real, a palpitante realidade da existência. Se você conhecesse um homem e quisesse saber como ele era, aplicar a ele as generalizações psicológicas e sociológicas coletadas em Montesquieu ou Condillac não lhe ensinaria nada. A única maneira de descobrir como são os seres humanos seria falar com eles, comunicar-se com eles. Comunicação significa um encontro real de dois seres humanos e, ao observar o rosto de um homem, as contorções de seu corpo e seus gestos, ao ouvir suas palavras, e muitas outras coisas que poderia depois analisar, é que você ficaria convencido, certos dados lhe teriam sido apresentados, você saberia com quem estava falando. A comunicação teria sido estabelecida.

A tentativa de analisar essa comunicação e colocá-la em proposições gerais científicas devia, por necessidade, falhar. As proposições gerais eram "cestas" de um tipo extremamente rudimentar. Usavam conceitos e categorias que diferenciavam o que era comum a muitas coisas, comum a muitos homens de diferentes tipos, comum a muitas coisas de diferentes tipos, comum a várias épocas. Elas deixaram de fora, por necessidade, porque eram generalistas, aquilo que era único, que era particular, que era propriedade específica desse homem em particular ou dessa coisa em particular. E apenas isso tinha interesse, de acordo com Hamann. Se você quer ler um livro, você não está interessado no que esse livro tem em comum com muitos outros livros. Se você contemplar uma pintura, você não quer saber quais princípios entraram na elaboração desse quadro, princípios que também entraram na realização de milhares de outros quadros, em milhares de outras épocas, feitos por milhares de pintores. O que você quer é reagir diretamente àquela mensagem específica, àquela realidade específica, que seria transmitida quando você contemplasse aquela imagem, lesse aquele livro, falasse com aquele homem ou orasse àquele determinado deus.

Com base nisso, ele extraiu uma espécie de conclusão bergsoniana, ou seja, de que existe um fluxo vital e que a tentativa de cortar esse fluxo em segmentos acaba por matá-lo. As ciências servem muito bem a seus próprios propósitos. Se você quiser descobrir como cultivar plantas (e, mesmo assim, nem sempre corretamente), se quiser saber sobre algum princípio geral, sobre as propriedades comuns dos corpos em geral, sejam físicas ou químicas; se quiser saber que tipos de climas ajudaria o cultivo a se desenvolver nele, e assim por diante, então não há dúvida de que as ciências serão muito úteis. Mas isso não é o que os homens, em última análise, procuram. Se você se perguntar o que os homens procuram, o que eles realmente desejam, você verá que o que eles querem não é, de modo algum, o que Voltaire supunha. Voltaire pensava que os homens desejavam a felicidade, o contentamento, a paz, mas isso não era verdade. O que os homens queriam era que todas as suas faculdades fossem expressas da maneira mais rica e mais violenta possível. O que os homens queriam era criar; o que os homens queriam era fazer; e, se isso levasse a confrontos, se isso levasse a guerras, se isso levasse a lutas, então tudo isso faria parte do destino humano. Um homem que fosse colocado no famoso jardim voltairiano, bem cuidado e bem podado, um homem que fosse criado por algum sábio *philosophe* conhecedor da física, da química e da matemática, conhecedor de todas as ciências que os enciclopedistas tinham recomendado — a existência de um homem assim seria uma forma de morte em vida.

As ciências, se fossem aplicadas à sociedade humana, levariam a uma temível burocratização, pensava ele. Ele era contra cientistas, burocratas, pessoas que faziam coisas bem-arrumadas, suaves clérigos luteranos, deístas, todos que queriam colocar as coisas em caixinhas, todos que queriam assimilar uma coisa a alguma outra coisa, que queriam provar, por exemplo, que criar é realmente o mesmo que obter certos dados que a natureza oferece e rearranjá-los em determinados padrões agradáveis — pois para Hamann, claro, criar era um ato pessoal impossível de ser explicado, descrito ou analisado, um ato pelo qual um ser humano deixa sua própria marca na natureza, permitindo que sua vontade voe bem alto, diga sua palavra, expresse aquilo que está dentro dele e que não vai tolerar nenhum tipo de obstáculo. Assim, toda a doutrina iluminista lhe parecia matar aquilo que havia de mais vivo nos seres humanos, parecia oferecer um pálido substituto para as energias criativas do homem e para todo o rico mundo dos sentidos, sem os quais é impossível para o ser humano viver, comer, beber, ser feliz, conhecer outras pessoas, realizar mil e um atos sem os quais fenece e morre. Parecia-lhe que o Iluminismo não dava nenhuma ênfase a isso, que o ser humano tal como pintado pelos pensadores iluministas era, se não o "homem econômico", de toda maneira uma espécie de brinquedo artificial, de modelo sem vida, sem nenhuma relação com o ser humano que Hamann conhecia e com quem desejava associar-se todos os dias de sua vida.

Goethe[9] diz a mesma coisa sobre Moses Mendelssohn. Ele diz que Mendelssohn trata a beleza como um entomologista trata uma borboleta. Ele apanha o pobre animal, prende-o com um alfinete e, quando as belíssimas cores desaparecem, lá está ele, um cadáver sem vida pregado com alfinete. Eis a estética! E essa é uma reação muito comum do jovem Goethe, o romântico dos anos 1770, sob a influência de Hamann, contra a tendência dos franceses de generalizar, classificar, prender com alfinetes, organizar em álbuns, tentar produzir alguma ordenação racional da experiência humana, deixando de fora o élan vital, o fluxo, a individualidade, o desejo de criar e até mesmo o desejo de lutar, esse elemento nos seres humanos que produz um choque criativo de opiniões entre pessoas com diferentes pontos de vista, em vez da harmonia morta e da paz morta que, segundo Hamann e seus seguidores, os franceses buscavam.

Foi assim que Hamann começou. Gostaria de citar algumas passagens típicas para ilustrar seu modo de ver. A bem-aventurança completa da alma humana, diz Hamann, não é nada daquilo que Voltaire parece pensar que é, ou seja, a felicidade. A bem-aventurança da alma humana se enraíza na realização livre, sem peias, de suas competências. Assim como o homem é feito à imagem de Deus, também o corpo é uma imagem da alma.[10] Essa é uma visão muito interessante. O corpo é uma imagem da alma; sim, porque, quando você conhece um ser humano e se pergunta como ele é, você o julga pelo rosto. Você o julga pelo corpo, e a ideia de que há uma alma e um corpo que podem ser dissecados, que existe o espírito e existe a carne, que são diferentes, que o corpo é uma coisa, mas há algo dentro do homem, uma espécie de fantasma palpitando dentro dessa máquina, isso que é bem diferente do que o homem é em sua totalidade, em sua unidade — essa é uma típica ideia de dissecação francesa. "O que é essa *razão* tão elogiada, com sua universalidade, infalibilidade, presunção, certeza, autoevidência? É um boneco que a *gritante* superstição da irracionalidade dotou de *atributos divinos*."[11]

O abade Dubos disse, no início do século 18: "O que uma pessoa sentiu e pensou em uma língua pode ser expresso com igual elegância em qualquer outra".[12] Para Hamann, isso era uma loucura absoluta. A língua é aquilo com que nos expressamos. Não existe tal coisa como pensamento de um lado e língua do outro. A língua não é uma luva que possamos colocar ou vestir em nosso pensamento. Quando pensamos, pensamos em símbolos, pensamos em palavras, e, portanto, toda tradução é, em princípio, impossível. Quem pensa o faz com símbolos particulares, e esses símbolos são aqueles que atingem os sentidos e a imaginação das pessoas com quem falamos. É possível fazer aproximações em outras línguas, mas, se você realmente quiser entrar em contato com os seres humanos, se você realmente quiser compreender o que eles pensam, o que eles sentem e o que eles são, então você deve compreender cada gesto, cada nuance, deve prestar atenção a seus olhos, deve observar o movimento de seus lábios, deve ouvir suas palavras, deve compreender sua caligrafia, e então você terá conhecimento direto das fontes reais de vida. Fazer menos que isso, tentar traduzir a linguagem de um homem para outro idioma, classificar todos os seus vários movimentos por alguns meios anatômicos ou fisionômicos, tentar colocá-lo em uma caixa com muitas outras pessoas e produzir uma obra erudita que vai simplesmente classificá-lo como um exemplar de uma dada espécie, um ser de determinado tipo, essa é a maneira de deixar escapar todo o conhecimento, é a maneira de matar, de aplicar conceitos e categorias — essas caixas vazias — à carne da experiência humana viva, palpitante, única, assimétrica, inclassificável.

Essa é, grosso modo, a doutrina de Hamann; e é a doutrina que ele legou a seus seguidores. Abolir o capricho e a fantasia nas artes, disse ele, é agir como um assassino, tramando contra as artes, a vida e a honra. Paixão — é isso que a arte possui; paixão, que não pode ser descrita nem classificada. Isso, diz ele, é o que Moses Mendelssohn, esse Moisés da estética — Moisés, o legislador da estética —, deseja circuncidar com todos esses mandamentos estéticos: tu não atacarás isso, tu não comerás aquilo. Em um Estado livre, diz Hamann, onde as folhas do divino livro do divino Shakespeare esvoaçam com as tempestades do tempo, como se atreve um homem a fazer isso?

Goethe disse sobre Hamann: "Para alcançar o impossível, ele estende a mão para todos os elementos".[13] E assim resume a perspectiva de Hamann: "Tudo o que um homem empreende [...] deve brotar de seus poderes unificados; toda separação deve ser rejeitada".[14]

Os verdadeiros pais do Romantismo

Minha razão para apresentar a figura obscura de Johann Georg Hamann é que eu acredito que ele tenha sido a primeira pessoa a declarar guerra contra o Iluminismo da maneira mais aberta, violenta e completa. No entanto, ele não estava totalmente sozinho nessa empreitada, mesmo em vida. Permitam-me explicar por que digo isso.

O século 18, como todo mundo sabe — isso é lugar-comum —, foi a época do grande triunfo da ciência. As grandes vitórias da ciência são o evento mais fenomenal daquele período; e a revolução mais profunda no sentimento humano que ocorreu naquela época resultou da destruição das formas mais antigas — foi o resultado do ataque à religião pelas ciências naturais organizadas e também do ataque à velha hierarquia medieval pelo novo Estado secular.

Ao mesmo tempo, sem dúvida, o racionalismo foi tão longe que, como sempre acontece em tais casos, o sentimento humano que foi bloqueado por tal racionalismo procurou alguma saída em outras direções. Quando os deuses do Olimpo se tornam muito dóceis, muito racionais e muito normais, as pessoas naturalmente começam a se inclinar para divindades mais sombrias, mais subterrâneas. Foi o que aconteceu no século 3° a.C., na Grécia, e começou a acontecer no século 18.

Não há dúvida de que a religião organizada estava em retirada. Consideremos, por exemplo, o tipo de religião racional pregado pelos discípulos de Leibniz na Alemanha, onde o grande filósofo Wolff, que dominava as universidades alemãs, tentou conciliar a religião com a razão. Qualquer coisa que não pudesse ser conciliada com a razão ficava fora de moda; portanto, era necessário salvar a religião provando sua harmonia com a razão.

Wolff tentou fazer isso dizendo que os milagres podem ser conciliados com uma interpretação racional do Universo — por exemplo, supondo que Josué parou o Sol em Jericó porque era um astrofísico com conhecimento mais profundo que a maioria dos outros astrofísicos de seu tempo, e que esse grau, esse profundo conhecimento astrofísico que ele tinha certamente era milagroso. Da mesma forma, quando Cristo transformou água em vinho simplesmente porque compreendia a química de maneira mais profunda que qualquer ser humano sem ajuda de uma inspiração divina poderia ter compreendido.

Considerando que esse era o nível em que o racionalismo tinha caído e que a religião tinha de fazer esse tipo de concessões para ter alguma oportunidade de ser aceita, talvez não surpreenda que as pessoas se voltassem para outras esferas em busca de satisfação moral e espiritual. Não há dúvida de que, embora, talvez, a felicidade e a ordem pudessem ser fornecidas pela nova filosofia científica, os desejos irracionais dos homens, todo o reino dos impulsos inconscientes de que o século 20 nos fez tão conscientes, começassem a proporcionar eles mesmos alguma satisfação. Assim, talvez um pouco para a surpresa das pessoas que acreditam que o século 18 foi um século simétrico, infinitamente racional, elegante, harmonioso, sem emoção, uma espécie de espelho pacífico da razão e da beleza humanas não perturbadas por nada de muito profundo ou sombrio, descobrimos que nunca na história da Europa houvera tantas pessoas vagando irracionalmente pelo continente e aderindo a algum tipo de religião. Foi no século 18 que floresceram seitas como a maçonaria e a rosa-cruz. Foi então que todos os tipos de charlatães e andarilhos começaram a exercer atração, em especial na segunda metade do século. Foi nessa época que Cagliostro apareceu em Paris, envolvendo-se nos mais altos círculos, e que Mesmer começou a falar em espíritos animais. Foi a era favorita de todo tipo de necromantes, quiromantes e hidromantes, cujas diversas panaceias atraíram a atenção e realmente atraíram a fé de numerosas pessoas aparentemente sãs e racionais. Certamente, as experiências com ocultismo dos reis da Suécia e da Dinamarca, da duquesa de Devonshire e do cardeal de Rohan teriam sido surpreendentes no século 17 e ignoradas no 19. Foi no século 18 que essas coisas começaram a se difundir.

Havia, claro, manifestações mais respeitáveis e interessantes desse mesmo antirracionalismo. Por exemplo, Lavater, em Zurique, uma espécie de Jung de sua época, inventou a ciência que chamou de *Physiognomik* [fisiognomonia].[1] Ele tentou medir o rosto das pessoas com o propósito de obter alguma compreensão de seu caráter psicológico, em razão da crença na unidade e indissolubilidade entre as dimensões espiritual e física dos homens. Ao mesmo tempo, não desencorajou todos aqueles frenologistas e espiritualistas muito mais duvidosos, de um tipo ou de outro, todos aqueles estranhos messias que vagavam pela Europa, ocasionalmente cometendo crimes, outras vezes apenas causando estupefação, alguns dos quais foram presos por seus crimes, enquanto outros foram autorizados a vagar, por exemplo, nas regiões mais remotas e mais antiquadas do império alemão.

De todo modo, é nesse ambiente que nos movemos, pois sob a superfície desse século aparentemente coerente, aparentemente elegante, forças tenebrosas de todo tipo estão em ação. Hamann é apenas o representante mais poético, mais profundo teologicamente e mais interessante dessa violenta revolta, como poderíamos dizer, da qualidade contra a quantidade, de todos os anseios e desejos anticientíficos dos homens. A doutrina fundamental de Hamann, que já tentei resumir, era que Deus não era geômetra nem matemático, e sim poeta; que havia algo de blasfemo na tentativa de impingir a Deus nossos esquemas lógicos humanos, tão insignificantes. Quando seu amigo Kant lhe disse que a ciência da astronomia tinha finalmente chegado ao fim, que os astrônomos sabiam tudo o que poderiam saber e que era motivo de satisfação o fato de essa ciência, em particular, então poder ser considerada como concluída, Hamann sentiu vontade de destruir essa afirmação. Imagine não haver mais milagres no Universo! Imagine considerar todo esforço humano como concluído e acabado! A própria noção de que o ser humano é finito, que há certos assuntos sobre os quais tudo pode ser conhecido, que há uma parte da natureza que pode ser pesquisada por completo e perguntas que podem ser respondidas por completo — tudo isso parecia a Hamann algo chocante, irreal e, sem dúvida, disparatado.

Esse é o cerne da doutrina de Hamann. É uma espécie de vitalismo místico que percebe na natureza e na história a voz de Deus. Supor que a voz de Deus nos fala por meio da natureza era uma antiga crença mística. Hamann acrescentou a isso mais uma doutrina — que a história também fala conosco, que todos os vários eventos históricos, tomados simplesmente como eventos empíricos comuns pelos historiadores não iluminados, são, na verdade, métodos pelos quais o Divino fala. Cada um desses eventos possui um significado oculto ou místico, que aqueles que têm olhos para ver podem perceber. Ele foi dos primeiros — depois de Vico, mas não se lia Vico então — que disseram que os mitos não eram simplesmente afirmações falsas sobre o mundo, nem invenções perversas de gente sem escrúpulos que procurava jogar areia nos olhos das pessoas, tampouco enfeites bonitos inventados por poetas para decorar suas mercadorias. Não; os mitos eram formas em que os seres humanos manifestavam seu sentido do inefável, dos mistérios inexprimíveis da natureza, e não havia nenhuma outra maneira de expressá-los. Se fossem utilizadas palavras, elas não serviriam bem. As palavras fatiam demais as coisas em pedaços. As palavras classificam, as palavras são demasiado racionais. A tentativa de unir coisas em pacotinhos bem amarrados e organizá-las de uma forma lindamente analítica destruiu a unidade, a continuidade e a vitalidade da matéria — isto é, a vida e o mundo — que a pessoa tinha diante de si. Já os mitos transmitiam esse mistério em imagens e símbolos artísticos que, sem palavras, conseguiam ligar o homem aos mistérios da natureza. Essa, grosso modo, era a doutrina.

Tudo isso foi, naturalmente, um imenso protesto contra os franceses e se espalhou para além da Alemanha. Fenômenos assim também se percebem na Inglaterra, onde o expoente mais eloquente desse modo de ver, um pouco mais tardio que Hamann, é o poeta místico William Blake. Os inimigos de Blake, as pessoas que ele considera os vilões de todo o período moderno, são Locke e Newton. Ele os considera demônios que mataram o espírito ao fatiar a realidade em partes matematicamente simétricas, sendo que a realidade é, na verdade, um conjunto vivo, que só pode ser apreciado de alguma forma não matemática. Ele era um típico discípulo de Swedenborg, e esses discípulos eram típicos representantes dos movimentos ocultistas subterrâneos do século 18, como mencionei anteriormente.

O que Blake desejava, como todos os místicos de seu tipo, era recuperar alguma medida de controle sobre o elemento espiritual, que tinha se petrificado como resultado da degeneração humana e do trabalho perverso dos assassinos sem imaginação do espírito humano, como os matemáticos e os cientistas. Muitas citações expressam essa ideia. Blake diz que as leis são necessárias para cercear os homens:

And their children wept, & built
Tombs in the desolate places,
And form'd laws of prudence, and call'd them
The eternal laws of God.[2]

[E seus filhos choraram e construíram
Túmulos nos lugares desolados,
E criaram as leis da prudência, e as chamaram de
Eternas leis de Deus.]

Isso era dirigido contra os racionalistas do século 18 e toda a noção de uma ordem disposta simetricamente, baseada no raciocínio empírico ou lógico, não místico. Quando ele escreve estes famosos versos, tão conhecidos:

A Robin Red breast in a Cage
Puts all Heaven in a Rage,[3]

[O peito vermelho de um tordo na Gaiola
Incendeia a Ira de todo o Céu]

a gaiola de que ele fala é o Iluminismo, e é nessa gaiola que Blake e pessoas como ele pareciam sufocar durante toda a sua vida na segunda metade do século 18.

Children of the future Age,
Reading this indignant page;

Know that in a former time,
Love! sweet Love! was thought a crime.[4]

[Filhos do Tempo futuro,
Ao lerem esta página indignada,
Saibam que em um tempo antigo
O Amor, o doce Amor, era visto como um crime.]

Para Blake, o Amor é idêntico à arte. A Jesus ele chama de artista, assim como a seus discípulos. "A arte é a Árvore da Vida [...] A ciência é a Árvore da Morte."[5] Libertar a centelha — esse é o grande clamor de todos os que se sentem estrangulados e sufocados pela nova ordem científica, tão bem organizada, que não responde aos problemas mais profundos que agitam a alma humana.

Os alemães tendiam a supor que na França ninguém tinha consciência, ninguém sequer começava a ter consciência do que eram esses problemas mais profundos; que todos os franceses eram macacos dissecados, sem nenhuma concepção do que move o ser humano, ou pelo menos o ser humano dotado de uma alma, de necessidades espirituais. Isso não era inteiramente verdade. Se lermos, por exemplo, até mesmo um pensador tão representativo do Iluminismo como Diderot, alguém que os alemães em questão consideravam um dos nomes mais nocivos do novo materialismo, da nova ciência, da nova destruição de tudo o que era espiritual e religioso na vida, encontraremos algo que não é tão dessemelhante da atitude dos alemães que descrevi. Diderot está perfeitamente consciente de que existe o elemento irracional no homem, que há profundezas do inconsciente onde se agitam forças sombrias de todo tipo, e está ciente de que o gênio humano se alimenta dessas profundezas e que as forças da luz não bastam, por si sós, para criar essas obras de arte divinas que ele mesmo admira. Com frequência ele fala da arte em um tom de grande paixão e diz que existe no grande gênio, no grande artista, alguma coisa, um *je ne sais quoi* (um não sei quê, expressão do século 17) que permite ao artista criar essas obras de arte em sua imaginação com certa abrangência, com uma magnífica profundidade de visão e com certa coragem intelectual — ao assumir enormes riscos intelectuais —, algo que faz com que os homens de gênio e os artistas desse tipo tenham certa afinidade com os grandes criminosos. Há uma passagem de Diderot em que ele especula sobre a proximidade entre artistas e criminosos, já que ambos desafiam as regras, ambos são pessoas apaixonadas pelo poder, a magnificência e o esplendor, e ambos chutaram para longe os traços da vida normal e de toda a existência submissa do homem supercivilizado.

Diderot foi um dos primeiros a pregar que existem dois homens. Há o homem artificial, que pertence à sociedade, conforma-se às práticas da sociedade e procura agradar; é aquela figurinha artificial, afetada, tão comum para os caricaturistas do século 18. Dentro desse homem, porém, está aprisionado o instinto violento, ousado, tenebroso, criminoso de um homem que deseja escapar, romper as cadeias. Esse homem, se devidamente controlado, é o responsável por magníficas obras de gênio. Um gênio desse tipo não pode ser domado, um gênio desse tipo não tem nada a ver com as regras que o abade Batteux ou o abade Dubos estabeleceram como sendo as convenções racionais, as regras racionais, que são as únicas que permitem produzir boas obras de arte. Em uma passagem característica do *Salão de 1765*, um dos primeiros trabalhos de crítica de arte que fizeram a fama de Diderot, ele escreve:

> Cuidado com aqueles cujos bolsos estão cheios de *esprit* — de inteligência aguda — e que espalham essa sagacidade em todas as oportunidades, em todo lugar. Eles não têm nenhum demônio dentro

de si, não são soturnos, ou sombrios, ou melancólicos, ou silenciosos. Nunca são desajeitados ou tolos. A cotovia, o tentilhão, o pintarroxo, o canário, estes piam e gorjeiam o dia todo; ao pôr do sol, repousam a cabeça debaixo da asa, e, pronto!, já estão dormindo. É então que o gênio toma sua lâmpada e a acende. E essa negra ave, solitária e selvagem, essa criatura indomável, com sua sombria e melancólica plumagem, abre a garganta e começa a cantar, faz ressoar os bosques e quebra o silêncio e as trevas da noite.[6]

É um hino à genialidade, em contraste com o talento, as regras e as virtudes tão alardeadas do século 18 — a sanidade, a racionalidade, a medida, a proporção e todo o resto. E mostra que, mesmo nessa terrível cidade dissecada de Paris, onde, segundo os alemães, ninguém jamais viveu, ninguém jamais viu nenhuma cor, ninguém nunca soube o que é a agitação da alma humana, ninguém faz ideia do que sejam as agonias do espírito, do que é Deus ou do que pode ser a transfiguração do homem — nessa mesma cidade havia pessoas que estavam cientes da autotranscendência, das forças irracionais, de algo sem dúvida do mesmo tipo do que foi cantado por Hamann.

E aqui cabe de novo a pergunta: o que dizer de Rousseau? É uma questão pertinente. Seria tolice negar que a doutrina de Rousseau, as palavras de Rousseau estão entre os fatores que influenciaram o movimento romântico. Mesmo assim, mais uma vez tenho de repetir: seu papel tem sido exagerado. Se considerarmos o que Rousseau realmente disse, e não a maneira como disse — e a maneira e a vida é que são importantes —, descobriremos que ele é a quintessência do racionalismo. O que Rousseau disse foi: vivemos em uma sociedade corrupta; vivemos em uma sociedade má, hipócrita, onde os homens mentem uns aos outros e matam uns aos outros e são falsos uns com os outros. É possível descobrir a verdade. Essa verdade deve ser descoberta não por meio da sofisticação ou da lógica cartesiana, e sim olhando dentro do coração do ser humano simples e não corrompido, do bom selvagem, ou da criança, ou de quem quer que seja. Uma vez que essa verdade é descoberta, é uma verdade eterna, válida para todos os homens, em todos os lugares, em todos os climas e estações, e, quando descobrimos essa verdade, é importante viver de acordo com ela. Isso não é diferente do que disseram os profetas hebreus ou do que foi dito pelo cristão que pregou contra a sofisticação corrupta das grandes cidades e contra o distanciamento de Deus que ocorre em tais lugares.

A verdadeira doutrina de Rousseau não é muito diferente da dos enciclopedistas. Pessoalmente, Rousseau não gostava deles, pois tinha o temperamento de um dervixe do deserto. Era paranoico, feroz e lúgubre em alguns aspectos, e altamente neurótico, como diríamos hoje; portanto, não tinha muito em comum com as pessoas reunidas à mesa irreverente de Holbach nem tinha lugar nas recepções elegantes que Voltaire oferecia em Ferney. Mas isso era, até certo ponto, uma questão pessoal ou emocional. A substância real do que Rousseau disse não era muito diferente da doutrina oficial do Iluminismo do século 18. O que era diferente era a maneira, era o temperamento. Quando Rousseau começa a descrever seus estados mentais e estados de alma, quando começa a descrever as emoções que o dilaceram, os paroxismos de raiva ou alegria que ele atravessa, usa um tom muito diferente daquele do século 18. Essa, porém, não é a doutrina de Rousseau que foi herdada pelos jacobinos ou que entrou, sob diversas formas, nas doutrinas do século 19.

Há passagens que realmente lhe dão o direito de ser considerado um dos pais do Romantismo. Por exemplo: "Eu não raciocinava, eu não filosofava; [...] arrebatado, me rendi à confusão dessas grandes ideias, [...] eu sufocava no Universo, eu queria saltar para o infinito. [...] Meu espírito alcançou um êxtase arrebatador".[7] Esse tipo de passagem não é semelhante aos trechos mais sóbrios ou mais sensatos dos enciclopedistas; não agradaria a Helvétius, a Holbach ou a Voltaire, ou mesmo a Diderot. O argumento de Rousseau era que ninguém poderia amar como Rousseau amava, ninguém poderia odiar como Rousseau odiava, ninguém poderia sofrer como Rousseau sofria, e apenas Rousseau poderia compreender Rousseau.

Ele era único. Ninguém mais poderia compreendê-lo, e só um gênio poderia entender outro gênio. Era uma doutrina oposta à visão de que a verdade estava aberta igualmente a todos os homens razoáveis que não obscurecessem seu entendimento com emoções desnecessárias e ignorância desnecessária. O que Rousseau faz é contrastar à chamada lógica fria, da qual ele se queixa constantemente, e à razão as lágrimas quentes da vergonha, da alegria ou do sofrimento, ou do amor, ou do desespero, ou da mortificação, ou da agonia espiritual, ou da visão do êxtase. E é por isso que Hamann o chamou de o melhor dos sofistas — mas, ainda assim, um sofista.[8] Hamann era Sócrates e Rousseau, um sofista, era o melhor, porque dava sinais de compreender que nem tudo estava bem correto naquela Paris elegante, racional e sensata.

Rousseau era um sofista também porque suas doutrinas ainda apelavam para a razão; ainda apelavam para o fato de que existia algum tipo de organização, algum tipo de vida humana correta, de homens bons. Se os homens pudessem arrancar toda a falsidade que se acumulou sobre eles ao longo dos séculos, se pudessem eliminar a má sociedade que os corrompeu, então poderiam viver bem para sempre, seguindo preceitos atemporais. É precisamente nisso que os alemães não acreditavam, é precisamente do que eles acusavam Rousseau, com justiça, de acreditar. A única diferença é que os demais enciclopedistas em Paris acreditavam que isso poderia ser obtido por meio de reformas, gradualmente, convertendo os governantes, de algum modo, para a visão deles, conquistando o déspota esclarecido de modo que ele, se fosse esclarecido o suficiente, poderia estabelecer uma vida melhor na Terra. Rousseau acreditava que toda a amaldiçoada superestrutura deveria ser colocada abaixo, toda a sociedade humana perversa deveria ser queimada e reduzida a cinzas; e então uma nova fênix surgiria, construída por ele mesmo e por seus discípulos. Mas, em princípio, o que Rousseau e os outros enciclopedistas queriam fazer era a mesma coisa, embora talvez divergissem quanto aos métodos apropriados.

Se compararmos esse tipo de discurso com o que os alemães diziam na mesma época, veremos que a atitude alemã para com tudo isso é muito mais violenta. Há uma passagem significativa do poeta Lenz, que foi mais ou menos contemporâneo de Rousseau. Ele diz:

> Ação, a ação é a alma do mundo, não o prazer, não o abandono ao sentimento, não o abandono à razão, apenas a ação; somente pela ação o homem se torna a imagem de Deus, o Deus que cria incessantemente e incessantemente se regozija em suas obras. Sem ação, todo o prazer, todo o sentimento, todo o conhecimento nada mais é que um adiamento da morte. Não devemos cessar a labuta até criarmos um espaço livre, mesmo que esse espaço seja um temível desperdício e um temível vazio, e então meditaremos sobre ele, assim como Deus meditou sobre o desperdício e o vazio antes da criação do mundo, e então alguma coisa vai surgir. Oh bem-aventurança, oh sentimento divino![9]

Isso é algo muito diverso até mesmo das elucubrações mais violentas de Rousseau, de suas exclamações mais extáticas, e indica uma atitude muito diferente. Essa paixão repentina pela ação enquanto tal, esse ódio a qualquer ordem estabelecida, ódio a qualquer visão do Universo como tendo uma estrutura que a percepção serena (ou mesmo não serena) é capaz de compreender, contemplar, classificar, descrever e, finalmente, usar — esse ódio é exclusivo dos alemães.

Quanto às causas disso, só posso repetir minha ideia anterior, ou seja, que isso se deve em grande parte à intensa espiritualidade do pietismo do qual essas pessoas surgiram e também aos estragos da ciência, que minaram sua fé pietista e, embora os deixando com o temperamento de pietistas, retiraram as certezas religiosas desse movimento.

Se examinarmos as peças teatrais, as peças de quarta, quinta e sexta categoria produzidas pelo chamado movimento Sturm und Drang na Alemanha nas décadas de 1760 e 1770, encontraremos ali um tom muito diferente do que reinava em qualquer outro lugar na literatura europeia. Vejamos Klinger, dramaturgo alemão que escreveu *Sturm und Drang* [Tempestade e Ímpeto], a peça que deu nome ao movimento. Há uma outra peça dele chamada *Os gêmeos* em que um dos irmãos, um romântico, mais poderoso, imaginativo e ardente, mata o outro, que é fraco, pedante e desagradável, porque, diz ele, o gêmeo o impedia de desenvolver sua natureza de acordo com suas exigências demoníacas ou titânicas. Em todas as tragédias anteriores, o pressuposto era que em alguma outra sociedade não haveria necessidade de que essas coisas terríveis ocorressem. A sociedade é ruim e, portanto, deve ser melhorada. Os homens são explorados pela sociedade; pois bem, devemos então conseguir imaginar uma sociedade melhor, como Rousseau fez, na qual as pessoas não sufoquem, na qual as pessoas não briguem, na qual os maus não estejam no alto e os bons embaixo, na qual os pais não torturem os filhos, na qual as mulheres não sejam obrigadas a se casar com homens que elas não amam. Deve ser possível construir um mundo melhor. Mas não é assim na tragédia de Klinger, tampouco em *Julius von Tarent*, uma tragédia de Leisewitz. Não quero continuar recitando mais nomes como esses, justamente esquecidos, mas, em termos gerais, a substância de todas essas peças é que existe certo conflito insolúvel no mundo, na própria natureza, e, como resultado, o forte não pode conviver com o fraco, o leão não pode conviver com o cordeiro. Os fortes precisam de espaço para respirar, e os fracos ficam contra a parede; se os fracos sofrem, naturalmente vão resistir, e é correto que eles resistam, e é correto que os fortes os reprimam. Portanto, o conflito, a colisão, a tragédia, a morte — todo tipo de horrores — estão inevitavelmente envolvidos na natureza do Universo. Assim, a visão é fatalista e pessimista, não científica e otimista, nem mesmo espiritual e otimista, em qualquer sentido da palavra.

Essa atitude tem uma espécie de afinidade natural com a visão de Hamann de que Deus está mais perto do anormal do que do normal, o que ele diz abertamente: os normais realmente não compreendem o que acontece. Esse é um momento original em que todo o complexo de Dostoiévski passa a existir. Em certo sentido, é uma aplicação do cristianismo, mas uma aplicação nova, por ser tão sincera e com uma intenção tão profunda. Nessa visão, Deus está mais próximo dos ladrões e das prostitutas, dos pecadores e dos publicanos do que (diz Hamann) dos filósofos suaves de Paris ou dos clérigos suaves de Berlim que tentam reconciliar a religião com a razão, que é a degradação e a humilhação de tudo aquilo que o homem preza. Todos os grandes mestres que se destacam no esforço humano, diz Hamann, foram doentes de uma forma ou de outra, tinham feridas; Hércules, Ájax, Sócrates, São Paulo, Sólon, os profetas hebreus, as bacantes, as figuras demoníacas — nenhum deles foi uma pessoa de bom senso. Isso, penso eu, está no centro de toda essa doutrina violenta da autoafirmação pessoal, que é o cerne do Sturm und Drang alemão.

No entanto, todos esses dramaturgos são, comparativamente, figuras menores. Eu os menciono apenas para mostrar que Hamann, que, este sim, merece ser resgatado das trevas do esquecimento, não estava totalmente sozinho. A única obra meritória, valiosa, que o Sturm und Drang produziu foi *Werther*, de Goethe, uma expressão característica de seu autor. Aí também não há cura. Não há nenhuma maneira pela qual Werther pode evitar o suicídio, não há nenhuma maneira de Werther, estando apaixonado por uma mulher casada, e o voto de casamento sendo o que é, e tanto ele como a dama acreditando que o voto é o que é — não há nenhuma maneira de resolver o problema. Se o amor de um homem e o amor de outro homem entram em colisão, aí temos um negócio sem esperança e sem chances, que deve necessariamente terminar mal. Essa é a moral de *Werther*, e é por isso que diziam que jovens de toda a Alemanha cometiam suicídio em razão dessa obra — não porque no século 18 ou em sua própria sociedade não houvesse nenhuma solução satisfatória, mas porque eles se desesperavam do mundo e o julgavam um lugar irracional, onde uma solução era, em princípio, inconcebível.

Essa, então, é a atmosfera que se desenvolveu na Alemanha nas décadas de 1760 e 1770. No entanto, houve dois homens que foram, em minha opinião, os verdadeiros pais do Romantismo. Decerto tinham uma envergadura muito maior do que qualquer pessoa que mencionei até aqui como responsável pelo movimento, e para eles devo agora me voltar. Ambos surgiram desse movimento, um simpático a ele, o outro acerbamente hostil, mas que por seu trabalho fez as ideias do movimento avançarem muito, como às vezes acontece, ironicamente. O primeiro é Herder, o segundo é Kant, e neles devo me deter um pouco.

Não desejo expor as ideias gerais e as novas noções pelas quais Herder é responsável e com as quais ele transformou, por exemplo, nossas noções de história, nossas noções de sociedade, tão vasta foi a influência que teve esse pensador extraordinário. Ele também era pietista e prussiano e, tal como os outros, revoltou-se contra o organizado império de Frederico, o Grande. Era esse despotismo bem-organizado, esclarecido — de fato, esclarecido —, administrado por burocratas e intelectuais franceses sob a liderança de um déspota extremamente lúcido, enérgico, poderoso, que sufocava esses homens de valor — até mesmo Kant, mais ainda Herder, que era, por natureza, de um temperamento um tanto irascível e desequilibrado. As doutrinas de Herder que eu gostaria de focar são três. Trata-se de doutrinas que contribuíram poderosamente para o movimento romântico e que surgiram naturalmente do ambiente que descrevi. Uma delas é a noção do que chamarei de expressionismo; a segunda é a noção de pertencimento, ou seja, de pertencer a um grupo; e a terceira é a noção de que os ideais — os verdadeiros ideais — muitas vezes são incompatíveis entre si e não podem ser conciliados. Cada uma dessas três ideias teve um significado revolucionário em sua época, e vale a pena nos determos um pouco nelas, pois em geral não se lhes faz justiça, nem mesmo em livros básicos sobre a história do pensamento.

A primeira noção, a do expressionismo, é a seguinte: Herder acreditava que uma das funções fundamentais do ser humano é expressar-se, falar, e que, portanto, qualquer coisa que um homem faz expressa sua natureza integral; e, se não expressa sua natureza integral, é porque ele mutilou a si mesmo, ou se conteve, ou colocou algum tipo de freio sobre suas energias. Isso ele aprendeu com seu mestre, Hamann. Herder realmente foi um discípulo direto e fiel dessa figura estranha, que foi chamada "der Magus in Norden", o Mago do Norte — "mago" no mesmo sentido que na expressão Os Três Reis Magos.

Na estética do século 18 — até mesmo a estética muito mais apaixonada de alguém como Diderot, em comparação com a estética seca e convencional do abade Batteux —, de modo geral se diria que o valor de uma obra de arte consiste em ela ser o que é. Assim, o valor de um quadro é o fato de ser belo. O que o torna belo é algo que se pode discutir; se é porque dá prazer, se é porque satisfaz o intelecto, se é porque tem alguma relação peculiar com a harmonia das esferas ou do Universo e é cópia de algum grande original platônico, ao qual o artista, em um momento de inspiração, teve acesso — sobre isso se pode discordar. O ponto em que todos concordavam era que o valor de uma obra de arte consiste em suas propriedades, em ser aquilo que é — bela, simétrica, de belas formas, seja lá o que for. Uma taça de prata é bonita porque é uma taça bonita, tem as propriedades de ser bonita, seja lá qual for a definição disso. É algo que não tem nada a ver com quem fez a taça, nem com o motivo pelo qual ela foi feita. O artista assume a posição de um fornecedor que dissesse: "Minha vida privada não é da conta de quem compra a obra de arte; você pediu uma taça de prata, aqui está, eu a forneço. Não é de sua conta se sou um bom marido, ou um bom eleitor, ou um bom homem, ou se acredito em Deus. Você pediu uma mesa, aqui está uma mesa; se é uma mesa sólida, robusta, como você precisa, que queixas você pode ter? Você pediu um quadro, pediu um retrato; se é um bom retrato, pegue. Eu sou Mozart, eu sou Haydn, espero produzir uma bela composição musical, e com isso quero dizer que seja reconhecida como bela pelos outros, e pela qual devo receber uma comissão adequada, e que fará, talvez, meu nome como artista imortal". Essa é a visão normal do século 18, e esse tem sido o ponto de vista de muitas pessoas, provavelmente da maioria.

Essa não era a visão dos alemães de que tratamos agora; em especial, não era a visão de Hamann, nem, certamente, a de Herder. Para eles, uma obra de arte é a expressão de alguém, é sempre uma voz falando. Uma obra de arte é a voz de um homem dirigindo-se a outros homens. Seja uma taça de prata, ou uma composição musical, ou um poema, ou mesmo um código de leis — o que quer que seja, qualquer artefato das mãos humanas é, de alguma forma, a expressão da atitude perante a vida, consciente ou inconsciente, de quem o fez. Quando apreciamos uma obra de arte, somos postos em algum tipo de contato com o homem que a fez. A obra nos fala; essa é a doutrina. Portanto, a ideia de que um artista deveria dizer "como artista eu faço isso, e como eleitor ou marido faço aquilo", a própria noção de que posso me cortar em pedaços e dizer que com uma mão eu faço certa coisa, e isso não tem nada a ver com o que minha outra mão está fazendo, que minhas convicções privadas não têm nada a ver com os discursos que coloquei na boca dos personagens em minha tragédia, que eu sou simplesmente um fornecedor, que o que deve ser julgado é a obra de arte e não quem a fez, que a biografia, a psicologia, os propósitos, a substância toda do artista é irrelevante para a obra de arte — essa doutrina era rejeitada com violência por Herder e seus seguidores. Vejamos, por exemplo, a canção folclórica. Se uma canção folclórica diz algo a você, assim pensavam eles, é porque os que fizeram essa canção eram alemães como você mesmo, e eles falavam com você, que pertence à mesma sociedade que eles; e, por serem alemães, usavam certas nuances, usavam certas sucessões de sons, usavam certas palavras que, sendo de alguma forma conectadas e nadando na grande maré de palavras e símbolos e experiências na qual nadam todos os alemães, têm algo de peculiar a dizer a certas pessoas, que não podem dizer a outras pessoas. Os portugueses não conseguem compreender a introversão de uma canção alemã como um alemão consegue, e um alemão não consegue compreender a introversão de uma canção portuguesa, e o próprio fato de que existe tal coisa como a introversão nessas canções é um argumento para supor que elas não são simplesmente objetos como os objetos da natureza, que não falam;

elas são artefatos, ou seja, algo que um homem fez com o propósito de comunicar-se com outro homem.

Essa é a doutrina da arte como expressão, a doutrina da arte como comunicação. A partir daí, Herder passa a desenvolver a tese da maneira mais poética e imaginativa. Ele diz que algumas coisas são feitas por indivíduos e outras coisas são feitas por grupos. Algumas coisas são feitas de modo consciente e outras são feitas de modo inconsciente. Se você se perguntar quem fez a canção popular, quem fez a dança folclórica, quem fez as leis alemãs, quem fez a moral alemã, quem fez as instituições sob as quais nós vivemos, não conseguirá obter a resposta; ela está envolta nas brumas de uma antiguidade impessoal; no entanto, foram homens que fizeram essas coisas. O mundo é o que os homens fizeram dele; nosso mundo, nosso mundo alemão é construído por outros alemães, e é por isso que ele tem o cheiro e a sensação e o som que ele tem para nós. Com base nisso, Herder desenvolveu a noção de que cada homem busca pertencer a algum tipo de grupo, ou, na verdade, pertence a um grupo, e, se isso for tirado dele, vai se sentir alheio, estrangeiro, não como quem está em casa. Toda a noção de estar em casa ou de ser cortado de suas raízes naturais, a própria ideia de raízes, a própria ideia de pertencer a um grupo, a uma seita, a um movimento, foi inventada em grande parte por Herder. Há antecipações na maravilhosa obra de Vico *Ciência nova*, mas (repito) esta havia sido esquecida, e, embora Herder pudesse ter tido contato com ela no final dos anos 1770, ele parece ter desenvolvido a maioria de suas ideias antes de provavelmente ter lido o trabalho de seu grande predecessor italiano.

A convicção fundamental de Herder era algo da seguinte ordem: todo homem que deseja expressar-se usa palavras; as palavras não são uma invenção dele, elas lhe foram transmitidas por uma espécie de fluxo de imagens tradicionais herdadas. E esse fluxo, por sua vez, também foi alimentado por outros homens que se expressaram. Um homem tem mais em comum, mesmo que de maneira impalpável, com outros homens com quem a natureza o colocou em proximidade do que com homens distantes dele. Herder não usa o critério do sangue, nem o critério de raça. Ele discorre sobre a nação, mas a palavra alemã *Nation* no século 18 não tinha a mesma conotação de "nação" no século 19. Ele fala da linguagem como um vínculo, e fala do solo como um vínculo, e a tese, grosso modo, é a seguinte: aquilo que as pessoas pertencentes ao mesmo grupo têm em comum é mais diretamente responsável por elas serem como são do que aquilo que elas têm em comum com outras pessoas em outros lugares. Ou seja, a maneira como, digamos, um alemão se levanta e se senta, a maneira como dança, a maneira como elabora as leis, sua caligrafia, sua poesia e sua música, a maneira como penteia os cabelos, como filosofa, tudo isso tem certa gestalt comum impalpável. Todas essas coisas têm certo padrão em virtude do qual são reconhecíveis como alemãs, tanto pelos alemães como por outros, e que diferem de atos semelhantes realizados por chineses. Os chineses também penteiam os cabelos, também escrevem poesia, também têm leis, caçam e obtêm seu alimento de várias maneiras e fazem suas roupas. Também há algo comum, claro, nas maneiras como todos os homens reagem a estímulos naturais semelhantes. No entanto, existe certa gestalt peculiar que qualifica determinados grupos humanos — não nacionalidades, talvez; talvez esses grupos sejam menores. Herder decerto não era um nacionalista no sentido de acreditar que havia algum tipo de profunda essência impalpável relativa ao sangue ou à raça — tudo em que ele acreditava era que os grupos humanos cresciam de modo semelhante ao das plantas ou dos animais e que as metáforas orgânicas, botânicas e outras metáforas biológicas eram mais adequadas para descrever esse crescimento do que as metáforas químicas e matemáticas dos divulgadores científicos franceses setecentistas.

A partir daí, certas conclusões românticas se seguem, isto é, conclusões que afetaram o antirracionalismo, pelo menos da maneira como era compreendido no século 18. A principal conclusão, para nossos propósitos atuais, é esta: que, se de fato for assim, então se infere claramente que os objetos não podem ser descritos sem referência aos propósitos de quem os fez. O valor de uma obra de arte tem de ser analisado em termos daquele grupo de pessoas específico a quem ela se dirige, do motivo que move aquele que fala, do efeito sobre aqueles que ouvem o que foi falado e do vínculo que isso cria automaticamente entre o falante e o ouvinte. É uma forma de comunicação e, se é uma forma de comunicação, então não tem um valor impessoal ou eterno. Se você quer entender uma obra de arte feita por um artista grego da Antiguidade, não adianta estabelecer critérios atemporais segundo os quais todas as obras de arte devem ser belas e, em seguida, considerar se a obra de arte grega é bela ou não segundo esses critérios. A menos que você compreenda quem eram os gregos, o que queriam, como viviam, a menos que (como diz Herder, ecoando Vico da maneira mais estranha), por um ato da mais enorme dificuldade, com o maior esforço possível da imaginação, você entre nos sentimentos desse povo extremamente estranho, distante de você no tempo e no espaço, a menos que você tente, por algum ato da imaginação, reconstruir dentro de si a forma de vida que essas pessoas levavam, quais eram suas leis, quais eram seus princípios éticos, como eram suas ruas, quais eram seus valores, a menos que você tente, em outras palavras, vivenciar a forma de vida deles — tudo isso hoje é lugar-comum, mas não o era nas décadas de 1760 e 1770, quando foi dito pela primeira vez —, a menos que você tente fazer isso, você terá pouca chance de compreender a arte deles, compreender verdadeiramente os escritos deles, saber realmente o que Platão quis dizer e realmente quem foi Sócrates. Para Herder, Sócrates não é o sábio atemporal imaginado pelo Iluminismo francês, o sábio atemporal racionalista, nem é simplesmente aquele homem irônico que fura o balão dos sabichões pomposos, tal como Hamann o concebeu. Sócrates é um ateniense do século 5° a.C., que viveu na Atenas do século 5° a.C. — nem no século 4°, nem no 2°, nem na Alemanha, nem na França, mas na Grécia, naquela época e apenas naquela época. Para compreender a filosofia grega, é preciso compreender a arte grega; para compreender a arte grega, é preciso compreender a história grega; para compreender a história grega, é preciso compreender a geografia grega, é preciso ver as plantas que os gregos viam, é preciso compreender o solo onde viviam, e assim por diante.

Isso veio a ser, portanto, o início de toda a noção de historicismo, de evolucionismo, da própria noção de que você só pode compreender os outros seres humanos contrastando o ambiente dele com o seu. Essa também é a raiz da noção de pertencimento. Tal noção foi realmente elucidada pela primeira vez por Herder, e é por isso que toda a ideia de homem cosmopolita, um homem que está igualmente em casa em Paris ou em Copenhague, ou na Islândia, ou na Índia, é, para ele, repelente. Um homem pertence ao lugar em que está, as pessoas têm raízes, só podem criar a partir daqueles símbolos nos quais foram educadas, e elas foram criadas em algum tipo de sociedade fechada, que falava com elas de uma forma inteligível e única. Qualquer homem que não teve a boa fortuna de passar por isso, qualquer homem que foi criado sem raízes, em uma ilha deserta, sozinho, no exílio, um emigrante, fica, nessa medida, enfraquecido, e seus poderes criativos são automaticamente diminuídos. Essa doutrina não poderia ter sido compreendida, e com certeza não seria aprovada, pelos pensadores racionalistas, universalistas, objetivistas, cosmopolitas do século 18 francês.

Entretanto, uma conclusão muito mais surpreendente decorre dessa, que Herder talvez não tenha ressaltado, e é a seguinte: se o valor de cada cultura reside no que essa cultura em particular procura — como ele diz, cada cultura tem o próprio centro de gravidade —, você deve determinar qual é esse centro de gravidade, o *Schwerpunkt*,[10] como ele o chama, para conseguir compreender qual a essência desses homens; não adianta julgar essas coisas do ponto de vista de outro século ou de outra cultura. Se você tiver de fazer isso, então perceberá o fato de que épocas diferentes tinham ideais diferentes e que esses ideais eram, cada um a seu modo, válidos para seu tempo e seu lugar e podem ser admirados e apreciados por nós agora.

Mas agora consideremos o seguinte: no início tentei estabelecer que um dos grandes axiomas do Iluminismo do século 18, aquilo que o Romantismo veio para destruir, é que respostas válidas, objetivas, podem ser descobertas para todas as grandes questões que agitam a humanidade — como viver, o que devemos ser, o que é bom, o que é mau, o que é certo, o que é errado, o que é bonito, o que é feio, por que agir desta maneira e não daquela —, e que essas respostas podem ser obtidas por meio de algum método especial recomendado pelo pensador em questão, e que todas essas respostas podem ser expressas sob a forma de proposições, e todas essas proposições, se forem verdadeiras, serão compatíveis entre si — quem sabe até mais que compatíveis, talvez uma possa até acarretar a outra —, e, tomadas em conjunto, essas proposições vão constituir aquele estado de coisas ideal, perfeito, que por um motivo ou outro todos nós gostaríamos de ver acontecer, seja ou não realmente possível ou viável.

Porém, suponhamos agora que Herder esteja certo. Suponhamos que os gregos do século 5º a.C. podiam aspirar a um ideal muito diferente do ideal dos babilônios; que a visão de mundo dos egípcios, já que as pessoas com essa visão viviam no Egito, que tinha uma geografia diferente, um clima diferente e assim por diante, e já que os egípcios descendiam de pessoas com uma ideologia completamente diferente da dos gregos — tudo aquilo que os egípcios queriam era diferente do que os gregos queriam, mas igualmente válido, igualmente frutífero. Herder é um daqueles pensadores, não muito numerosos no mundo, que realmente adoram que as coisas sejam o que são e não as condenam por não serem outra coisa. Para Herder, tudo é delicioso. Ele fica encantado com a Babilônia, encantado com a Assíria, encantado com a Índia e encantado com o Egito. Ele tem os gregos em alta conta, tem a Idade Média em alta conta, tem o século 18 em alta conta, tem quase tudo em alta conta, exceto o ambiente imediato de seu próprio tempo e espaço.

Se há algo de que Herder não gosta é da eliminação de uma cultura por outra. Ele não gosta de Júlio César porque Júlio César pisoteou muitas culturas asiáticas, e já não podemos saber o que os capadócios realmente procuravam. Não gosta das Cruzadas porque as Cruzadas prejudicaram os bizantinos ou os árabes, e essas culturas têm todo o direito à mais rica e plena autoexpressão, sem serem pisoteadas por uma leva de cavaleiros imperialistas. Ele detesta toda forma de violência, coerção e deglutição de uma cultura por outra, porque deseja que tudo seja o que é, ao máximo que puder. Herder é o criador, o autor, não do nacionalismo, como às vezes se diz, apesar de que algumas de suas ideias sem dúvida entraram no nacionalismo, mas de alguma coisa — não sei bem que nome lhe dar — muito mais parecida com o populismo. Isso quer dizer (para exemplificar com suas formas mais cômicas) que ele é o criador de todos esses antiquários que querem que os nativos permaneçam tão nativos quanto possível, que gostam de artesanato, que detestam a padronização — todos os que gostam do pitoresco, pessoas que desejam conservar as formas mais requintadas do antigo provincianismo sem que seja impingida sobre ele alguma hedionda uniformidade metropolitana. Herder é o pai, o ancestral de todos esses viajantes, todos esses amadores que andam pelo mundo afora esmiuçando e descobrindo todo tipo de formas de vida esquecidas, deliciando-se com tudo o que é peculiar, tudo o que é estranho, tudo o que é nativo, tudo o que está intocado. Nesse sentido, ele de fato alimentou as correntes do sentimentalismo humano a um grau muito elevado. De todo modo, esse é o temperamento de Herder e é por isso — já que ele quer que tudo seja o que pode ser, ao máximo possível, ou seja, que se desenvolva até o grau mais rico e mais pleno — que a noção de que pode haver um único ideal para todos os homens, em todos os lugares, torna-se ininteligível. Se os gregos tinham um ideal que era perfeito para eles como gregos; se os romanos tinham um ideal que era menos perfeito, mas era o máximo que poderia ser feito por indivíduos que eram, infelizmente, romanos, que eram, obviamente, menos talentosos que os gregos, pelo menos do ponto de vista de Herder; se o início da Idade Média produziu obras magníficas, como, digamos, *A canção dos nibelungos* (que ele muito admirava) ou outros épicos da primeira fase, que ele considerava expressões simples, heroicas de povos recém-surgidos, não contaminados, ainda vagando pelos bosques, não esmagados por vizinhos invejosos e temerosos, que pisam brutalmente em cima de outra cultura; se tudo isso é verdade, não podemos ter todas essas coisas juntas.

Qual é a forma de vida ideal? Não podemos ser ao mesmo tempo gregos e fenícios, e medievais, e criaturas do Oriente e do Ocidente, do Norte e do Sul. Não podemos alcançar os ideais mais elevados de todos os séculos e de todos os lugares ao mesmo tempo. E, já que não podemos fazer isso, desmorona toda a noção de uma vida perfeita — desmorona toda a noção de que existe um ideal humano que todos os homens devem perseguir, de que há alguma resposta a questões desse tipo, assim como há uma resposta na química, na física ou na matemática a certas questões às quais, pelo menos em princípio, se pode dar alguma tipo de resposta definitiva, ou, se não uma resposta definitiva, pelo menos uma resposta que se aproxima do definitivo, uma resposta mais definitiva do que qualquer outra que já obtivemos, com a esperança, ou pelo menos a chance, de que, quanto mais prosseguirmos nessa direção, mais perto chegaremos da solução definitiva. Se isso é verdade para a física, a química e a matemática e, como pensava o século 18, deve ser verdade para a ética, a política, a estética; se é possível estabelecer critérios que digam o que torna uma obra de arte perfeita, o que torna uma vida perfeita, o que torna um caráter perfeito, o que torna uma constituição política perfeita; se é possível dar essas respostas, elas podem ser obtidas apenas pela suposição de que todas as outras respostas, por mais interessantes que sejam, por mais fascinantes que sejam, são falsas. No entanto, se Herder estiver certo; se era certo para os gregos prosseguir na direção grega, certo para os indianos prosseguir na direção indiana; se o ideal grego e o ideal indiano são totalmente incompatíveis, o que Herder não apenas admitiu, mas enfatizou com uma espécie de júbilo; se a variedade e a diferença não são apenas um fato a respeito do mundo, mas um fato esplêndido, que é o que ele julgava que fosse, um argumento em favor da variedade da imaginação do criador e do esplendor de poderes criativos humanos, e das infinitas possibilidades que ainda estão diante da humanidade, e da impossibilidade de realizar as ambições humanas, e da empolgação geral de viver em um mundo em que nada jamais poderá ser esgotado por completo — se essa é a imagem, então a ideia de uma resposta definitiva à pergunta "como viver" torna-se absolutamente sem sentido. Não pode significar absolutamente nada, já que todas as respostas serão, presumivelmente, incompatíveis entre si.

Vem daí a conclusão final de Herder, ou seja, a de que cada grupo humano deve se esforçar para perseguir aquilo que está em sua espinha dorsal, que faz parte de sua tradição. Cada homem pertence ao grupo ao qual pertence; sua proposta como ser humano é falar a verdade tal como ela lhe aparece; essa verdade é tão válida quanto a verdade tal como aparece para os outros. Com essa grande variedade de cores, um maravilhoso mosaico pode ser feito, mas ninguém consegue ver o mosaico inteiro, ninguém consegue ver todas as árvores, só Deus consegue ver o Universo inteiro. Os homens, porque pertencem ao lugar a que pertencem e vivem no lugar em que vivem, não conseguem. Cada época tem o próprio ideal interno e, portanto, qualquer forma de busca saudosa do passado — por exemplo, "por que não podemos ser como os gregos?" ou "por que não podemos ser como os romanos?", que eram provavelmente as perguntas que os filósofos políticos franceses, ou os pintores e escultores franceses se faziam no século 18 —, toda a ideia de revival, toda a ideia de volta à Idade Média, de volta às virtudes romanas, de volta a Esparta, de volta a Atenas, ou, por outro lado, qualquer forma de cosmopolitismo — "por que não podemos criar um Estado mundial de tal tipo que todos nele se encaixem perfeitamente como tijolos ideais, formem uma estrutura que continue para todo o sempre, pois terá sido construída com base em uma fórmula indestrutível, que é *a* verdade, obtida por métodos infalíveis?" —, tudo isso deve se tornar um absurdo, sem sentido, autocontraditório; e, ao permitir que essa doutrina surgisse, Herder de fato deu uma terrível punhalada no racionalismo europeu, que nunca mais se recuperou.

Nesse sentido, Herder é certamente um dos pais do movimento romântico, ou seja, um dos pais do movimento cujos atributos característicos incluem a negação da unidade, a negação da harmonia, a negação da compatibilidade dos ideais, tanto na esfera da ação como na esfera do pensamento. O postulado de Lenz sobre a ação, que já citei — ação, sempre a ação, abram espaço para a ação; só podemos viver em ação; caso contrário, não vale a pena ter nada —, é muito simpático a todo o ponto de vista de Herder, porque para ele a vida consiste em expressar a experiência tal como ela aparece, comunicá-la aos outros com sua personalidade integral, não dividida. Quanto a saber como os homens vão considerar isso daqui a duzentos anos, ou quinhentos anos, ou 2 mil anos, isso é irrelevante, ele não se importa, não vê por que deveria se importar. Essa é uma nota muito nova e extremamente revolucionária e perturbadora em algo que tinha sido, nos últimos 2 mil anos, a sólida *philosophia perennis* do Ocidente, segundo a qual todas as perguntas têm respostas verdadeiras, todas as respostas verdadeiras são, em princípio, descobríveis, e todas as respostas são, em princípio, compatíveis ou combináveis para formar um todo harmonioso, como um quebra-cabeça. Se o que Herder disse é verdade, essa visão é falsa, e foi a respeito disso que as pessoas começaram então a discutir e brigar, tanto na prática como na teoria, tanto no decurso de guerras revolucionárias nacionais como no decurso de violentos conflitos de doutrina e de prática, tanto nas artes como no pensamento, durante os 170 anos seguintes.

Os românticos contidos

Volto agora minha atenção para três pensadores alemães: dois filósofos e um artista — um dramaturgo —, que deixaram uma profunda marca sobre todo o movimento romântico, tanto na Alemanha como além de suas fronteiras. Esses românticos poderiam ser chamados, com justiça, de "românticos contidos"; na próxima conferência discuto os românticos desenfreados, aos quais esse movimento acabou levando.

"A natureza das coisas", disse Rousseau certa vez, "não nos enlouquece; apenas a má vontade nos enlouquece".[1] Isso provavelmente é verdade para a maior parte da humanidade. Havia, porém, alguns alemães no século 18 para quem isso era claramente falso. Eles ficavam enlouquecidos não só pela má vontade das pessoas, mas pela natureza das coisas. Um deles era o filósofo Immanuel Kant.

Kant odiava o Romantismo. Ele detestava qualquer forma de extravagância, fantasia, o que ele chamava de *Schwärmerei*,* qualquer forma de exagero, misticismo, imprecisão, confusão. No entanto, ele é considerado, com justiça, um dos pais do Ro-

* Em alemão no original, paixão, entusiasmo, exaltação, fanatismo.

mantismo — e nisso há certa ironia. Kant foi criado, tal como Hamann e Herder, os quais ele conheceu pessoalmente, em um ambiente pietista. Considerava Hamann um místico patético e confuso e não gostava dos seus escritos por causa de suas vastas generalizações não sustentadas por provas, seus enormes voos da imaginação, que ele julgava uma ofensa contra a razão.

Kant era um admirador das ciências. Tinha mente acurada e extremamente lúcida: escrevia de maneira obscura, mas raramente imprecisa. Ele próprio era um cientista ilustre (cosmologista); acreditava nos princípios científicos talvez mais profundamente do que em quaisquer outros; considerava que a tarefa de sua vida era explicar os fundamentos da lógica científica e do método científico. Detestava tudo o que tivesse um entusiasmo exagerado ou que fosse confuso em qualquer aspecto. Gostava de lógica e gostava de rigor. Via os que se opunham a essas qualidades simplesmente como indolentes mentais. Dizia que a lógica e o rigor eram exercícios difíceis da mente humana e que era costumeiro que aqueles que achavam essas coisas muito difíceis inventassem objeções de outro tipo. Sem dúvida, há muita coisa importante no que ele disse. Mas, se ele é, em qualquer aspecto, o pai do Romantismo, não é como crítico das ciências, nem como cientista, mas especificamente por sua filosofia moral.

Kant vivia praticamente inebriado pela ideia da liberdade humana. Sua educação pietista não levou a uma rapsódica comunhão consigo mesmo, como no caso de Hamann e outros, e sim a uma espécie de intensa preocupação com a vida interior, a vida moral do homem. Uma das proposições de que ele estava convicto era que cada homem, como tal, está ciente da diferença entre, de um lado, as inclinações, desejos, paixões, que o puxam de fora, que fazem parte de sua natureza emocional ou sensível ou empírica, e, de outro lado, a noção de dever, de obrigação de fazer o que é certo, que muitas vezes entra em conflito com o desejo de prazer e com a inclinação. A confusão entre as duas coisas lhe parecia uma falácia primitiva. Ele poderia muito bem ter citado as famosas palavras de Shaftesbury, que discordava da visão do homem como um ser determinado ou condicionado por fatores externos. O homem, disse Shaftesbury no início do século 18, não é "um Tigre fortemente acorrentado" ou "um Macaco sob a Disciplina da Chibata"[2] — ou seja, um tigre fortemente acorrentado pelo medo da punição ou um macaco sob a influência da chibata do desejo de recompensa ou, novamente, do medo da punição.

O homem é livre, o homem tem uma liberdade original inata, e essa liberdade, segundo Shaftesbury, dá a cada um o privilégio de ter seu próprio eu, de pertencer a si mesmo. Mas isso, no caso de Shaftesbury, era simplesmente um *obiter dictum* [comentário incidental] que não tinha muito a ver com o resto de sua filosofia. Já no caso de Kant, tornou-se um princípio central obsessivo. O homem é homem, para Kant, apenas porque pode escolher. A diferença entre o homem e o resto da natureza, seja animal, seja vegetal ou matéria inanimada, é que as coisas não humanas estão submetidas à lei da causalidade, tudo, exceto o homem, segue rigorosamente algum esquema predeterminado de causa e efeito, ao passo que o homem é livre para escolher o que deseja. Isso, o livre-arbítrio, é o que distingue os seres humanos dos outros objetos da natureza. O livre-arbítrio é o que permite ao homem escolher o bem ou o mal, o certo ou o errado. Não há nenhum mérito em escolher o que é certo a menos que seja possível escolher o que é errado. As criaturas que são determinadas, por quaisquer causas, a escolher perpetuamente o que é bom, belo e verdadeiro não poderiam reivindicar nenhum mérito por fazê-lo, pois, embora os resultados fossem nobres, a ação seria automática. Portanto, Kant supunha que toda a noção de mérito moral, toda a noção de deserto moral, toda a noção que decorre do fato de que nós louvamos e nós culpamos, que consideramos que os seres humanos devem ser elogiados ou condenados por agir desta ou daquela maneira, pressupõe o fato de que eles são capazes de escolher. Por esse motivo, uma das coisas que ele detestava mais intensamente — pelo menos na política — era a noção de paternalismo.

Dois obstáculos deixaram Kant obcecado durante toda a sua vida. Um deles é a obstrução dos homens, o outro é a obstrução das coisas. A obstrução dos homens é um tema bem familiar. Em um curto ensaio intitulado "Resposta à pergunta: 'O que é o Iluminismo?'", Kant observa que o Iluminismo é simplesmente a capacidade dos homens de determinar a própria vida, de se libertar dos suportes e amarras oferecidos pelos outros, de os homens se tornarem maduros e determinarem o que querem fazer, seja algo mau, seja algo bom, sem se apoiar excessivamente em autoridades de variados tipos, no Estado, nos pais, nas babás, na tradição, em quaisquer valores estabelecidos sobre os quais recai, diretamente, o peso da responsabilidade moral. Um homem é responsável por seus atos. Se ele abdica dessa responsabilidade, ou se é demasiado imaturo para perceber isso, ele, nesse aspecto, é um bárbaro e não um civilizado — ou então uma criança. Civilização é maturidade, e maturidade é autodeterminação, é definir-se por considerações racionais, e não ser jogado para lá e para cá por alguma coisa sobre a qual não se tem controle, em especial por outras pessoas. "Um governo *paternalista*", disse Kant[3] — e ele está pensando em Frederico, o Grande, embora, sem dúvida, fosse perigoso para um professor de Königsberg dizê-lo abertamente —, baseado na benevolência de um governante que trata seus súditos "como crianças que não cresceram [...] é o maior *despotismo* concebível" e "destrói toda liberdade".[4] Em outro texto ele escreveu: "O homem que depende de outro não é mais homem, em absoluto, ele perdeu sua posição, ele nada mais é do que a posse de outro homem".[5]

Assim, Kant, em sua filosofia moral, sente uma ira especial contra qualquer forma de dominação de um ser humano por outro. Ele é, realmente, o pai da noção de exploração como um mal. Creio que não se encontra muita coisa antes do final do século 18, em especial antes de Kant, sobre a exploração como um mal. E, de fato, por que deveria ser considerado tão terrível que um homem usasse outro homem para alcançar os fins que ele próprio deseja, e não para alcançar os fins desejados por esse homem? Talvez haja vícios piores, talvez a crueldade seja pior, talvez, como pensava o Iluminismo, a ignorância seja pior, ou a indolência, ou outras coisas do gênero. Mas não é assim para Kant. Qualquer forma de uso de outra pessoa para fins que não são dessa mesma pessoa, e sim de quem a usa, parecia-lhe uma forma de degradação imposta por um homem a outro, uma forma de horrível mutilação de outra pessoa, de tirar dela aquilo que a distingue como ser humano, ou seja, sua liberdade de autodeterminação. É por isso que encontramos em Kant um sermão tão exaltado contra a exploração, a degradação, a desumanização, tudo o que depois se tornou o carro-chefe de todos os escritores liberais e socialistas nos séculos 19 e 20 — toda a noção de degradação, reificação, mecanização da vida, a alienação dos seres humanos uns dos outros ou de cada um em relação aos próprios fins, a utilização dos homens como coisas, como matéria-prima sobre a qual alguém vai impingir sua vontade, a opinião geral de que os seres humanos são entidades que podem ser empurradas para lá ou para cá, definidas ou educadas contra sua vontade. A monstruosidade disso, a ideia de que essa é, moralmente, a pior coisa que um ser humano pode fazer a outro, decorre da propaganda ardorosa de Kant. Sem dúvida, a ideia pode ser encontrada antes de Kant em outros autores, em particular autores cristãos, mas foi ele quem a secularizou e traduziu para uma forma que tivesse aceitação geral na Europa.

Essa é, de fato, uma noção essencial. Por que ele pensava assim? Porque julgava que os valores são entidades geradas pelos próprios seres humanos. A ideia é a seguinte: se os seres humanos dependem, para suas ações, de algo que está fora deles e fora de seu controle, se, em outras palavras, a origem de seu comportamento não está dentro deles, mas em alguma outra coisa, então eles não podem ser considerados responsáveis. E, se eles não são responsáveis, não são seres totalmente morais. No entanto, se nós não somos seres morais, então nossas distinções entre o certo e o errado, o livre e o não livre, o dever e o prazer são ilusões, e isso Kant não estava preparado para enfrentar, isso ele negava. Ele considerava um dado primário da consciência humana — pelo menos tão primário como o fato de que podemos enxergar mesas, cadeiras, árvores e objetos no espaço, ou que temos certa percepção de outros objetos na natureza — sabermos que existem certos cursos de ação dos quais é possível dizer que podemos seguir ou nos abster de seguir. Esse é um dado básico. Se assim é, então não pode ser que os valores, ou seja, os objetivos ou fins que os seres humanos se esforçam para atingir, estejam fora de nós, na natureza, em Deus, porque se estivessem fora de nós, e se sua intensidade determinasse nossas ações, então deveríamos ser escravos deles — seria uma forma extremamente sublime de escravidão, mas, mesmo assim, seria escravidão. Portanto, não ser como um escravo, ser livre é comprometer-se livremente com valores morais de algum tipo. Você pode se comprometer com um valor ou não, porém a liberdade está no compromisso, e não no status, racional ou não, do valor em si; está no fato de que você se compromete ou não; você pode se comprometer, mas não precisa. Com o que você se compromete é outro assunto — e pode ser detectável por meios racionais —, mas é apenas o compromisso ou o não compromisso que faz com que aquilo seja um valor para você.

Em outras palavras, chamar um ato de bom ou mau, chamá-lo de certo ou errado é, na verdade, dizer que existem atos com os quais os seres humanos se comprometem livremente — aquilo que mais tarde veio a ser chamado de comportamento engagé, comportamento engajado, comportamento não indiferente.

É isso que Kant quer dizer ao afirmar que os homens são fins em si mesmos. O que mais poderia ser um fim? Os homens são seres que escolhem atos. Para sacrificar um homem, deve-se sacrificá-lo a algo mais elevado do que ele mesmo. No entanto, nada é mais elevado do que aquilo que deve ser considerado o mais alto valor moral. Mas chamar algo de alto valor moral é dizer que algum homem está preparado para viver ou morrer por ele; e a menos que alguém esteja preparado para viver ou morrer por algo, não existe esse "algo" no sentido de um valor moral. Um valor se torna valor — um dever se torna valor ou um objetivo que transcende o desejo e a inclinação se torna valor — pela escolha humana e não porque contenha alguma qualidade intrínseca. Os valores não são estrelas em algum céu moral, eles são algo que o homem traz dentro de si, eles são aquilo pelo qual os seres humanos escolhem, livremente, viver, lutar, morrer. Esse é o sermão fundamental de Kant. Ele não oferece muitos argumentos como respaldo; simplesmente declara que é uma verdade autoevidente, em vários tipos de proposições mais ou menos repetitivas.

Entretanto, o que é muito mais sinistro, do ponto de vista de Kant, mais ainda que a obstrução dos homens, ou a escravidão dos homens, ou homens importunando uns aos outros, ou atacando uns aos outros, é a ideia, para ele um pesadelo, do determinismo, da escravidão nas mãos da natureza. Se, diz Kant, aquilo que sem dúvida é verdade no que diz respeito à natureza inanimada, ou seja, a lei da causalidade, fosse verdade acerca de todos os aspectos da vida humana, então realmente não haveria moralidade. Isso porque os homens seriam totalmente condicionados por fatores externos, e, embora pudessem enganar a si mesmos e supor-se livres, eles seriam, de fato, determinados. Em outras palavras, para Kant o determinismo, particularmente o determinismo mecânico, é incompatível com qualquer liberdade e qualquer moralidade e, portanto, é falso. Por determinismo ele quer dizer qualquer tipo de determinação originada tanto por fatores externos, materiais — físicos ou químicos —, dos quais o século 18 falava, quanto pelas paixões, vistas como irresistíveis para os homens. Se você diz, falando sobre uma paixão: "É mais forte do que eu, não pude evitar, cedi, fui empurrado, não consegui, tomou conta de mim", você está confessando, na verdade, certo desamparo e escravidão.

Para Kant, isso não precisa ser assim, jamais. O problema do livre-arbítrio é um dilema antigo; foi inventado pelos estoicos e tem perturbado a imaginação e a mente humanas. Kant, porém, o via como um dilema que parecia um pesadelo até que lhe ocorreu uma solução aceitável, qual seja, a de que, apesar de nós escolhermos do modo como escolhemos (podemos escolher entre uma coisa e outra, isso ninguém nega), os objetos entre os quais devemos escolher, e o fato de que provavelmente vamos escolher de certa maneira, são determinados. Em outras palavras, quando existem alternativas, mesmo que seja possível, sem dúvida, fazer uma coisa ou a outra, o fato de que somos colocados em uma situação na qual *essas* são as alternativas e, mais que isso, que nossa vontade está determinada em dada direção, isso significa que nós fazemos o que queremos, mas nossa vontade, em si mesma, não é livre — a isso Kant chamou de um "subterfúgio desprezível",[6] que não deveria conseguir enganar ninguém. Em consequência, ele cortou todas as possíveis rotas de fuga — todas as rotas oficiais que outros filósofos, assustados com o mesmo dilema, tinham oferecido. Esse problema, embora fosse particularmente agudo para Kant, dominou, a partir daí, o pensamento europeu e na verdade, até certo ponto, a ação europeia. É um problema que obceca tanto filósofos como historiadores no século 19 e, de fato, também no século 20. É um problema que vem se mostrando com peculiar agudeza sob várias formas — por exemplo, sob a forma de discussões entre historiadores quanto aos papéis relativos desempenhados na história pelos indivíduos e por vastas forças impessoais, sociais ou econômicas ou psicológicas. Tem se manifestado também sob a forma de vários tipos de teoria política: há os que creem que os homens são determinados, por exemplo, por sua posição objetiva em uma estrutura, digamos, na estrutura de classes, e os que acreditam que os homens não são determinados assim ou, pelo menos, não totalmente determinados assim. Aparece na teoria jurídica como um desacordo entre os que julgam que o crime é uma doença e deve ser curado por meios médicos, pois é algo pelo qual o criminoso não é responsável, e os que acreditam que o criminoso pode escolher o que fazer e que, portanto, curá-lo ou aplicar a ele um tratamento médico é um insulto a sua dignidade humana inata. Esse era, com certeza, o ponto de vista de Kant. Ele acreditava na punição retributiva (hoje considerada um ponto de vista retrógrado, e talvez seja, de fato), porque pensava que um homem preferiria ser mandado para a prisão a ir para o hospital; porque julgava que, se um homem fez algo e foi considerado culpado por aquilo, severamente responsabilizado ou mesmo punido, pois poderia ter evitado aquilo, isso pressupunha que ele era um ser humano com poder de escolha (ainda que pudesse ter escolhido o que é mau), e não alguém condicionado por forças sobre as quais ele não tinha controle, digamos o inconsciente, digamos o meio ambiente, digamos a maneira como foi tratado por seus pais ou mil outros fatores que o tornaram incapaz de agir de outra forma — como a ignorância ou alguma doença física. Kant julgava que esse era um insulto mais profundo para esse homem, isto é, tratá-lo como um animal ou um objeto, e não como um ser humano.

Kant defende esse ponto apaixonadamente, e eu gostaria de trazer aqui todo o sabor de suas opiniões. Para ele, a generosidade, por exemplo, é um vício, porque a generosidade é, em última análise, uma forma de condescendência e paternalismo; pois "os que têm" dão aos "que não têm". Em um mundo que fosse justo, a generosidade não seria necessária. A piedade parece a Kant uma qualidade detestável. Ele preferiria ser ignorado, preferiria ser insultado, preferiria ser maltratado a ser alvo de piedade, pois a piedade implica certa superioridade de quem sente em relação a quem a provoca, e essa superioridade Kant negava firmemente. Todos os homens são iguais, todos os homens podem determinar a si mesmos, e, se um homem se compadece de outro, ao assim fazer ele o reduz a um animal ou a uma coisa, ou, pelo menos, a um objeto lamentável, digno de pena, e isso para Kant era um terrível insulto à dignidade humana e à moralidade humana.

Essa era a visão moral de Kant. O que o assustava era a ideia do mundo externo como uma espécie de roda-viva mecânica, e, se Spinoza e os deterministas do século 18 — por exemplo, Helvétius ou Holbach ou os cientistas — estiverem certos, se, declara Kant, um homem é simplesmente um objeto da natureza, simplesmente uma massa de carne e ossos, sangue e nervos afetado por forças externas exatamente como os animais e os objetos, então o homem, como ele diz, nada mais é que uma "engrenagem".[7] Ele gira, ele se move, mas não por vontade própria. O homem nada mais é que um relógio. Ele é acertado em certa hora, ele bate em tique-taque, mas não define a si mesmo. Esse tipo de liberdade não é liberdade alguma e não tem valor moral de nenhuma espécie. Daí a negação total do determinismo por Kant, no atacado, e sua enorme ênfase no livre-arbítrio. É isso que ele chama de autonomia, enquanto o ser puxado e empurrado por fatores externos, sejam eles físicos ou emocionais, ele chama de heteronomia, isto é, um conjunto de leis que se originam fora do ser humano.

Isso implica uma visão nova e um tanto revolucionária da natureza, que, novamente, se torna um fator extremamente central na consciência europeia. Até então a atitude que se tomava em relação à natureza, fosse lá o que se entendesse por essa palavra — e alguns estudiosos já contaram nada menos que duzentos significados ligados ao termo "natureza" apenas no século 18 —, era, de modo geral, uma atitude benevolente ou respeitosa. Considerava-se a natureza um sistema harmonioso ou, pelo menos, um sistema simétrico, bem-composto, de modo que o homem sofreria quando ficasse sem conexão com ela.

Assim, a maneira de curar os seres humanos que fossem criminosos ou infelizes era restaurá-los, de alguma forma, àquilo que deveriam ser, ou reconduzi-los ao seio da natureza. Embora houvesse diversas visões sobre a natureza, como já expliquei — visões mecanicistas, visões biológicas, visões orgânicas, visões físicas (usando todos os tipos de metáforas) —, o refrão era sempre o mesmo: Senhora Natureza, Mãe Natureza, os cordões da natureza que nos seguram e dos quais não devemos nos separar. Até mesmo Hume, o menos metafísico dos pensadores, acreditava que, quando um homem fica fora dos eixos — se torna infeliz ou louco —, a natureza geralmente se afirma; isso significa que certos hábitos fixos se afirmam e ocorre um processo de cura, a ferida cicatriza, e o homem se reintegra ao fluxo ou ao sistema harmonioso, dependendo de como se considera a natureza, se algo estático ou em movimento; de todo modo, o homem é restaurado ao ser, de alguma forma, reabsorvido nesse meio amplo e reconfortante, o qual ele nunca deveria ter abandonado.

Para Kant, é evidente que isso não pode ser verdade. A ideia de Senhora Natureza, Mãe Natureza, benevolente, que se venera, que a arte deve imitar, algo de onde a moral deve derivar, algo que serve de base para a política, como disse Montesquieu — essa ideia implica aviltar a liberdade de escolha inata do homem, porque a natureza é mecânica, ou, mesmo que não seja mecânica, mesmo que seja orgânica, de todo modo cada evento na natureza se encadeia a outro, por uma necessidade rigorosa; e, portanto, se o homem é parte da natureza, então ele é determinado, e a moral é uma ilusão hedionda. Assim, em Kant, a natureza se torna, na pior das hipóteses, uma inimiga e, na melhor, simplesmente um material neutro que se pode moldar. O homem é concebido, em parte, como um objeto natural: é óbvio que seu corpo está na natureza; suas emoções estão na natureza; são naturais todas as várias coisas que podem torná-lo heterônomo ou dependem de alguma coisa que não é seu verdadeiro eu; mas, quando ele está em seu estado mais livre, quando está em seu ponto mais humano, quando se eleva a suas alturas mais nobres, então ele domina a natureza, ou seja, ele a molda, ele a quebra, impõe a ela sua personalidade, ele faz o que decide fazer, porque se compromete com certos ideais; e, ao se comprometer com esses ideais, ele impõe sua marca sobre a natureza, e a natureza se torna, assim, um material moldável. Algumas partes da natureza são mais plásticas que outras, porém toda a natureza deve ser apresentada ao homem como algo com que ele faz alguma coisa, ou sobre o que ele faz alguma coisa, ou para o que ele faz alguma coisa, e não como algo a que ele pertence — pelo menos não totalmente.

A ideia de que a natureza é uma inimiga ou algo neutro é relativamente nova. Foi por isso que Kant aclamou a Constituição francesa de 1790. Ali estava, por fim, disse ele, uma forma de governo em que todos os homens, pelo menos em teoria, podiam votar livremente, expressar suas opiniões; não precisavam mais obedecer a um governo, ainda que benevolente, nem a uma igreja, ainda que excelente, nem a princípios, ainda que antigos, desde que não fossem da própria autoria deles. Uma vez que os homens foram incentivados, como foram pela Constituição francesa, a votar livremente de acordo com a própria decisão interior — não por impulso, Kant não o teria chamado assim —, pela própria vontade interior, eles estavam, assim, libertados, e, tenha Kant interpretado de forma correta ou incorreta, parecia-lhe que a Revolução Francesa havia sido um grande ato libertador, na medida em que afirmara o valor de cada alma, individualmente. Ele também disse mais ou menos a mesma coisa sobre a Revolução Americana. Quando seus colegas deploravam o reino do Terror e consideravam todos os acontecimentos na França com horror indisfarçável, Kant, embora não aprovasse abertamente, nunca recuou de sua posição de que aquilo era, de todo modo, uma experiência na direção certa, ainda que desse errado. Isso indica a paixão com que esse professor normalmente muito convencional, muito obediente, muito ordeiro, antiquado, um tanto provinciano, da Prússia Oriental, considerava esse grande capítulo libertador da história da raça humana, a autoafirmação do ser humano contra enormes ídolos, assim como indica o que pensava deles, em confronto com eles. A tradição, os princípios antigos inquebrantáveis, reis, governos, pai e mãe, todo tipo de autoridades aceitas simplesmente porque são autoridades — tudo isso o revoltava. Não se costuma pensar em Kant nesses termos, mas não há dúvida de que sua filosofia moral está firmemente fundada sobre esse princípio antiautoritário.

Isso significava, claro, afirmar a primazia da vontade. Em certo sentido, Kant ainda era filho do Iluminismo setecentista, pois pensava que todos os homens, se o coração deles fosse puro, quando se perguntassem o que era certo fazer, chegariam, em circunstâncias semelhantes, a conclusões idênticas, pois a todas as perguntas a razão deve dar uma resposta idêntica, em todos os homens. Rousseau acreditava na mesma coisa. Durante certo tempo, Kant acreditou que apenas uma minoria dos seres humanos era esclarecida o bastante, ou experiente o bastante, ou moralmente elevada o bastante para ser capaz de dar as respostas corretas. Mas, sob o impulso da leitura de *Émile*, de Rousseau, livro que muito admirava — de fato, um retrato de Rousseau era a única representação humana sobre a escrivaninha de Kant —, ele passou a acreditar que todos os homens eram capazes disso. Qualquer homem, mesmo que lhe falte qualquer outra coisa — ele pode ser ignorante, pode não saber nada de química, nada de lógica, nada de história —, é capaz de descobrir respostas racionais à pergunta: "Como devo me comportar?". E todas as respostas racionais a essa pergunta devem, necessariamente, coincidir.* Repito: um homem que simplesmente age por impulso, por mais generoso que seja, um homem que age de acordo com seu caráter natural, ainda que nobre, um homem que age sob qualquer tipo de pressão inelutável, seja vinda de fora ou de sua natureza interna, não está agindo, pelo menos não como agente moral. A única coisa que vale a pena possuir é a vontade livre de quaisquer grilhões — essa é a proposição central que Kant colocou no mapa, e ela estava destinada a ter consequências extremamente revolucionárias e subversivas, que ele mal poderia ter previsto.

Versões de todo tipo dessa doutrina aparecem no final do século 18, mas talvez a mais vívida e a mais interessante, de nosso ponto de vista, seja a de seu fiel discípulo, o dramaturgo, poeta e historiador Friedrich Schiller. Schiller é tão empolgado como Kant pela ideia do livre-arbítrio, da liberdade, da autonomia, do

---

* Quanto às falácias dessa doutrina, não entrarei no assunto aqui, pois me levaria muito longe; mas esse é o único fino cordão pelo qual Kant ainda está preso ao racionalismo setecentista. (N.A.)

homem independente. Ao contrário de pensadores anteriores, ao contrário de Helvétius, ao contrário de Holbach, que simplesmente acreditavam que havia certas respostas corretas para as questões sociais, morais, artísticas e econômicas, e para as questões factuais de qualquer natureza, e que o importante seria simplesmente conseguir que os seres humanos compreendessem essas respostas e passassem a agir em conformidade — de que maneira se conseguiria que eles fizessem isso importava relativamente pouco —, em estrita oposição a isso, Schiller insiste constantemente no fato de que a única coisa que faz o homem ser homem é ser ele capaz de elevar-se acima da natureza e moldá-la, esmagá-la, subjugá-la à sua vontade, bela, livre de grilhões, moralmente direcionada.

Há certas expressões características que Schiller usa em todos os seus escritos, não só em seus ensaios filosóficos, como também em suas peças. Ele fala constantemente da liberdade espiritual: a liberdade da razão, o reino da liberdade, nosso eu livre, a liberdade interior, a liberdade mental, a liberdade moral, a inteligência livre — esta última uma de suas expressões favoritas —, a santa liberdade, a cidadela inexpugnável da liberdade; e há expressões em que em vez da palavra "liberdade" ele usa "independência". A teoria da tragédia de Schiller é fundada sobre essa noção de liberdade; sua prática como escritor trágico e sua poesia estão impregnadas dessa noção; foi por meio dela, talvez mais do que da leitura de Kant, que essas teorias tiveram um efeito tão poderoso sobre a estética romântica, tanto na arte como na poesia. A tragédia não consiste no mero espetáculo do sofrimento: se o homem fosse apenas razão e nada mais, ele não sofreria. O sofrimento impotente, o sofrimento que o homem não pode evitar, um homem esmagado pelo infortúnio, não é um objeto de tragédia. É meramente um objeto de horror, piedade e talvez repulsa. A única coisa que pode ser considerada propriamente trágica é a resistência, a resistência de um homem ao que quer que o esteja oprimindo. Laocoonte, que resiste a seu impulso natural para fugir, para não se comportar de acordo com a verdade, tal como ele a conhece; Régulo, que se rendeu aos cartagineses, embora sem dúvida pudesse ter levado uma vida mais confortável e talvez não menos vergonhosa se tivesse permanecido em Roma; o Satã de Milton, que, depois de ver o espetáculo terrível do Inferno, mesmo assim continua com seus maus desígnios — essas são figuras trágicas porque se afirmam, porque não são tentadas pela conformidade, porque não cedem à tentação, quer esta assuma a forma de prazer ou de dor, seja tentação física ou tentação moral, porque essas figuras cruzam os braços na encruzilhada e desafiam a natureza; e o desafio — o desafio moral, no caso de Schiller, não qualquer desafio, mas o desafio em nome de um ideal com o qual a pessoa se compromete seriamente — é o que faz a tragédia, porque cria um conflito, um conflito em que o homem está ou não em luta contra forças grandes demais para ele, conforme o caso.

Ricardo 3º e Iago não são figuras trágicas para Schiller, porque se comportam como animais, agem sob o impulso da paixão; portanto, diz ele, já que não estamos pensando em seres humanos, já que não estamos pensando em termos morais, assistimos com fascinação ao comportamento maravilhosamente engenhoso desses intrigantes animais humanos, que agem de maneira tão notável: o gênio e a fantasia de Shakespeare os fazem passar por circunvoluções extraordinárias, intelectualmente superiores às do homem médio. Mas, assim que pensamos no que está acontecendo, percebemos que eles estão se comportando sob a influência da paixão, a qual não conseguem evitar. Uma vez que vemos isso, eles não são mais seres humanos para nós e sentimos vergonha e repulsa. Pensamos que, como eles não estão se comportando como seres humanos, já que renunciaram a sua humanidade, são, portanto, detestáveis e desumanizados e, portanto, não são figuras trágicas. Tampouco o é, lamento dizer, Lovelace no romance *Clarissa Harlowe*, de Samuel Richardson: ele é simplesmente um conquistador que persegue várias damas sob o impulso da paixão ingovernável; e, se é realmente ingovernável, não há tragédia, aconteça o que acontecer.

Schiller pensa que o drama talvez funcione como uma espécie de inoculação. Se nós mesmos estivéssemos na situação de Laocoonte, ou na de Édipo, ou na de quem quer que seja, lutando contra o destino, poderíamos sucumbir. E o terror de estar em tal situação poderia ser tão grande que nossos sentimentos ficariam anestesiados, ou seríamos levados à loucura. Não podemos dizer como deveríamos nos comportar, mas, ao assistir a essas coisas no palco, permanecemos relativamente frios e distantes e, portanto, essa experiência desempenha uma função educativa e persuasiva. Observamos o que é um homem comportando-se como homem, e o propósito da arte, pelo menos da arte dramática, que trata dos seres humanos, é mostrar os seres humanos comportando-se da maneira que for mais humana. Essa é a doutrina de Schiller, e ela deriva diretamente de Kant.

A natureza em si é indiferente para com o homem, a natureza em si é amoral, a própria natureza nos destrói do modo mais implacável e cruel, e é isso que nos torna bem cientes do fato de que não fazemos parte dela. Permitam-me citar uma passagem típica de Schiller:

A própria circunstância de que a natureza, considerada como um todo, zomba de todas as regras que nosso entendimento prescreve para ela, que ela segue avante em sua carreira livre e caprichosa e pisoteia na poeira as criações da sabedoria, sem consideração por elas, que ela arrebata o que é significativo e o que é trivial, o que é nobre e o que é comum, e os envolve em um desastre hediondo idêntico, que ela preserva o mundo das formigas e agarra o homem, sua mais gloriosa criatura, em braços gigantescos e o esmaga, que ela muitas vezes dissipa as conquistas mais árduas do homem e, de fato, suas próprias conquistas mais árduas, em uma única hora frívola, e dedica séculos a obras de uma insensatez desnecessária [...][8]

Isso Schiller considera típico da natureza, e ressalta o fato de que isso é a natureza e não a arte, isso é a natureza e não o homem, isso é a natureza e não a moral. E assim ele faz um vasto contraste entre a natureza, que é essa entidade elementar, caprichosa, talvez causal, talvez dirigida pelo acaso, e o homem, que tem moral, que distingue entre o desejo e a vontade, o dever e o interesse, o certo e o errado, e age de acordo com isso — se necessário, contra a natureza.

Essa é a doutrina central de Schiller, e ela aparece na maioria de suas tragédias. Gostaria de dar um exemplo bem significativo, que vai mostrar a que ponto ele foi. Schiller rejeitava a solução kantiana, fundamentalmente porque lhe parecia que, embora a vontade de que fala Kant nos liberte da natureza, o filósofo nos coloca em uma estrada moral muito estreita, em um mundo calvinista muito sombrio, muito confinado, onde as únicas alternativas são ser um brinquedo da natureza ou seguir esse caminho sombrio do dever luterano, que eram os termos em que Kant pensava — um caminho que mutila e destrói, constrange e cerceia a natureza humana. Se o homem deve ser livre, ele deve ser livre não apenas para cumprir seu dever; deve ser livre para escolher entre seguir a natureza ou cumprir seu dever, de maneira totalmente livre. Ele deve ficar acima tanto do dever como da natureza e ser capaz de escolher entre um e outro. Ao discutir *Medeia*, de Corneille, Schiller apresenta esse argumento. Na peça, Medeia, princesa da Cólquida, fica irada com Jasão, que a sequestrou e depois a abandonou. Ela decide então matar seus próprios filhos — na verdade, ela os cozinha vivos. Schiller não aprova essa ação, mas diz que Medeia é, mesmo assim, heroica e Jasão não é. Como Medeia desafia a natureza, desafia sua própria natureza, seu próprio instinto maternal, seu próprio afeto por seus filhos, ela se eleva acima da natureza e age livremente; o que ela faz pode ser abominável, mas, em princípio, ela é alguém capaz de atingir alturas mais elevadas, por ser livre e não estar sob o impulso da natureza, do que Jasão, pobre filisteu, um ateniense perfeitamente decente de seu tempo e de sua geração com uma vida perfeitamente normal, não inteiramente sem culpa, mas também não trágica nem sinistra, e que simplesmente vai sendo levado pela onda dos sentimentos convencionais — e isso não tem nenhum valor. Medeia pelo menos é alguém, e poderia facilmente ter atingido picos de grandeza moral; Jasão não é ninguém.

Esse é o tipo de categoria que Schiller usa também em suas outras peças. Em *Fiesco*, uma de suas primeiras obras para teatro, o herói epônimo é o tirano de Gênova, que sem dúvida age errado; ele oprime os genoveses. Mesmo assim, embora faça o que é ruim, ele é superior aos patifes e aos tolos, aos ignorantes e à plebe ignara de Gênova, que precisam de um senhor, e a quem ele, portanto, domina; e sem dúvida pode ser correto para o líder republicano Verrina afogá-lo, como acaba fazendo na peça; no entanto, perdemos algo em Fiesco. Ele é um ser humano qualitativamente superior às pessoas que, corretamente, o assassinam. Essa é, grosso modo, a doutrina de Schiller e é o início daquela famosa doutrina do grande pecador e do homem supérfluo, que estava destinada a ter um papel na arte do século 19.

A morte de Werther é totalmente inútil. René, na história de Chateaubriand de mesmo nome, também morre de maneira totalmente inútil. Eles morrem inutilmente porque pertencem a uma sociedade que é incapaz de fazer uso deles; são indivíduos supérfluos; são supérfluos porque sua moral, que é uma moral superior (assim devemos compreender) à da sociedade em torno deles, não tem oportunidade de se afirmar contra a temível oposição apresentada pelos burgueses medíocres, os escravos, as criaturas heterônomas da sociedade em que vivem. Esse é o começo de uma longa linhagem de homens supérfluos, celebrada em especial na literatura russa, como Chatski, de Griboiédov, Eugene Onegin [de Púchkin], as pessoas supérfluas de Turguêniev, Oblómov [de Ivan Gontcharóv] — e de todos os diversos personagens que ocorrem no romance russo até *Doutor Jivago* [de Boris Pasternak], inclusive. É essa a origem de tal tradição.

Há também a outra linhagem, os homens que dizem que, se a sociedade é ruim, se é impossível conseguir a moral adequada, se tudo o que se faz está obstruído, se não há nada a fazer, então abaixo a sociedade — que ela se arruíne, que ela se vá, todos os crimes são permitidos. Esse é o início do grande pecador em Dostoiévski, a figura nietzschiana que quer colocar abaixo uma sociedade cujo sistema de valores é tal que uma pessoa superior que realmente compreenda o que é ser livre não pode funcionar nos termos em que ela funciona e, portanto, prefere destruí-la, prefere realmente destruir os princípios segundo os quais ela mesma por vezes age, prefere a autodestruição e o suicídio a continuar à deriva, simplesmente como um objeto em um fluxo incontrolável. Isso se origina com Schiller, sob a influência, por incrível que pareça, de Kant, que ficaria horrorizado ao ver essas consequências de sua doutrina perfeitamente ortodoxa, meio pietista, meio estoica.

Esse é um dos grandes temas do movimento romântico, e, se perguntarmos quando ele ocorre, cronologicamente, não é difícil identificá-lo. No final da década de 1760, Lessing escreveu uma peça chamada *Minna von Barnhelm*. Não tentarei resumir o enredo dessa peça não muito interessante; direi simplesmente que o herói é um homem chamado Major Tellheim, um homem honrado que sofreu uma injustiça e que, por ter um senso muito agudo de sua honra, se recusa a encontrar a dama a quem ele ama e que o ama também. Ele supõe que ela possa supor que ele cometeu um ato não muito honroso, embora ele seja, de fato, totalmente inocente; e, como ela pode pensar isso, fica impossível para ele enfrentá-la até que fique claro que ele na verdade é inocente e não merece qualquer possível atitude negativa causada por um mal-entendido a respeito de sua ação. Ele se comporta muito honrosamente, mas tolamente. O ponto principal de Lessing é que, embora ele seja um bom homem, de fato um homem agradável, mesmo assim não é um homem muito sensato — um pouco como o misantropo, não muito diferente, de Molière — e a peça tem final feliz, pois a dama se revela muito mais sensata (como o amigo de Alceste em Molière) do que o cavalheiro e consegue criar uma situação em que a inocência dele é exibida em triunfo, e os dois se unem e são felizes para sempre, é o que devemos entender. Ela é a heroína; ela fala pelo autor com seu bom senso, sua tolerância, sua maturidade, seu sentido humano e compassivo da realidade. Tellheim é um homem injustiçado pela sociedade, que persegue ardorosamente certos ideais próprios — a honra, a integridade de uma forma extrema —, que é totalmente engagé e comprometido, que é, na verdade, tudo o que Schiller deseja que as pessoas sejam.

No início da década de 1780, Schiller escreveu *Os bandoleiros*, peça cujo herói, como já mencionei, é Karl Moor. Ele também foi injustiçado e, por esse motivo, torna-se chefe de uma gangue de ladrões, passando a assassinar, pilhar e botar fogo nas casas, e no final se entrega à justiça para ser executado. Karl Moor é o mesmo Major Tellheim promovido ao status de herói. Portanto, se quisermos saber o momento em que o herói romântico genuinamente surge, isso ocorre — pelo menos na Alemanha, que me parece ser a pátria dessa figura — em algum momento entre o fim dos anos 1760 e o início dos 1780, e por que razões sociológicas não tentarei explicar.

Em *O misantropo*, de Molière, por exemplo, Alceste é alguém que está amargamente decepcionado com o mundo, que não consegue aguentar, não consegue se adaptar aos valores falsos, triviais e repulsivos da sociedade, mas ele não é o herói da peça. Há na peça pessoas mais sensatas que por fim tentam fazê-lo recuperar o bom senso e conseguem. Ele não é detestável, não é desprezível, mas não é o herói. Ele é, caso seja alguma coisa, cômico; e também Tellheim é levemente cômico — simpático, agradável, amável, moralmente atraente, mas ligeiramente ridículo. Lá por volta de 1780 tal figura não é mais ligeiramente ridícula, ela é satânica, e essa é a mudança, essa é a grande ruptura entre o que poderia ser chamado de tradição racionalista ou iluminista, ou a tradição segundo a qual há uma natureza das coisas que deve ser aprendida, que deve ser compreendida, que deve ser conhecida, e à qual as pessoas devem ajustar-se, à custa de se destruir ou de fazer papel de tolas — há uma grande ruptura entre essa tradição e a tradição em que, ao contrário, o homem se engaja com os valores com os quais se comprometeu e, se necessário, perece heroicamente para defendê-los. Em outras palavras, a noção de martírio, de heroísmo como uma qualidade a ser venerada por si mesma parece surgir nessa época.

A visão fundamental de Schiller[9] é que o homem passa por três estados: primeiro o que ele chama de *Notstaat*, que é o estado governado pela necessidade, sob a forma de algo chamado *Stofftrieb* — "pulsão pelas coisas" seria a tradução literal, sendo "pulsão" no sentido psicológico moderno. Ou seja, nessa fase, o homem é impulsionado pela natureza da matéria. É uma espécie de selva hobbesiana na qual os seres humanos são possuídos por paixões e desejos, na qual eles não têm ideais, na qual eles simplesmente se chocam uns com os outros, e onde é necessário, de alguma forma, separá-los uns dos outros. É um estado que Schiller chama de selvagem. É seguido por um estado que não é selvagem, mas no qual, ao contrário, os homens, a fim de melhorar sua condição, adotam princípios muito rígidos e fazem desses princípios uma espécie de fetiche; e isso Schiller chama de estado bárbaro, curiosamente. Um selvagem, para ele, é alguém impulsionado por paixões que não consegue dominar. Os bárbaros são pessoas que adoram ídolos, por exemplo, princípios absolutos, sem saber muito bem por quê — porque são tabus, porque foram estabelecidos, porque são um decálogo, porque alguém lhes disse que eram princípios absolutos, porque procedem de uma fonte de autoridade sombria e inquestionável. Isso é o que ele chama de barbárie. Como esses tabus passam a reivindicar uma autoridade racional, esse segundo estado é chamado de *Vernunftstaat*, o estado racional — Kant e seus mandamentos.

No entanto, isso não basta, e há uma terceira condição, à qual Schiller aspira. Tal como todos os escritores idealistas de seu tempo, ele imagina que outrora houve uma maravilhosa união humana, uma idade de ouro, em que a paixão não estava separada da razão, e a liberdade não estava separada da necessidade. Então algo estarrecedor aconteceu: a divisão do trabalho, a desigualdade, a civilização — em suma, surgiu a cultura, mais ou menos segundo as linhas de Rousseau, e, como resultado, desejos incontroláveis, ciúmes, invejas, homens divididos contra outros homens, homens divididos contra si mesmos, a trapaça, o sofrimento, a alienação. Como podemos voltar a esse estado original sem cair em uma espécie de inocência ou infantilidade que, sem dúvida, não é viável nem desejável? Isso deve ser feito, de acordo com Schiller, por meio da arte, da libertação pela arte. O que ele tem em mente?

Schiller fala sobre o *Spieltrieb*, o "impulso para brincar". Ele diz que a única maneira pela qual os seres humanos podem se libertar é adotando a atitude de quem entra em um jogo ou brincadeira. O que ele quer dizer? A arte, segundo ele, é uma forma de jogo ou brincadeira, e Schiller explica que para ele a dificuldade é conciliar, de um lado, as necessidades da natureza, que não podem ser evitadas e que causam estresse, e, de outro, esses mandamentos rigorosos que estreitam e contraem a vida. A única maneira de fazer isso é nos colocarmos na posição de pessoas que imaginam livremente e inventam livremente. Se somos crianças brincando — para tomar o exemplo mais simples, embora não seja o de Schiller —, podemos fazer o papel de índios peles-vermelhas, e, se imaginamos que somos índios peles-vermelhas, então somos, para esses fins, peles-vermelhas e obedecemos às regras dos peles-vermelhas, sem um sentimento de pressão; não há pressão sobre nós porque nós mesmos inventamos as regras e os papéis. Tudo o que fazemos é nosso, qualquer coisa que nós mesmos fazemos não nos restringe. Portanto, apenas se conseguirmos nos transformar em criaturas que obedecem a leis não porque essas leis foram feitas para nós por outras pessoas, não porque sentimos pavor delas, não simplesmente porque elas foram ditadas por alguma divindade de cenho franzido, ou por homens assustadores, ou por Kant, ou pela própria natureza; apenas se obedecermos a essas leis porque escolhemos fazer isso livremente, porque isso expressa a vida humana ideal tal como nós, que aprendemos com a história e com a sabedoria dos pensadores, a vemos, exatamente como os que brincam inventam sua brincadeira e logo passam a obedecer às leis desse jogo com entusiasmo, com paixão, com prazer, porque essa é uma obra de arte que eles mesmos construíram; apenas se conseguirmos fazer isso ou, em outras palavras, apenas se conseguirmos converter a necessidade de obedecer a regras em algum tipo de atividade quase instintiva perfeitamente livre, harmoniosa, espontânea, natural; se conseguirmos fazer isso, estaremos salvos.

Como devem os homens se reconciliar uns com os outros? Os seres humanos podem jogar jogos muito diferentes, e esses jogos podem facilmente envolvê-los em desastres tão grandes como quaisquer outros. Schiller volta, de maneira não muito efetiva nem convincente, ao princípio kantiano de que, se somos racionais, se somos como os gregos, se somos harmoniosos, se compreendemos a nós mesmos, se compreendemos o que é a liberdade, se compreendemos o que é a moral, se compreendemos o que são os prazeres e as delícias celestiais da criação artística, então certamente vamos alcançar, de alguma forma, uma relação harmoniosa com outros criadores, outros artistas igualmente interessados não em massacrar outros homens, não em esmagá-los, mas em conviver com eles em um mundo feliz, unido e criativo. Esse é o tipo de utopia no qual o pensamento de Schiller mais ou menos termina. Não é muito convincente, porém a direção geral é bastante clara, ou seja, que os artistas são pessoas que obedecem a regras elaboradas por eles mesmos; eles inventam as regras e inventam os objetos que criam. O material pode ser dado pela natureza, mas todo o resto é feito por eles.

Isso introduz pela primeira vez o que me parece ser uma nota crucial na história do pensamento humano, a saber, que os ideais, os fins, os objetivos não devem ser descobertos pela intuição, por meios científicos, lendo textos sagrados, ouvindo especialistas ou pessoas de autoridade; que os ideais não devem ser descobertos, em absoluto, e sim inventados; não devem ser encontrados, e sim gerados, gerados como a arte é gerada. Os pássaros, diz Schiller, nos inspiram porque pensamos, ainda que erroneamente, que eles dominam a gravidade, eles voam, elevam-se acima da necessidade, coisa que nós não podemos fazer. Um vaso nos inspira porque é um triunfo sobre a matéria bruta, um triunfo, caso queira, da forma, mas da forma livremente inventada, não dessas formas rigorosas que foram impostas pelos calvinistas, pelos luteranos e pelas outras religiões ou tiranias seculares. Daí a paixão pelas formas inventadas, pelos ideais feitos pelo homem. Houve um tempo em que éramos integrais, éramos gregos. (Esse é o grande mito sobre os gregos, que historicamente é, sem dúvida, um completo absurdo, mas que dominou os alemães em sua impotência política — Schiller e Hölderlin e Hegel e Schlegel e Marx.) Outrora, éramos crianças brincando à luz do sol, não distinguíamos entre a necessidade e a liberdade, entre a paixão e a razão, e essa foi uma época feliz e inocente. No entanto, esse tempo já passou, a inocência se foi; a vida já não nos oferece essas coisas; o que nos é oferecido agora como descrição do Universo não é senão a dura roda-viva da causalidade; devemos, portanto, reafirmar nossa humanidade, inventar nossos próprios ideais, e esses ideais, por serem inventados, estão em oposição à natureza, não fazem parte dela, mas se dirigem contra ela; portanto, o idealismo — a invenção de fins — é uma ruptura com a natureza, e, portanto, nossa tarefa é transformar a natureza, educar a nós mesmos de modo a fazer com que nossa própria natureza, que nos foi dada, não muito flexível, nos permita seguir e realizar um ideal de maneira bela e sem atrito.

E aqui ele abandona a questão. Esse é o legado de Schiller, que depois entrou profundamente na alma dos românticos, os quais abandonaram a noção de harmonia, abandonaram a noção de razão, e ficaram, como já mencionei, um pouco mais sem peias.

O terceiro pensador sobre quem devo dizer algumas palavras é Fichte, filósofo e discípulo de Kant, que também acrescentou a essa noção de liberdade uma explicação cheia de paixão, como ilustra uma citação sua. "À mera menção da palavra *liberdade*", diz Fichte, "meu coração se abre e floresce, enquanto a palavra *necessidade* o faz se contrair dolorosamente."[10] Isso mostra o tipo de pessoa que ele era, seu temperamento, e de fato ele próprio disse: "A filosofia de um homem é como sua natureza, e não sua natureza como sua filosofia".[11] Hegel falou sobre a tendência de Fichte de sentir tristeza, horror, aversão à mera lembrança das leis eternas da natureza e de sua estrita necessidade. Há pessoas que ficam deprimidas, por causa de seu temperamento, ao pensar nessa ordem rígida, nessa simetria inquebrantável, nesse mundo inescapável em que tudo se segue a tudo de maneira inelutável, ordenada, totalmente inalterável; e Fichte era uma pessoa assim.

A contribuição de Fichte ao pensamento romântico consiste no seguinte: ele diz que, se você é simplesmente um ser contemplativo e pede respostas a perguntas do tipo o que fazer ou como viver no reino do conhecimento, nunca vai descobrir uma resposta. Nunca vai descobrir uma resposta simplesmente porque o conhecimento sempre pressupõe um conhecimento maior: você chega a uma proposição e pergunta qual foi a fonte abalizada dessa proposição, e então algum outro conhecimento, alguma outra proposição é trazida para validar a primeira. Essa proposição, por sua vez, também necessita de validação, é necessária alguma generalização mais ampla para sustentar essa ideia, e assim por diante, ad infinitum. Portanto, não há fim para essa busca, e simplesmente acabamos envolvidos em um sistema do tipo proposto por Spinoza, que, na melhor das hipóteses, é simplesmente uma unidade lógica rígida, na qual não há espaço para o movimento.

Isso não é verdade, diz Fichte. Nossa vida não depende do conhecimento contemplativo. A vida não começa com a contemplação desinteressada da natureza ou dos objetos. A vida começa com a ação. O conhecimento é um instrumento, como depois William James, Henri Bergson e muitos outros haveriam de repetir; o conhecimento é simplesmente um instrumento oferecido pela natureza para o propósito da vida eficaz, da ação; o conhecimento é saber como sobreviver, o que fazer, como ser, como adaptar as coisas para nosso uso; em outras palavras, saber como viver (e o que fazer para não perecer), de maneira semi-instintiva, não desperta. Esse conhecimento, que é a aceitação de certas coisas no mundo, queiramos ou não, porque não podemos evitar, porque está pressuposto no impulso biológico, na necessidade de viver, é, para Fichte, uma espécie de ato de fé. "Nós não agimos porque sabemos", diz ele; "nós sabemos porque somos chamados a agir".[12] O conhecimento não é um estado passivo. A natureza externa exerce um impacto sobre nós e interrompe nosso curso, mas ela é argila para nossa criação; se criarmos, teremos liberdade novamente. Ele faz então uma proposição importante: as coisas são como são não porque sejam assim independentes de mim, e sim porque eu as faço assim; as coisas dependem da maneira como eu as trato, dependem da finalidade para a qual eu preciso delas. É um tipo de pragmatismo inicial, elementar, mas de muito longo alcance. A comida não é aquilo pelo qual eu sinto fome, ela é tornada alimento por minha fome, diz ele. "Eu não tenho ânsia de comida porque ela foi posta a meu lado; como eu tenho fome, esse objeto se torna comida."[13] "Eu não aceito o que a natureza oferece porque preciso aceitar"[14] — isso é o que fazem os animais. Eu não registro simplesmente o que acontece, como uma espécie de máquina — isso é o que Locke e Descartes disseram que os seres humanos fazem, mas é falso. "Eu não aceito o que a natureza oferece porque preciso aceitar; eu acredito nela porque quero."[15]

Quem é o mestre, a natureza ou eu? "Não sou determinado pelos fins, os fins são determinados por mim."[16] "O mundo", nas palavras de um comentador, "é o poema que foi sonhado dessa forma pela vida interior."[17] Essa é uma forma muito dramática, muito poética de dizer que a experiência é algo que eu determino porque eu ajo. Como eu vivo de certo modo, as coisas me aparecem de certa maneira: o mundo de um compositor é diferente do mundo de um açougueiro; o mundo de um homem do século 17 é diferente do mundo de um homem do século 12. Pode haver certas coisas em comum, mas há mais coisas ou, de toda forma, coisas mais importantes que, para Fichte, não são em comum. Assim, Schlegel disse: os ladrões são românticos porque eu os faço românticos; nada é romântico por natureza. A liberdade é ação, não é um estado contemplativo. "Ser livre não é nada; tornar-se livre é o paraíso", nas palavras do dramaturgo Ernst Raupach.[18] Eu faço meu mundo, da mesma forma como faço um poema. Contudo, a liberdade tem dois gumes: como sou livre, sou capaz de exterminar os outros; a liberdade é a liberdade de cometer atos malignos. Os selvagens matam uns aos outros, e as nações civilizadas, diz Fichte, com certa presciência, usando o poder da lei, da unidade e da cultura, vão continuar exterminando umas às outras. A cultura não é um impedimento à violência. Essa é uma afirmação que o século 18 inteiro rejeitou quase em uníssono (embora houvesse exceções). Para o século 18, a cultura era um elemento capaz de dissuadir a violência, porque a cultura é conhecimento, e o conhecimento comprova que a violência não é aconselhável.[*] Isso não era assim para Fichte: o único impedimento para a violência não é a cultura, e sim a regeneração moral — "O homem deve ser alguma coisa e fazer alguma coisa".[19]

Toda a concepção de Fichte é que o homem é uma espécie de ação contínua — não é nem mesmo um ator. Para alcançar sua altura plena, ele deve produzir e criar constantemente. Um homem que não cria, um homem que simplesmente aceita o que

---

[*] Isso foi rejeitado pelo escritor escocês Ferguson — e talvez por Burke —, mas por quem mais? (N.A.)

a vida ou a natureza lhe oferece está morto. Isso é verdade não só acerca dos seres humanos, como também das nações (aqui não vou entrar nas implicações políticas de sua doutrina). Fichte começou falando sobre indivíduos e então se perguntou o que é um indivíduo, como alguém pode tornar-se um indivíduo perfeitamente livre. É óbvio que alguém não pode tornar-se perfeitamente livre enquanto for um objeto tridimensional no espaço, pois a natureza nos confina de mil maneiras. Por isso, o único ser perfeitamente livre é algo maior que o homem, é alguma coisa interna — embora eu não possa forçar meu corpo, posso forçar meu espírito. O espírito de Fichte não é o espírito de um homem individual, mas algo que é comum a muitos homens; e é comum a muitos homens porque cada espírito individual é imperfeito, porque fica, até certo ponto, enclausurado e confinado pelo corpo específico que habita. No entanto, se nos perguntarmos o que é o espírito puro, o espírito puro é uma espécie de entidade transcendente (um pouco como Deus), um fogo central do qual cada um de nós é uma centelha — uma ideia mística que remonta pelo menos a Böhme.

Gradualmente, depois das invasões de Napoleão e da ascensão geral do sentimento nacionalista na Alemanha, Fichte começou a pensar que talvez aquilo que Herder tinha dito sobre os seres humanos fosse verdade, que um homem se torna homem por meio dos outros homens, um homem se torna homem pela educação, pela linguagem. A linguagem não foi inventada por mim, foi inventada por outros, e faço parte de um fluxo comum do qual sou um elemento. Minhas tradições, meus costumes, minha ótica, tudo a meu respeito é, em certa medida, uma criação de outros homens com quem formo uma unidade orgânica. Assim, aos poucos ele foi se afastando da noção do indivíduo como um ser humano empírico no espaço e passando para a noção do indivíduo como algo maior — digamos um país, digamos uma classe, digamos uma seita. Quando se passa para isso, então se torna o dever *dessa entidade maior* agir, ser livre; e, para uma nação, ser livre significa ser livre de outras nações, e, se outras nações a obstruem, ela precisa fazer guerra.

Assim, Fichte termina como um raivoso patriota e nacionalista alemão. Se somos uma nação livre, se somos um grande criador empenhado em criar esses grandes valores que, na verdade, a história impôs sobre nós, porque não fomos corrompidos pela grande decadência que se abateu sobre as nações latinas; se somos mais jovens, mais saudáveis, mais fortes do que esses povos decadentes (e aqui surge de novo a francofobia), que não passam de restos do que foi sem dúvida uma bela civilização romana — se é isso que nós somos, então devemos ser livres a qualquer custo, e, portanto, uma vez que o mundo não pode ser metade escravo e metade livre, temos de conquistar os outros e absorvê-los em nossa textura. Ser livre é ser livre de obstáculos, ser livre é fazer a liberdade, ser livre é conseguir não ser obstruído por nada no pleno exercício de seu enorme impulso criativo. Assim temos o início dessa concepção de vastos impulsos coletivos para a frente, nacionalistas ou de inspiração de classe, uma ideia mística de homens criativamente lançando-se para a frente com o propósito de não serem congelados, não serem mortos, não serem oprimidos por qualquer coisa estática, seja a natureza estática, sejam as instituições, princípios morais, princípios políticos, princípios artísticos ou qualquer outra coisa que não seja feita por eles e que não esteja em processo de constante transformação fluida. Esse é o início do grande avanço de indivíduos inspirados ou países inspirados, constantemente criando a si mesmos de novo, constantemente aspirando a se purificar e a alcançar alguma altura nunca vista de autotransformação infinita, de autocriação infinita, obras de arte constantemente envolvidas na criação de si mesmas, avançando, avançando, como uma espécie de enorme projeto cósmico em perpétua renovação. Essa noção meio metafísica, meio religiosa, que surge das páginas sóbrias de Kant, e que Kant repudiou com a maior veemência e indignação, estava destinada a ter um efeito extremamente violento tanto sobre a política alemã como sobre a moral alemã, mas também sobre a arte alemã, a prosa e a poesia alemãs, e depois, por transferência natural, sobre os franceses, e também sobre os ingleses.

O Romantismo desenfreado

Chegamos agora à eclosão do Romantismo desenfreado. Segundo Friedrich Schlegel, que escreveu com mais autoridade sobre esse movimento e foi parte dele, os três fatores que influenciaram mais profundamente o movimento inteiro, não só no aspecto estético, como também no moral e no político, foram, nesta ordem: a teoria de Fichte sobre o conhecimento, a Revolução Francesa e o famoso romance de Goethe *Os anos de aprendizado de Wilhelm Meister*. É provavelmente uma consideração justa, e eu gostaria de deixar claro por que foi assim e em que sentido se deu.

Em minhas observações sobre Fichte, falei sobre sua glorificação do eu ativo, dinâmico e criativo. A inovação trazida por Fichte tanto para a filosofia teórica como para a teoria da arte — e, até certo ponto, para uma teoria da vida — era mais ou menos a seguinte: ele aceitava a visão dos empiristas do século 18 de que havia um problema sobre o que significa falar sobre si mesmo. Hume disse que quando olhava para dentro de si, como as pessoas normalmente fazem, quando fazia uma introspecção, descobria um grande número de sensações, emoções, fragmentos de lembranças, de esperanças e de temores — todo tipo de pequenas unidades psicológicas —, mas não conseguia perceber qualquer entidade que pudesse ser chamada justamente de "eu" (ou "self"), e, portanto, concluiu que o "eu" não era uma coisa, não era um objeto de percepção direta, mas talvez simplesmente um nome para a concatenação de experiências pelas quais se formam a personalidade humana e a história humana, uma espécie de corda que une toda a resma de cebolas — mas sem que essa corda de fato exista.

Essa proposição foi aceita por Kant, que em seguida fez valorosos esforços para recapturar algum tipo de "eu", mas muito mais apaixonadamente do que por Kant ela foi abraçada pelos românticos alemães, em particular por Fichte, que propôs a doutrina de que é muito natural que o "eu" não apareça na cognição. Quando você está completamente absorto em um objeto, seja olhando para um objeto material na natureza, seja ouvindo sons — música ou outra coisa —, seja em qualquer outro tipo de processo em que haja um objeto a sua frente, na contemplação do qual você está totalmente absorvido, então, naturalmente, estando absorto você está, *pro tanto*, não consciente de si mesmo. Você se torna consciente de si mesmo apenas quando há algum tipo de resistência. Você se torna consciente de si mesmo não como um objeto, e sim como algo que foi afetado por alguma realidade recalcitrante. Quando você está olhando para algo e algo intervém, quando você está ouvindo alguma coisa e há algum obstáculo, é o impacto desse obstáculo sobre você que torna você consciente do seu "eu" como uma entidade diferente desse "não eu" que você está tentando compreender, ou sentir, ou talvez dominar, conquistar, alterar, moldar — ou, de todo modo, fazer algo para essa entidade ou nela. Portanto, a doutrina de Fichte, que então se torna a doutrina autorizada não só do movimento romântico, como também de grande parte da psicologia, é que o "eu", o "self" nesse sentido da palavra, não é o mesmo que "mim". "Mim" é algo que sem dúvida pode ser alvo de introspecção, algo sobre o qual os psicólogos falam, a respeito do qual podem ser escritos tratados científicos; é um objeto de inspeção, um objeto de estudo, um objeto da psicologia, da sociologia e afins. No entanto, há um tipo de "eu" que não é objeto direto ou acusativo; é o nominativo primal, do qual você se torna consciente não no ato da cognição, em absoluto, mas simplesmente por receber impactos. A isso Fichte chamou de *Anstoß*, "impacto", e lhe parecia ser a categoria fundamental que domina toda a experiência. Isso quer dizer que, quando você se pergunta que razão você tem para supor que o mundo existe, que razão você tem para supor que não está iludido, que razão você tem para supor que o solipsismo não é verdade e que tudo não passa de uma invenção de sua imaginação ou, de algum outro modo, algo totalmente ilusório e enganador, a resposta é que não se pode duvidar de que algum tipo de conflito ou colisão ocorre entre você e aquilo que você quer, entre você e o que você quer ser, entre você e as coisas sobre as quais você quer impor sua personalidade e que, *pro tanto*, resistem. Nessa resistência surgem o "eu" e o "não eu". Sem o "não eu", não há o sentido do "eu". Sem o sentido do "eu", não há o sentido do "não eu". Esse foi um dado primário mais radical, mais básico, do que qualquer coisa que depois sobreveio a ele ou que pudesse ser deduzida dele. O mundo, tal como descrito pelas ciências, era uma construção artificial em relação a esse dado absolutamente primário, irredutível, fundamental, nem mesmo da experiência, mas do ser. Essa é, grosso modo, a doutrina de Fichte.

A partir disso ele amplia toda a grande visão que passa, então, a dominar a imaginação dos românticos, em que a única coisa que vale a pena, como já tentei explicar, é tirar as camadas de determinado "eu", sua atividade criadora, sua imposição de formas sobre a matéria, sua penetração de outras coisas, sua criação de valores, sua dedicação de si mesmo a esses valores. Isso pode ter suas implicações políticas, como já dei a entender, se o "self" não for mais identificado com o indivíduo, mas com alguma entidade suprapessoal, como uma comunidade, uma igreja, um Estado ou uma classe, que se torna então uma enorme vontade intrusiva marchando adiante, que impõe sua personalidade particular tanto sobre o mundo exterior como sobre seus próprios elementos constitutivos, que podem ser seres humanos, reduzidos, assim, ao papel de simples ingredientes ou partes de uma personalidade muito maior, muito mais impressionante, muito mais persistente historicamente.

Permitam-me citar uma passagem dos famosos discursos de Fichte para a nação alemã, proferidos quando Napoleão conquistou a Prússia. Esses discursos foram dirigidos a poucas pessoas e não tiveram grande impacto na época. No entanto, quando foram lidos posteriormente, produziram uma enorme onda de sentimentos nacionalistas. Continuaram sendo lidos pelos alemães durante todo o século 19 e se tornaram sua bíblia depois de 1918. Basta citar algumas linhas desse livrinho de palestras para indicar o tom em questão — o tipo de propaganda em que Fichte estava envolvido na época. Ele diz:

> Ou você acredita em um princípio original no homem — a liberdade, a perfectibilidade, o progresso infinito de nossa espécie —, ou você não acredita em nada disso. Você pode até ter um sentimento, ou uma espécie de intuição, de seu oposto. Todos aqueles que têm dentro de si a pulsação criativa da vida, ou então, assumindo que esse dom não lhes foi dado, aqueles que pelo menos aguardam o momento em que serão apanhados na magnífica torrente da vida original, ou talvez tenham algum pressentimento confuso de tal liberdade, e sentem em relação a esse fenômeno não ódio, nem medo, mas um sentimento de amor, esses fazem parte da huma-

nidade primal. Esses podem ser considerados o verdadeiro povo, esses constituem o *Urvolk*, o povo primal — isto é, os alemães. De outro lado, todos aqueles que se resignaram a representar apenas o derivado, o produto de segunda mão, aqueles que pensam sobre si mesmos dessa maneira tornam-se esse efeito e deverão pagar o preço de sua crença. Eles são um mero anexo da vida. Não são para eles aquelas fontes puras que fluíam diante deles e que podem ainda estar fluindo a seu redor. Eles são apenas um eco vindo de uma rocha distante, de uma voz que agora silenciou. Eles estão excluídos do *Urvolk*, são estranhos, são pessoas de fora. A nação que leva o nome de "alemã" nunca deixou, até hoje, de dar provas de uma atividade criativa e original nos mais diversos campos.[1]

Fichte então continua:

E esse é o princípio da exclusão que adoto. Todos aqueles que acreditam na realidade espiritual, aqueles que acreditam na liberdade da vida do espírito, aqueles que acreditam no progresso eterno do espírito por meio da instrumentalidade de liberdade, seja qual for sua terra natal, seja qual for a língua que falam, eles são nossa raça, eles fazem parte de nosso povo, ou então virão juntar-se a ele, mais cedo ou mais tarde. Todos aqueles que acreditam no ser interrompido, no retrocesso, nos ciclos eternos, mesmo aqueles que acreditam na natureza inanimada e a colocam no leme, no comando do mundo, qualquer que seja seu país de origem, qualquer que seja seu idioma, eles não são alemães, são estranhos para nós, e esperamos que um dia eles sejam totalmente extirpados de nosso povo.[2]

Isso, para fazer justiça a Fichte, não era um sermão chauvinista alemão, pois, quando dizia "alemães", ele se referia, como Hegel, a todos os povos germânicos; isso torna a coisa talvez não muito melhor, mas um pouco melhor. Essa categoria inclui os franceses, inclui os ingleses, inclui todos os povos nórdicos e inclui também alguns povos do Mediterrâneo. Mesmo assim, o cerne do sermão não é simplesmente o patriotismo ou simplesmente uma tentativa de despertar o enfraquecido espírito alemão, esmagado sob as botas de Napoleão. O principal é essa ampla distinção entre os que estão vivos e os que estão mortos, os que são ecos e os que são vozes, os que são anexos e os que são o artigo genuíno, o edifício genuíno. Essa é a distinção fundamental de Fichte, e ela exerceu fascinação sobre a mente de numerosos jovens alemães nascidos no final dos anos 1770 e início dos 1780.

A noção fundamental não é "*Cogito ergo sum*", e sim "*Volo ergo sum*".* Curiosamente, o psicólogo francês Maine de Biran, escrevendo mais ou menos na mesma época, estava desenvolvendo o mesmo tipo de psicologia — ou seja, que a personalidade deve ser aprendida apenas pelo esforço, pelas tentativas, atirando-se contra algum obstáculo que faça a pessoa sentir a si mesma plenamente. Em outras palavras, a pessoa só sente a si mesma propriamente em um momento de resistência ou de oposição. Mestria, titanismo — é a isso que essas ideias conduzem como ideal, tanto na vida privada como na pública.

Gostaria agora de dizer algumas palavras — embora seja muito injusto com esse autor tratá-lo tão superficialmente — sobre uma doutrina um tanto análoga, mas, em certos aspectos, profundamente diferente: a doutrina de Schelling, um contemporâneo mais jovem de Fichte. Schelling teve mais influência sobre Coleridge do que qualquer outro pensador e uma profunda influência sobre o pensamento alemão, embora atualmente ele seja muito pouco lido, em parte porque suas obras em geral parecem hoje extremamente opacas, para não dizer ininteligíveis.

---

* "Penso, logo existo"; "Quero, logo existo".

Ao contrário de Fichte, que contrastava o princípio vivo da vontade humana com a natureza — que era, como, em certa medida, em Kant, matéria morta, para ser moldada, e não uma harmonia na qual a pessoa devesse se inserir —, Schelling mantinha um vitalismo místico. Para ele, a própria natureza era algo vivo, uma espécie de autodesenvolvimento espiritual. Ele via o mundo como partindo de um estado de inconsciência bruta e chegando gradualmente à consciência de si mesmo. Partindo, como ele diz, dos inícios mais misteriosos, da obscura vontade inconsciente em desenvolvimento, o mundo vai chegando gradualmente à autoconsciência. A natureza é a vontade inconsciente; o homem é a vontade tornada consciência de si mesma. A natureza apresenta vários estágios da vontade: cada estágio da natureza é a vontade em algum estágio de seu desenvolvimento. Primeiro há as rochas e a terra, que são a vontade em um estado de total inconsciência. (Essa é uma antiga doutrina do Renascimento, isso para não ir mais longe, até as fontes gnósticas.) Então, gradualmente, a vida entra nelas, e ocorre o início da vida das primeiras espécies biológicas. Vêm então as plantas e, depois delas, os animais — a progressiva autoconsciência, o progressivo exercício da vontade para a realização de alguma finalidade. A natureza se esforça para alcançar algo, mas ela não tem consciência de que se esforça. O homem começa a se esforçar e fica consciente do objetivo para o qual ele está se esforçando. Ao esforçar-se com sucesso para seja lá qual for seu objetivo, ele traz todo o Universo para uma maior consciência de si mesmo. Para Schelling, Deus era uma espécie de princípio da consciência em autodesenvolvimento. Sim, disse ele, Deus é o Alfa e o Ômega. O Alfa é a inconsciência, o Ômega é a plena consciência de si mesmo. Deus é uma espécie de fenômeno progressivo, uma forma de evolução criativa — uma noção que Bergson assumiu, pois há muito pouco na doutrina de Bergson que já não estava anteriormente em Schelling.

Essa é a doutrina que teve uma influência muito profunda sobre a filosofia estética alemã e a filosofia da arte; porque, se tudo na natureza é vivo e se nós somos simplesmente os representantes mais autoconscientes da natureza, então a função do artista é aprofundar-se dentro de si mesmo e, acima de tudo, aprofundar-se nas forças obscuras e inconscientes que se movem dentro dele e trazê-las à consciência por meio da mais angustiante e violenta luta interna. Essa é a doutrina de Schelling. A natureza também faz isso. Há lutas dentro da natureza. Cada erupção vulcânica, cada fenômeno como o magnetismo e a eletricidade era interpretado por Schelling como uma luta pela autoafirmação de forças cegas e misteriosas, exceto que no homem elas se tornam semiconscientes. Para ele, as únicas obras de arte que têm qualquer valor — e essa doutrina depois influenciaria não só Coleridge, mas outros críticos de arte — são aquelas que se assemelham à natureza, ao transmitir as pulsações de uma vida não totalmente consciente. Qualquer obra de arte que seja totalmente autoconsciente é, para ele, uma espécie de fotografia. Qualquer obra de arte que é simplesmente uma cópia, simplesmente um conhecimento, algo que, como a ciência, é simplesmente o produto de uma observação cuidadosa e depois de anotações escrupulosas do que se viu, de maneira totalmente lúcida, rigorosa e científica — isso é a morte. A vida em uma obra de arte é análoga àquilo que admiramos na natureza; é uma espécie de qualidade que a obra tem em comum com a natureza — ou seja, certo poder, força, energia, vida, vitalidade que irrompe. É por isso que os grandes retratos, as grandes estátuas, as grandes obras musicais são chamados de *grandes* — porque vemos neles não só a superfície, não apenas a técnica, não apenas a forma que o artista, talvez conscientemente, impôs, mas também algo de que o artista talvez não estivesse totalmente consciente, ou seja, as pulsações dentro dele de algum tipo de espírito infinito, do qual ele é o representante especialmente articulado e autoconsciente. As pulsações desse espírito também são, em um nível mais baixo, as da natureza, de modo que a obra de arte tem o mesmo efeito revigorante sobre o homem que a contempla ou que a escuta que têm certos fenômenos da natureza. Quando isso falta, quando a coisa toda é totalmente convencional, feita de acordo com regras, feita em pleno fogo autoconsciente, na consciência total do que se está fazendo, o produto é, necessariamente, elegante, simétrico e morto.

Essa é a doutrina romântica, anti-Iluminismo, e tem tido uma influência considerável sobre todos os críticos que consideram que o inconsciente tem algum papel a desempenhar, não apenas como nas velhas teorias platônicas da inspiração divina e do artista extasiado, que não está totalmente consciente do que está fazendo — na doutrina de Platão no *Íon*, o deus sopra através do artista, que não sabe o que está fazendo porque alguma coisa mais poderosa o inspira, vinda de fora —, mas sobre todas as doutrinas que se interessam, e consideram que é valioso levar em conta, pelo elemento inconsciente ou subconsciente ou pré-consciente de uma obra, seja de um artista individual ou de um grupo, de um país, de um povo, de uma cultura. Isso remonta diretamente a Herder, que também considera a canção e a dança folclóricas a articulação de algum espírito não totalmente autoconsciente dentro de uma nação e sem valor se não for desse modo.

Não se pode dizer que Schelling tenha escrito essas coisas com muita clareza. Mesmo assim, escreveu de maneira exaltada e teve um efeito considerável sobre seus contemporâneos. A primeira grande doutrina que surge dessa combinação da vontade de Fichte com o inconsciente de Schelling — os grandes fatores que formaram a estética do movimento romântico e, posteriormente, também suas visões política e ética — é o simbolismo.

O simbolismo é central em todo o pensamento romântico: isso sempre foi observado por todos os críticos do movimento. Permitam-me tentar explicar isso com toda a clareza de que sou capaz, embora eu não tenha a pretensão de compreendê-lo por completo, pois, como diz Schelling acertadamente, o Romantismo é de fato uma floresta, uma selva, um labirinto em que a única linha que conduz o poeta é sua vontade e seu estado de espírito. Como não sou poeta, não posso confiar totalmente em mim mesmo para oferecer uma explanação completa dessa doutrina, mas me esforçarei ao máximo.

Há dois tipos de símbolos, para colocar a questão em termos mais simples. Há símbolos convencionais e símbolos de um tipo um pouco diferente. Os símbolos convencionais não oferecem dificuldade. São símbolos que inventamos a fim de dar significado a certas coisas, e há regras sobre o que eles significam. A luz vermelha e a luz verde nos sinais de trânsito significam aquilo que significam por convenção. A luz vermelha significa que os automóveis não podem passar e é simplesmente outra forma de dizer "Não passe". E "Não passe" também é uma forma de simbolismo, um simbolismo linguístico que representa uma proibição de pessoas em posição de autoridade, e contém em si certa ameaça, uma ameaça perfeitamente compreendida: se você desobedecer a essa ordem, pode haver graves consequências. Esse é o simbolismo comum, e são exemplos dele as línguas inventadas artificialmente, os tratados científicos e qualquer tipo de simbolismo convencional inventado para uma finalidade específica, em que o significado do símbolo é definido por regras.

No entanto, existem, obviamente, símbolos que não são desse tipo. Não quero entrar na teoria do simbolismo em geral, mas, para meus propósitos, o que aquelas pessoas entendiam por simbolismo era o uso de símbolos para coisas que poderiam ser expressas apenas simbolicamente e não poderiam ser expressas literalmente. A situação do trânsito é tal que, se no lugar das luzes verde e vermelha usássemos cartazes dizendo "Pare" e "Siga", ou mesmo se colocássemos pessoas de autoridade evidente gritando com megafones "Pare!" e "Siga!", isso serviria a seu propósito igualmente bem, pelo menos do ponto de vista gramatical. Contudo, se você se perguntar, por exemplo, em que sentido uma bandeira nacional tremulando ao vento, que é algo que desperta emoções no coração das pessoas, é um símbolo, ou em que sentido a *Marselhesa* é um símbolo, ou, para ir um pouco mais longe, em que sentido uma catedral gótica construída de uma maneira particular, sem considerar sua função de ser um edifício onde se realizam serviços religiosos, é um símbolo para aquela determinada religião que ela abriga, ou em que sentido as danças sagradas são símbolos, ou em que sentido qualquer tipo de ritual religioso é um símbolo, ou em que sentido a Pedra da Caaba é um grande símbolo para os muçulmanos, a resposta será: isso que essas coisas simbolizam não é exprimível, literalmente, de nenhum outro modo.

Suponhamos que alguém pergunte: "Você poderia me explicar o significado da palavra 'Inglaterra' na frase 'A Inglaterra espera que cada um cumpra seu dever' quando o almirante Nelson disse isso?". Se você começar a explicar, se você disser que "Inglaterra" significa certo número de bípedes implumes, dotados de raciocínio, que habitam determinada ilha em dado momento no início do século 19, é evidente que não é isso que Inglaterra significa; não significa simplesmente um grupo de pessoas, com nomes e endereços conhecidos por Nelson, que ele poderia detalhar se quisesse e se se desse o trabalho. É claro que não é isso que significa, porque toda a força emotiva da palavra "Inglaterra" se estende por algo que é ao mesmo tempo mais vago e mais profundo, e, se você perguntar "O que, exatamente, a palavra 'Inglaterra' representa aqui? Será que você poderia desembrulhar essa palavra, poderia me dar, por mais tedioso que seja, o equivalente literal de alguma coisa da qual 'Inglaterra' é simplesmente uma abreviação?", isso não será fácil de fazer. Também não será muito fácil responder se você perguntar "O que significa a Pedra da Caaba? O que significa essa determinada oração? O que é que esta catedral significa para as pessoas que vêm aqui para o culto, além de associações vagamente emocionais, além da penumbra?". Não é simplesmente que a catedral desperta emoção: a emoção pode ser despertada pelo canto dos pássaros, a emoção pode ser despertada por um pôr do sol, mas um pôr do sol não é um símbolo, e o canto dos pássaros não é simbólico. Para os fiéis, no entanto, uma catedral é um símbolo, um rito religioso é um símbolo, a elevação da hóstia é um símbolo.

A questão então agora se coloca: o que essas coisas simbolizam? A doutrina romântica dizia que há um esforço infinito para seguir avante por parte da realidade, do mundo ao nosso redor, que há algo que é infinito, algo que é inesgotável, que o finito tenta simbolizar, mas, evidentemente, não consegue. Procuramos transmitir algo que só podemos transmitir pelos meios que temos a nosso dispor, mas sabemos que isso não poderá transmitir a totalidade do que procuramos transmitir, porque esse todo é, literalmente, infinito. É por isso que se usam alegorias e símbolos. Uma alegoria é uma representação, em palavras ou imagens, de algo que tem significado próprio, mas que também significa outra coisa. Quando uma alegoria representa algo diferente de si mesma, aquilo que ela representa — para os que realmente acreditam em alegorias e dizem que o único modo de discurso profundo é alegórico, como Schelling acreditava, como os românticos, em geral, acreditavam —, ela é, por hipótese, não enunciável. É por isso que é preciso usar a alegoria, e é por isso que as alegorias e os símbolos são, necessariamente, o único modo de que disponho de transmitir o que quero transmitir.

E o que eu quero transmitir? Quero transmitir o fluxo de que fala Fichte. Quero transmitir algo imaterial, mas tenho de usar meios materiais para isso. Tenho de transmitir algo que é indescritível e tenho de usar a expressão. Tenho de transmitir, talvez, algo inconsciente e tenho de usar meios conscientes. Sei de antemão que não terei sucesso e que não posso ter sucesso; portanto, tudo o que posso fazer é chegar cada vez mais perto, em alguma abordagem assintótica; faço o melhor possível, mas é uma luta agonizante, na qual, se sou um artista ou mesmo, para os românticos alemães, se sou qualquer tipo de pensador autoconsciente, estou envolvido por toda a minha vida.

Isso tem algo a ver com a noção de profundidade. A noção de profundidade é algo que raramente merece a atenção dos filósofos. No entanto, é um conceito perfeitamente suscetível de abordagem e decerto uma das mais importantes categorias que usamos. Quando dizemos que uma obra é profunda ou tem um alcance profundo, além do fato de que isso é, obviamente, uma metáfora, suponho que derivada dos poços de água, que são profundos — quando se diz que alguém é um escritor profundo ou que um quadro ou uma obra musical é profunda, não fica muito claro o que queremos dizer, mas certamente não desejamos trocar essa descrição por algum outro termo como "belo", "importante", "construído de acordo com as regras" ou nem mesmo "imortal". Quando digo que Pascal é mais profundo que Descartes (embora Descartes tenha sido, sem dúvida, um homem de gênio), ou que Dostoiévski, de quem posso gostar ou não, é um escritor mais profundo que Tolstói, de quem posso gostar muito mais, ou que Kafka é um escritor mais profundo que Hemingway, quando digo isso, o que será, exatamente, que estou tentando, sem sucesso, transmitir por meio dessa metáfora, algo que permanece metafórico porque não tenho nada melhor para usar? De acordo com os românticos — e essa é uma de suas principais contribuições para a compreensão em geral —, o que quero dizer com profundidade, embora eles não discutam o assunto sob esse nome, é o fato de ser inesgotável, impossível de abarcar totalmente. No caso de obras de arte que são belas mas não são profundas, ou mesmo de textos de ficção em prosa ou de filosofia, posso traduzi-las em termos literais perfeitamente lúcidos; posso explicar a vocês, por exemplo, uma obra musical do século 18, bem construída, melodiosa, agradável, talvez até mesmo genial, por que foi feita da maneira como foi feita e até por que ela nos dá prazer. Posso dizer a vocês que os seres humanos sentem um prazer especial ao ouvir certos tipos de harmonia. Posso descrever esse prazer, talvez minuciosamente, usando todo tipo de métodos introspectivos engenhosos. E, se eu souber descrever maravilhosamente bem — se eu sou Proust, se eu sou Tolstói, se eu sou um psicólogo descritivo bem treinado —, poderia conseguir dar a vocês uma versão das emoções reais de quem ouve certa música ou lê certo texto em prosa, uma versão que é semelhante ao que vocês estão de fato sentindo ou pensando nesse dado momento, a ponto de ser considerada uma tradução adequada em prosa do que está ocorrendo: uma versão científica, verdadeira, objetiva, verificável, e assim por diante. Mas, no caso das obras que são profundas, quanto mais eu disser, mais restará para ser dito. Não há dúvida de que, embora eu tente definir em que consiste a profundidade dessa obra, assim que enuncio isso fica evidente que, por mais que eu fale, novos abismos se abrem. Não importa o que eu diga, sempre tenho de deixar reticências no final. Qualquer descrição que eu dê sempre abre as portas para algo mais — algo ainda mais obscuro, talvez, porém decerto algo que, em princípio, não se pode reduzir a uma prosa precisa, clara, verificável, objetiva. Assim, esse é, decerto, um dos usos de "profundo" — invocar a ideia de irredutibilidade, de que sou obrigado em minha discussão, em minha descrição, a usar uma linguagem que é, em princípio, não só hoje, como para todo o sempre, inadequada para sua finalidade...

Suponhamos que eu esteja tentando explicar uma proposição especialmente profunda. Faço o melhor que posso, mas sei que o assunto não pode ser esgotado; e, quanto mais inesgotável me parece ser — quanto mais ampla a região à qual ele me parece aplicar-se, quanto mais abismos se abrem, quanto mais profundos são os abismos, quanto maior é a área para a qual eles se abrem —, mais provável é que eu diga que essa determinada proposição é profunda, e não meramente verdadeira, ou interessante, ou divertida, ou original, ou qualquer outra coisa que eu possa ser tentado a dizer. Quando, por exemplo, Pascal faz sua famosa observação de que o coração tem suas razões, assim como a mente, quando Goethe diz que, por mais que tentemos, sempre haverá um elemento irredutível de antropomorfismo em tudo o que fazemos e pensamos, as pessoas julgam essas observações profundas por esse motivo, porque, quando as aplicamos a qualquer coisa, elas abrem novos panoramas, e esses panoramas são irredutíveis, impossíveis de abranger, de descrever, de colecionar; não há nenhuma fórmula que nos leve, por dedução, a todos eles. Essa é a noção fundamental de profundidade nos românticos, e é com isso que se relaciona a maior parte de suas ideias sobre o finito representando o infinito, o material representando o imaterial, os mortos representando os vivos, o espaço representando o tempo, as palavras representando algo que é, em si mesmo, aquém ou além das palavras. "Pode o sagrado ser apreendido?", perguntou Friedrich Schlegel, e sua resposta foi: "Não, o sagrado nunca poderá ser apreendido, pois a mera imposição de uma forma já o deforma".[3] É isso que perpassa toda a teoria dos românticos sobre a vida e a arte.

Isso leva a dois fenômenos muito interessantes e obsessivos que eram então muito presentes no pensamento e no sentimento tanto do século 19 como do 20. Um é a nostalgia, e o outro é certa paranoia. A nostalgia se deve ao fato de que, uma vez que o infinito não pode ser esgotado e uma vez que estamos procurando abarcá-lo, nada do que façamos jamais poderá nos satisfazer. Quando perguntaram a Novalis para onde ele estava se voltando, qual era o sentido básico de sua arte, ele disse: "Estou sempre indo para casa, sempre para a casa de meu pai".[4] Foi, em certo sentido, uma observação religiosa, mas ele também queria dizer que todas essas tentativas de buscar o exótico, o estranho, o estrangeiro, o inusitado, todas essas tentativas de emergir do contexto empírico da vida cotidiana, como escrever histórias fantásticas com transformações e transmogrificações de um tipo muito peculiar, tentativas de escrever histórias simbólicas ou alegóricas ou que contêm todo tipo de referências místicas e veladas, imagens esotéricas de um tipo muito peculiar que preocupam os críticos há anos — tudo isso são tentativas de voltar, de voltar para casa, rumo àquilo que está puxando e atraindo, a famosa *Sehnsucht** infinita dos românticos, a busca da flor azul, como chamou Novalis. A busca da flor azul é uma tentativa de absorver o infinito em mim mesmo, de tornar-me um só com ele ou então de dissolver-me nele. Essa é uma versão secularizada, obviamente, daquele profundo esforço religioso para ser um só com Deus, de reviver o Cristo dentro de mim, de tornar-me um só com algumas forças criativas da natureza em um sentido pagão, que veio para os alemães de Platão, de Eckhart, de Böhme, do misticismo alemão, de uma série de outras fontes, exceto que aqui ele assume uma forma literária e secular.

Essa nostalgia é exatamente o oposto do que o Iluminismo considerava ser sua contribuição especial. O Iluminismo supunha que há um padrão fechado, perfeito, para a vida, como já tentei

---

* Saudade, nostalgia.

explicar. Há determinada forma de vida e de arte, de sentimento e de pensamento que é correta, que é certa, que é verdadeira e objetiva e que poderia ser ensinada às pessoas se apenas nós soubéssemos o suficiente. Há algum tipo de solução para nossos problemas, e, se pudéssemos construir uma estrutura que se acomodasse a essa solução e, então, passássemos a nos adaptar, falando em palavras toscas, a essa estrutura, então deveríamos obter respostas tanto para os problemas do pensamento como para os problemas da ação. Mas, se as coisas não são assim, se, por hipótese, o Universo está em movimento e não em repouso, se ele é uma forma de atividade e não um objeto, uma coisa, se é infinito e não finito, se está constantemente variável e nunca imóvel, nunca o mesmo (para usar essas várias metáforas que os românticos usam constantemente), se ele é uma onda constante (como diz Friedrich Schlegel), como seria possível ao menos tentar descrevê-lo? O que devemos fazer se desejamos descrever uma onda? Em geral acabamos produzindo uma lagoa estagnada. Quando tentamos descrever a luz, só podemos descrevê-la com precisão ao apagá-la. Portanto, não vamos tentar descrevê-la.

Não se pode, porém, deixar de tentar descrevê-la, porque isso significa parar de se expressar, e parar de se expressar é parar de viver. Para esses românticos, viver é fazer alguma coisa, fazer é expressar a natureza da pessoa. Expressar a natureza da pessoa é expressar sua relação com o Universo. Sua relação com o Universo é inexprimível, mas é preciso, no entanto, expressá-la. Essa é a agonia, esse é o problema. Esse é o interminável *Sehnsucht*, esse é o anseio, essa é a razão pela qual precisamos ir para países distantes, é por isso que buscamos exemplos exóticos, é por isso que viajamos pelo Oriente e escrevemos romances sobre o passado, é por isso que nos permitimos todo tipo de fantasias. Essa é a típica nostalgia romântica. Se o lar que eles buscam, se a harmonia, ou a perfeição, sobre a qual eles falam pudesse lhes ser concedida, eles a rejeitariam. É, em princípio, por definição, algo do qual é possível se aproximar, mas que não pode ser apreendido, porque essa é a natureza da realidade.

Aqui vale lembrar a famosa historieta cínica sobre alguém que disse a Dante Gabriel Rossetti, que estava escrevendo sobre o Santo Graal: "Mas, sr. Rossetti, quando encontrar o Graal, o que vai fazer com ele?".[5] Essa é, exatamente, a pergunta típica a que os românticos sabiam muito bem como responder. No caso deles, o Graal era, em princípio, impossível de descobrir; ao mesmo tempo, a vida inteira da pessoa não poderia deixar de ser uma eterna busca por ele, e isso aconteceria por causa da natureza do Universo, tal como ele é. Poderia ser diferente, mas não é. O fato brutal a respeito do Universo é que ele não é totalmente exprimível, totalmente exaurível; não está em repouso, está em movimento; esse é o dado básico, e é isso que nós descobrimos quando descobrimos que o "eu" é algo de que estamos conscientes apenas quando fazemos esforços. Esforço é ação, ação é movimento, e movimento é interminável — movimento perpétuo. Essa é a imagem romântica essencial, que estou tentando transmitir, da melhor maneira que consigo, em palavras, as quais, por hipótese, não são capazes de transmiti-la.

O segundo conceito, a paranoia, é um pouco diferente. Há uma versão otimista do Romantismo na qual os românticos sentem que, ao avançarmos, ao expandirmos nossa natureza, ao destruirmos os obstáculos em nosso caminho, quaisquer que sejam — as regras francesas caducas do século 18, as instituições políticas e econômicas destrutivas, as leis, as autoridades, qualquer tipo de verdade previamente processada e embalada, qualquer tipo de regra ou instituição considerada absoluta, perfeita, inapelável —, estamos nos libertando cada vez mais e permitindo que nossa natureza infinita se eleve a alturas cada vez maiores e se torne mais ampla, mais profunda, mais livre, mais vital, mais semelhante à divindade que ela procura alcançar. No entanto, há outra versão, mais pessimista, que obceca o século 20. Há uma noção de que, embora nós, indivíduos, procuremos nos libertar, o Universo não pode ser domado dessa maneira tão fácil. Há algo por trás, há algo nas profundezas obscuras do inconsciente ou da história; seja como for, há algo não apreendido por nós que vem frustrar nossos desejos mais queridos. Algumas vezes, isso é concebido como uma espécie de natureza indiferente ou até mesmo hostil; outras, como a astúcia da História, que os otimistas julgam que nos leva em direção a objetivos cada vez mais gloriosos, mas que os pessimistas como Schopenhauer julgam que é simplesmente um grande oceano insondável de uma vontade sem direção, no qual nós nos agitamos como um barquinho sem rumo, sem possibilidade de realmente compreender o elemento em que estamos ou de direcionar nosso curso sobre ele; e essa é uma força poderosíssima, em última análise hostil, e é totalmente inútil resistir a ela ou até mesmo entrar em acordo com ela.

Essa paranoia assume outras formas, de variados tipos, algumas muito mais cruas. Assume a forma, por exemplo, de enxergar todo tipo de conspirações na História. As pessoas começam a pensar que talvez a História seja moldada por forças sobre as quais não temos nenhum controle. Alguém está por trás de tudo isso: talvez os jesuítas, talvez os judeus, talvez os maçons. Essa atitude foi muito estimulada pelas tentativas de explicar o curso da Revolução Francesa. Nós, os esclarecidos, nós, os virtuosos, nós, os sábios, nós, os bons e gentis procuramos fazer isso ou aquilo, mas de alguma forma todos os nossos esforços acabam em nada; portanto, deve haver alguma terrível força hostil à espreita, esperando por nós, que nos apanha de surpresa quando estamos à beira — ou assim julgamos — de um grande sucesso. Esse modo de ver assume, como eu digo, formas brutas, tais como a teoria conspiratória da História, na qual a pessoa está sempre à procura de inimigos ocultos, às vezes de conceitos cada vez maiores, tais como as forças econômicas, as forças de produção ou a luta de classes (como em Marx), ou a noção muito mais vaga e mais metafísica da astúcia da razão ou da História (como em Hegel), a qual compreende seu objetivo muito melhor do que nós e prega peças na humanidade. Hegel diz: "O espírito nos engana, o espírito intriga, o espírito mente, o espírito triunfa".[6] Ele quase o concebe como uma espécie de enorme força irônica, à Aristófanes, que zomba dos pobres seres humanos que tentam construir sua casinha nas encostas de algo que consideram ser uma montanha verdejante e florida, mas que se revela o vasto vulcão da história humana, prestes a entrar em erupção mais uma vez — em última análise, talvez para o bem da humanidade, para realizar-se em direção a um ideal, mas no curto prazo destruindo grande número de pessoas inocentes e causando muito dano e sofrimento.

Essa também é uma ideia romântica, pois, uma vez que adotamos a ideia de que existe fora de nós algo maior, algo impossível de captar, algo impossível de obter, ou temos sentimentos de amor em relação a isso, como queria Fichte, ou então de medo; e, se temos sentimentos de medo, o medo se torna paranoico. Essa paranoia continuou se acumulando no século 19: ela se acumulou até chegar ao auge em Schopenhauer, dominou as obras de Wagner e atingiu um clímax imenso em todo tipo de obras do século 20 obcecadas pela ideia de que, seja o que for que fizermos, existe um cancro, existe um verme oculto no botão da flor, existe algo que nos condena à frustração perpétua, sejam seres humanos que devemos exterminar ou forças impessoais contra as quais todo esforço é inútil. Obras de escritores como Kafka estão repletas de um peculiar senso de *Angst*, de uma angústia sem direção, de um senso de terror, de apreensão básica, que não se fixa em nenhum objeto identificável; e isso também é muito verdadeiro em relação às primeiras obras românticas. As histórias de Tieck, "O loiro Eckbert", por exemplo, são permeadas pelo terror. Sem dúvida, tencionam ser alegorias, mas o que sempre acontece é que o herói começa vivendo feliz e então ocorre algo terrível. Um pássaro dourado aparece a sua frente e canta uma canção sobre *Waldeinsamkeit*,* o que já é, em si, um conceito romântico — sobre a solidão no bosque, uma solidão meio agradável e meio assustadora. O jovem então mata o pássaro e vários infortúnios se seguem; e ele continua a matar, continua a destruir, fica enleado em uma rede assustadora que alguma força misteriosa e terrível armou para ele. Ele procura libertar-se dela. Ele continua matando, ele luta, ele enfrenta, ele fracassa.

Esse tipo de pesadelo é extremamente típico da escrita dos primeiros românticos alemães e vem exatamente da mesma fonte, a saber, da ideia de que a vontade domina a vida — a vontade, não a razão, não uma ordem das coisas que pode ser estudada e, portanto, controlada, mas algum tipo de vontade. Se é minha vontade, e uma vontade dirigida para fins que eu mesmo elaboro, é presumivelmente benevolente. Se é a vontade de uma divindade benevolente, ou a vontade de uma história que com certeza vai me levar a um final feliz, como acontece nos escritos de todos os filósofos históricos otimistas, isso, presumivelmente, não é muito assustador. No entanto, pode acontecer que o fim seja muito mais negro, mais aterrorizante e mais insondável do que eu penso. Dessa maneira, os românticos tendem a oscilar entre os extremos de um otimismo místico e um pessimismo aterrador, o que dá a seus escritos uma irregularidade peculiar.

A segunda das três grandes influências identificadas por Schlegel foi a Revolução Francesa. Esta exerceu um efeito ób-

---

* Em alemão no original, o sentimento de solidão experimentado em uma floresta.

vio sobre os alemães, pois levou, como resultado das guerras napoleônicas em particular, a uma vasta explosão de sentimento nacional ferido, que alimentou o fluxo do Romantismo, na medida em que era uma afirmação da vontade nacional, independentemente do que acontecesse. Mas o que eu gostaria de frisar não é esse aspecto dela, e sim que a Revolução Francesa, embora prometendo uma solução perfeita para os males humanos, sendo fundada, como já mencionei, sobre o universalismo pacífico — a doutrina do progresso desimpedido, cujo objetivo era ser a perfeição clássica, que, uma vez atingida por nós, duraria para sempre, sobre um alicerce adamantino estabelecido pela razão humana —, a Revolução não seguiu, porém, da maneira como se pretendia (isso ficou claro para todos). E, portanto, ela atraiu a atenção não para a razão, a paz, a harmonia universal, a liberdade, a igualdade, a fraternidade — não para as coisas que ela deveria satisfazer em sua marcha —, mas, ao contrário, para a violência, as mudanças terríveis, imprevisíveis nos negócios humanos, a irracionalidade das multidões, o enorme poder dos heróis individuais, dos grandes homens, maus e bons, que foram capazes de dominar essas multidões e alterar o curso da história, das mais diversas formas. Foi a poesia da ação, da batalha e da morte que a Revolução Francesa estimulou na mente e na imaginação das pessoas, e não apenas na Alemanha, mas em toda parte, tendo, portanto, um efeito exatamente oposto ao que pretendia ter. Isso estimulou, particularmente, a imagem dos misteriosos nove décimos submersos do iceberg, que não eram muito conhecidos.

Era natural perguntar por que a Revolução Francesa havia sido um fracasso, no sentido de que depois dela, como se pode ver claramente, a maioria dos franceses não era livre, nem igual, nem especialmente fraternal — havia um número suficientemente grande deles para motivar a pergunta. Embora, sem dúvida, a sorte de alguns tivesse melhorado, a de outros obviamente tinha se deteriorado. Também nos países vizinhos algumas pessoas foram libertadas, mas outras não acharam que isso valera a pena. Várias respostas surgiram. Os que acreditavam em economia disseram que os políticos que haviam elaborado a Revolução ignoravam os fatos econômicos. Os que acreditavam na monarquia ou na Igreja disseram que os instintos e a fé mais profundos da natureza humana tinham sido desrespeitados pelo materialismo ateu, o qual, naturalmente, havia produzido consequências terríveis, e isso foi, talvez, simplesmente o castigo a esse desafio, infligido pela natureza humana ou por Deus (dependendo da filosofia de cada um). Mas o que a Revolução fez todos suspeitarem é que talvez não se soubesse o suficiente: as doutrinas dos *philosophes* franceses, destinadas a ser um modelo para a mudança da sociedade em qualquer direção desejada, tinham demonstrado ser inadequadas. Portanto, embora a parte superior da vida social fosse visível — para economistas, psicólogos, moralistas, escritores, estudantes, todo tipo de estudiosos e observadores dos fatos —, essa parte era apenas a ponta de um enorme iceberg do qual uma vasta porção estava submersa no fundo do oceano. Essa porção invisível tinha sido bastante ignorada e, portanto, tinha se vingado produzindo todo tipo de consequências extremamente inesperadas.

A visão de que consequências não intencionais surgem, a noção de que, embora você possa propor, a realidade oculta predomina, de que, embora você a modifique, ela de repente se recompõe e lhe bate na cara, de que, se você tentar modificar demais essas coisas — a natureza, os homens, seja lá o que for —, então algo chamado "a natureza humana", ou "a natureza da sociedade", ou "as forças obscuras do inconsciente", ou "as forças de produção", ou "a Ideia" — não importa o nome dessa grande entidade — vai atacar e derrubar você — essa ideia penetrou na imaginação de numerosos indivíduos na Europa que decerto não se definiriam como românticos e alimentou as correntes de todo tipo de teodiceias: a teodiceia marxista, a teodiceia hegeliana, a teodiceia de Spengler, a teodiceia de Toynbee, e muitos outros escritos teológicos de nosso tempo. É aqui, creio eu, que essa visão começa; e ela também alimentou o fluxo da paranoia, ao conjurar, mais uma vez, a ideia de que há algo mais forte que nós, uma enorme força impessoal que não pode ser nem investigada, nem evitada. Isso tornou todo o Universo muito mais aterrorizante do que tinha sido no século 18.

A terceira influência de Schlegel foi o já citado romance de Goethe. Os românticos admiravam *Os anos de aprendizado de Wilhelm Meister* não tanto por seu poder narrativo, mas por outras duas razões: em primeiro lugar, por ser um relato da formação autônoma de um homem de gênio — de como um homem pode tomar a si mesmo pela mão e, pelo livre exercício de sua nobre e irrestrita vontade, fazer de si mesmo alguma coisa. Essa é, provavelmente, a autobiografia criativa de Goethe como artista. Porém, mais que isso, eles gostavam também do fato de que havia transições drásticas no romance. De um trecho de prosa sóbria ou da descrição científica, digamos, da temperatura da água ou de certo tipo de jardim, Goethe parte de repente para o êxtase, para relatos poéticos, líricos, de um tipo ou de outro, explode em poesia, e então volta, de maneira igualmente abrupta e rápida, para uma prosa perfeitamente melodiosa, porém austera. Essas transições drásticas da poesia à prosa, do êxtase às descrições científicas pareciam aos românticos uma arma maravilhosa para explodir uma realidade demasiadamente definida. É assim que as obras de arte devem ser escritas. Não devem ser escritas de acordo com regras, não devem ser cópias de alguma natureza já dada, de alguma *rerum natura*,* de certa estrutura das coisas da qual a obra de arte é uma explicação ou, pior ainda, uma cópia ou fotografia. O propósito de uma obra de arte é nos libertar, e ela nos liberta ao ignorar as simetrias superficiais da natureza, as regras superficiais, e, ao fazer transições abruptas de um modo a outro — da poesia à prosa, da teologia à botânica, ou seja lá o que for —, derruba muitas divisões convencionais pelas quais somos cerceados, confinados e aprisionados.

Não creio que Goethe considerasse isso uma análise válida de sua obra, em absoluto. Ele via com certo nervosismo esses românticos, os quais considerava, assim como Schiller, uns boêmios desenraizados, uns artistas de terceira categoria (o que alguns deles eram, sem dúvida), pessoas de vida meio desvairada e inconsequente que, no entanto, o admiravam tanto e o adoravam tanto que ele não queria desprezá-las ou ignorá-las por completo. Assim, uma relação um tanto ambivalente surgiu entre eles, de tal maneira que o admiravam como o maior dos gênios da Alemanha, porém desprezavam seus gostos burgueses, desprezavam sua subserviência ao grão-duque de Weimar, consideravam-no um vendido, em muitos aspectos — alguém que começou como um gênio ousado e original, mas que se tornou uma espécie de cortesão melífluo. Goethe, por sua vez, os via como artistas de segunda categoria, acobertando a falta de gênio criativo com um desvario desnecessário na expressão, mas, ao mesmo tempo, como alemães, como admiradores, o único público que por algum tempo ele teve e que, portanto, não devia scr negligenciado, nem chutado para longe precipitadamente. Essa era, grosso modo, a relação entre eles, a qual permaneceu muito desconfortável até o fim da vida de Goethe, e decerto o próprio Goethe nunca passou para o lado do Romantismo. Mais

---

* Natureza das coisas.

para o fim de sua vida, ele disse: "O Romantismo é doença, o classicismo é saúde";[7] e esse é seu sermão fundamental.

Até mesmo o *Fausto* (que os românticos não admiravam particularmente), embora o herói passe por todo tipo de transformações românticas e seja atirado na onda do desvario — onde há numerosas passagens em que fica claro que o protagonista é comparado a uma torrente descontrolada e violenta, saltando de pedra em pedra, sempre sedento das novas experiências proporcionadas por Mefistófeles —, é afinal um drama de reconciliação. O ponto principal da história de Fausto, depois de matar Margarida, depois de matar Filêmon e Báucis, depois de cometer um bom número de crimes, tanto na primeira parte como na segunda, é que existe algum tipo de libertação e resolução harmoniosa de todos esses conflitos, embora sem dúvida tenham custado muito sangue e sofrimento. Mas sangue e sofrimento não eram nada para Goethe: tal como Hegel, ele supunha que as harmonias divinas só poderiam ser realizadas por meio de conflitos agudos, de desarmonias violentas, as quais, vistas de uma altura maior, seriam percebidas como fatores contribuindo para uma grande harmonia. No entanto, isso não é romântico; é até antirromântico, porque a tendência geral de Goethe é dizer que existe uma solução — uma solução dura, difícil, talvez perceptível apenas pelo olho místico, mas, mesmo assim, uma solução.

Goethe também pregava, em seus romances, exatamente o que os românticos detestavam. Em *Hermann und Dorothea* e *As afinidades eletivas* toda a mensagem se resume no seguinte: se ocorrer um nó emocional, se houver alguma complicação temível entre, digamos, uma mulher casada e seu amante, de forma nenhuma se pode adotar a solução fácil do divórcio, ou do abandono do matrimônio, mas, ao contrário, a resignação, o sofrimento, curvar-se ao jugo das convenções, preservar os pilares da sociedade. O sermão é essencialmente em favor da ordem, do autocontrole, da disciplina e do esmagamento de qualquer tipo de fator caótico ou fora da lei.

Isso, para os românticos, era veneno absoluto. Não havia nada que eles detestassem mais. Na vida privada, eles eram, alguns deles, uns desordenados. O *Cénacle*,* um pequeno grupo de românticos que se reunia em Jena, na Alemanha — os dois irmãos Schlegel, Fichte por algum tempo, Schleiermacher por algum tempo em Berlim e Schelling —, acreditava e pregava nos termos mais violentos os deveres e a importância da liberdade total, incluindo o amor livre. August Wilhelm Schlegel casou-se com uma senhora porque ela estava prestes a ter um filho — era uma dama alemã revolucionária de considerável intelecto, presa por um tempo pelos alemães em Mainz por ter colaborado com os revolucionários franceses — e, em seguida, com sentimentos elegantes, cedeu a dama a Schelling. Isso também ocorrera antes no caso de Schiller e Jean Paul, embora não tenha havido casamento. Os exemplos poderiam ser multiplicados. Mas, à parte as relações pessoais do grupo, o grande romance que incorporou sua visão da existência e que chocou Goethe e Hegel profundamente, embora talvez não seja uma obra de grande mérito literário, foi *Lucinde*, publicado por Schlegel no final do século 18, e uma espécie de *O amante de Lady Chatterley* de sua época. Era um romance altamente erótico, com vívidas descrições de vários tipos de relação sexual e contendo pregações românticas sobre a necessidade da liberdade e da autoexpressão.

O cerne de *Lucinde*, sem levar em conta seu lado erótico, é a descrição do que pode ser uma relação livre entre seres humanos. Em particular, há analogias constantes com uma bebezinha chamada Wilhelmine, que agita as pernas de maneira muito livre e irrestrita. O herói exclama:

---

* Em francês no original, cenáculo, círculo literário.

É assim que se deve viver! Eis uma criancinha nua e não cerceada pelas convenções. Não usa roupas, não se curva para nenhuma autoridade, não acredita em nenhum dirigente convencional para sua vida e, acima de tudo, é ociosa, não tem tarefas a cumprir. O ócio é a última centelha que nos foi deixada do paraíso divino do qual a humanidade foi expulsa outrora. A liberdade, a capacidade de atirar as pernas para o ar, de fazer qualquer coisa que se deseje, esse é o último privilégio que temos neste mundo amedrontador, essa terrível esteira sem fim da causalidade onde a natureza nos pressiona com tanta selvageria.[8]

Lucinde causou profundo choque e foi defendido pelo grande pregador berlinense Schleiermacher em termos que chegam a lembrar a defesa de *O amante de Lady Chatterley* feita por vários clérigos britânicos nos anos 1960. Isso quer dizer que, assim como o livro de D. H. Lawrence foi apoiado como algo afim à ortodoxia cristã, longe de ter um caráter antiespiritual, também *Lucinde*, um romance pornográfico de quarta categoria, foi defendido pelo leal Schleiermacher como uma obra de caráter inteiramente espiritual. Todas as suas descrições físicas foram classificadas como alegóricas, e tudo o que lá havia foi definido como simplesmente um grande sermão, um hino à liberdade espiritual do homem, não mais acorrentado pelas falsas convenções. Posteriormente, Schleiermacher recuou um pouco dessa posição, a qual provavelmente pode ser creditada mais a sua bondade, lealdade e generosidade de coração do que a sua perspicácia como crítico. Seja como for, o objetivo de *Lucinde* era quebrar convenções. Onde quer que se pudesse romper com as convenções, era preciso fazê-lo.

Talvez o caso mais interessante e agudo de quebra de convenções se encontre nas peças de Tieck e nas narrativas do famoso contista E. T. A. Hoffmann. A proposição geral do século 18, e na verdade de todos os séculos anteriores, como venho repetindo incansavelmente, é que existe uma natureza das coisas, existe uma *rerum natura*, existe uma estrutura das coisas. Para os românticos, isso era profundamente falso. Não há estrutura das coisas porque isso nos cercearia, nos sufocaria. Deve haver um campo para a ação. O potencial é mais real do que o efetivo. O que já está feito está morto. Uma vez que você construiu uma obra de arte, abandone-a, pois, uma vez que ela está construída, ela está ali, já terminou, é o calendário do ano passado. O que já está feito, o que foi construído, o que já foi compreendido deve ser abandonado. Vislumbres, fragmentos, sugestões indiretas, iluminação mística — essa é a única maneira de captar a realidade, porque qualquer tentativa de circunscrevê-la, qualquer tentativa de dar uma explicação coerente, qualquer tentativa de ser harmonioso, de ter um começo, um meio e um fim é, basicamente, uma perversão e uma caricatura do que é, em essência, caótico e informe, um fluxo pulsante, um tremendo e grandioso fluxo da vontade autorrealizadora, e a ideia de aprisionar esse fluxo é absurda e blasfema. Esse é o verdadeiro e fervoroso cerne da fé romântica.

Há uma história de Hoffmann sobre um conselheiro perfeitamente decente, colecionador de livros, sentado de robe de chambre em seu quarto, rodeado de manuscritos antigos, e do lado de fora da porta há uma aldraba de bronze. Essa aldraba, porém, às vezes se transforma em uma horrível vendedora de maçãs: às vezes ela é uma vendedora de maçãs, às vezes uma aldraba de bronze. A aldraba às vezes pisca o olho como a vendedora de maçãs, a vendedora de maçãs ocasionalmente se comporta como uma aldraba. Quanto a seu amo, o respeitável conselheiro, às vezes ele se senta em sua cadeira, às vezes ele entra em uma tigela de ponche, desaparece em seu vapor e se eleva no ar com as emanações; ou ocasionalmente ele se dissolve no ponche, é bebido por outras pessoas e depois tem aventuras peculiares. Isso, para Hoffmann, é um tipo comum de história fantástica, como as que lhe deram muita fama; quando se começa a ler uma história dele, nunca se sabe o que pode acontecer. Há um gato na sala. O gato pode ser um gato, mas também pode, claro, ser um ser humano que foi transformado. O gato não sabe exatamente se é mesmo um gato; ele diz ao leitor que o gato não sabe exatamente; e isso lança um ar de incerteza sobre todos os acontecimentos, algo perfeitamente deliberado. Quando Hoffmann atravessava uma ponte em Berlim, muitas vezes se sentia como se estivesse encapsulado em uma garrafa de vidro. Não tinha certeza se as pessoas que via a sua volta eram seres humanos ou bonecos. Isso, creio eu, era uma verdadeira ilusão psicológica — ele era, em alguns aspectos psicológicos, não inteiramente normal —, mas, ao mesmo tempo, o tema principal de sua ficção é sempre a capacidade de transformação de tudo em qualquer coisa.

Tieck[9] escreveu uma peça teatral, *O Gato de Botas*, em que o Rei diz ao Príncipe que vem visitá-lo: "Você, que vem de tão longe, como é que fala nossa língua tão bem?". O Príncipe responde: "Silêncio!". O Rei pergunta: "Por que você diz 'Silêncio!'?", e o Príncipe retruca: "Se eu não pedir silêncio, se o senhor não parar de falar no assunto, a peça não pode continuar". Nesse momento, pede-se que uma pessoa do público se levante e diga: "Mas isso é desprezar todas as regras possíveis do realismo! É intolerável que os personagens discutam entre si sobre a peça". Tudo isso é intencional.

Em outra peça teatral de Tieck, um homem, Scaramouche, está montado em um burro. De repente há uma tempestade e ele diz: "Mas não há nada disso na peça; não há nada a respeito de chuva em meu papel, e estou ficando encharcado". Ele toca uma campainha e aparece um maquinista. Ele pergunta ao maquinista: "Por que está chovendo?". O maquinista responde: "O público gosta de tempestades", e Scaramouche replica: "Em uma peça histórica digna desse nome não pode chover!". O maquinista responde: "Pode, sim", dá exemplos e diz que, de todo modo, ele foi pago para fazer chover. Alguém então se levanta na plateia e diz: "Vocês têm de parar com essa briga intolerável, a peça tem de ter alguma medida de ilusão. É impossível uma peça prosseguir com os personagens discutindo suas técnicas" — e assim por diante. Nessa mesma peça, há uma peça dentro da peça, e dentro dessa peça, outra peça; os públicos das três peças conversam um com o outro e, em particular, uma pessoa que fica um pouco fora da peça discute as relações dos diversos públicos um com o outro.

Isso, tem, é claro, correspondentes nas artes: é o predecessor de Pirandello, do dadaísmo, do surrealismo, do teatro do absurdo — é aqui que isso tudo começa. O objetivo é tentar confundir a realidade com a aparência ao máximo possível, é quebrar a barreira entre a ilusão e a realidade, entre o sonho e a vigília, entre a noite e o dia, entre o consciente e o inconsciente, a fim de produzir um sentido do Universo totalmente sem barreiras, sem muros, sem paredes, de perpétua mudança, perpétua transformação, a partir do qual alguém com uma vontade poderosa é capaz de moldar, mesmo que apenas temporariamente, aquilo que quiser.

Essa é a doutrina central do movimento romântico e, naturalmente, também tem seu correspondente na política. Os escritores românticos políticos começam a dizer: "O Estado não é uma máquina, o Estado não é um apetrecho. Se o Estado fosse uma máquina, as pessoas teriam pensado em outra coisa, mas não pensaram. O Estado é um crescimento natural ou então a emanação de uma força primal misteriosa que não conseguimos compreender e que tem certa autoridade teológica". Adam Müller diz que Cristo morreu não só pelos indivíduos, mas também pelos Estados, o que é uma declaração extrema de política teológica, e, em seguida, passa a explicar que o Estado é uma instituição mística profundamente enraizada nos aspectos mais profundos possíveis, nos menos sondáveis e menos inteligíveis da existência humana, a qual está, em essência, em um perpétuo movimento de zigue-zague; a tentativa de reduzir isso a Constituições, a leis, está fadada ao fracasso, porque nada que é escrito sobrevive; nenhuma Constituição, se estiver escrita, pode sobreviver, porque a escrita é morta e a Constituição deve ser uma chama viva no coração dos seres humanos que vivem juntos como uma só família, mística e ardorosa. Quando esse tipo de conversa começa, essa doutrina passa a penetrar em regiões às quais ela não se destinava, talvez, originalmente; e ali, é claro, passa a ter consequências muito graves.

Volto-me agora, por fim, muito brevemente, ao conceito da ironia romântica, que é exatamente o mesmo. A ironia foi inventada por Friedrich Schlegel: a ideia é que sempre que você vê cidadãos honestos tratando de seus negócios, sempre que você vê um poema bem-composto — isto é, composto de acordo com as regras —, sempre que você vê uma instituição pacífica que protege a vida e a propriedade dos cidadãos, ria disso, zombe disso, seja irônico, trate de explodi-lo, aponte que o oposto é igualmente verdadeiro. Para Schlegel, a única arma que existe contra a morte, contra a ossificação e contra qualquer forma de estabilização e de congelamento do fluxo da vida é aquilo que ele chama de *Ironie*. É um conceito obscuro, mas a ideia geral é que, correspondendo a qualquer proposição que alguém possa proferir, deve haver pelo menos três outras proposições contrárias a ela, cada uma das quais igualmente verdadeira, e se deve acreditar em todas elas, especialmente porque são contraditórias — porque essa é a única maneira de escapar da horrenda camisa de força da lógica, que ele tanto teme, seja sob a forma de causalidade física, ou de leis criadas pelo Estado, ou de regras estéticas sobre como compor poemas, ou de regras da perspectiva, ou de regras da pintura histórica, ou de regras de outros tipos de pintura ditadas por diversos mandarins na França setecentista. É disso que se deve escapar. Não se pode escapar simplesmente negando as regras, porque a negação vai simplesmente trazer outra ortodoxia, outro conjunto de regras que contradizem as regras originais. As regras devem ser explodidas como regras.

Esses dois elementos — a vontade livre e desimpedida e a negação do fato de que existe uma natureza das coisas, a tentativa de explodir com a própria noção de uma estrutura estável de qualquer coisa — são os elementos mais profundos e, em certo sentido, mais insanos desse movimento extremamente precioso e importante.

Os efeitos duradouros

Proponho-me agora falar, por mais ousado que pareça, sobre o que considero ser o cerne do Romantismo. Gostaria de voltar a um tema que já apresentei, ou seja, a velha tradição que esteve no fulcro de todo o pensamento ocidental por pelo menos 2 mil anos até meados do século 18 — a atitude e as crenças que, parece-me, o Romantismo atacou e danificou gravemente. Refiro-me à velha tese de que a virtude é conhecimento, proposição que foi explicitamente enunciada pela primeira vez, suponho, por Sócrates, nas páginas de Platão, e que é comum a ele e à tradição cristã. Que tipo de conhecimento? Quanto a isso se pode discordar: há batalhas entre um filósofo e outro, uma religião e outra, um cientista e outro, entre a religião e a ciência, entre a religião e a arte, entre cada tipo de atitude e cada tipo de escola de pensamento, todos brigando com todos, mas a disputa se dá, invariavelmente, em torno do que é o verdadeiro conhecimento da realidade, conhecimento esse que permite aos homens saber o que fazer, como se ajustar a ela. Todos estão de acordo que há uma natureza das coisas e que, se você conhecer essa natureza e conhecer a si mesmo em relação a essa natureza, e, caso haja uma divindade, se você conhecer essa divindade e compreender as relações entre tudo o que há no Universo, então seus objetivos e os fatos relacionados à sua vida ficarão mais claros, e você saberá o que deve fazer, se quiser se constituir conforme sua própria natureza. Para isso, é necessário saber se esse conhecimento é o conhecimento de física, ou de psicologia, ou de teologia, ou algum tipo de conhecimento intuitivo, individual ou público, se está confinado aos especialistas ou pode ser conhecido por todos os homens. Quanto a todas essas coisas pode haver desacordo, exceto o fato de que existe tal conhecimento — essa é a base de toda a tradição ocidental, a qual, como eu disse, foi atacada pelo Romantismo. É a visão de um quebra-cabeça cujas peças temos que encaixar, de um tesouro secreto que precisamos procurar.

A essência dessa visão é que há um conjunto de dados objetivos ao qual devemos nos submeter. A ciência é submissão, a ciência é ser guiado pela natureza das coisas, é o respeito escrupuloso pelo que existe, é não se desviar dos fatos, é a compreensão, o conhecimento, a adaptação. O oposto disso, que é o que o movimento romântico proclamava, pode ser resumido sob dois lemas ou proposições. Um deles já é familiar, ou seja, a noção da vontade indomável: não o conhecimento dos valores, mas a criação de valores — é isso que os homens alcançam. Você cria valores, cria metas, cria finalidades, e no final cria sua própria visão do Universo, exatamente como os artistas criam obras de arte — e, antes de o artista criar uma obra de arte, ela não existe, não está em lugar nenhum. Não há nenhuma cópia, não há nenhuma adaptação, não há nenhum aprendizado das regras, não há nenhuma verificação externa, não há nenhuma estrutura que você deva compreender e à qual deva se adaptar antes de poder prosseguir. O cerne do processo todo é a invenção, a criação; é fazer alguma coisa partindo de literalmente nada ou de quaisquer materiais que possam estar à mão. O aspecto mais central desse ponto de vista é que o Universo é do jeito que você decidir fazê-lo, ou pelo menos até certo ponto; essa é a filosofia de Fichte, essa é, em certa medida, a filosofia de Schelling, esse é o insight, realmente, em nosso século, até mesmo de psicólogos como Freud, que sustentam que o universo de uma pessoa dotada por certo conjunto de ilusões ou fantasias será diferente do universo de alguém dotado de outro conjunto.

A segunda proposição, vinculada à primeira, é que não existe nenhuma estrutura das coisas. Não existe um modelo ao qual você deve se adaptar. O que existe é apenas, se não o fluxo, a infinita autocriatividade do Universo. Ele não deve ser concebido como um conjunto de dados, como um padrão de eventos, como uma coleção de corpos no espaço, de entidades tridimensionais unidas por certas relações inquebrantáveis, tal como nos ensinam a física, a química e outras ciências naturais; o Universo é um processo que perpetuamente impele a si mesmo avante, que perpetuamente cria a si mesmo, que pode ser concebido seja como um lugar hostil ao homem, tal como pensava Schopenhauer ou mesmo, em certa medida, Nietzsche — de modo que age para derrubar todos os esforços humanos para detê-lo, para organizá-lo, para se sentir à vontade nele, para elaborar algum padrão ou modelo confortável em que se possa confiar —, seja como um lugar amigável, porque, ao se identificar com ele, ao criar com ele, ao se atirar nesse grande processo e, de fato, ao descobrir em si mesmo essas mesmas forças criativas que você descobre do lado de fora, ao identificar de um lado o espírito, de outro lado a matéria, ao ver o todo como um vasto processo de auto-organização e autocriação, você poderá, finalmente, vir a ser livre.

"Compreensão" não é o termo correto a usar, porque sempre pressupõe quem compreende e quem é compreendido, o conhecedor e o conhecido, uma distância entre o sujeito e o objeto; mas aqui não existe nenhum objeto, existe apenas o sujeito, impelindo a si mesmo para a frente. O sujeito pode ser o Universo, ou o indivíduo, ou a classe, a nação, a Igreja — o que quer que seja identificado como a realidade mais verdadeira da qual o Universo é composto. No entanto, de todo modo, é um processo de perpétua criação seguindo sempre em frente, e todos os esquemas, todas as generalizações, todos os padrões que lhe são impostos são formas de distorção, de ruptura. Quando Wordsworth[1] disse que dissecar é assassinar, foi aproximadamente isso que ele quis dizer; e ele foi o mais brando entre os que expressavam esse ponto de vista.

Ignorar isso, fugir disso, tentar ver as coisas como submissas a alguma intelectualização, algum tipo de plano, tentar elaborar um conjunto de regras, ou de leis, ou uma fórmula é uma forma de autoindulgência e, no fim, uma estupidez suicida. Esse, pelo menos, é o sermão dos românticos. Sempre que você tenta compreender qualquer coisa, por meio de quaisquer poderes que você tenha, vai descobrir, como já tentei explicar, que aquilo que você está perseguindo é inesgotável, que você está tentando agarrar o que é impossível de agarrar, que você está tentando aplicar uma fórmula a algo que foge a sua fórmula, pois, onde quer que você tente segurá-la, novos abismos se abrem, e esses abismos se abrem para outros abismos. As únicas pessoas que conseguiram dar sentido à realidade são as que compreendem que tentar circunscrever as coisas, tentar agarrá-las firmemente, tentar descrevê-las, ainda que escrupulosamente, é uma tarefa vã. Isso é verdade não só para a ciência, que faz isso por meio das generalizações mais rigorosas, do tipo (para os românticos) mais externo e mais vazio, mas também para os escritores escrupulosos, os que descrevem escrupulosamente a experiência — os realistas, os naturalistas, os que pertencem à escola do fluxo de consciência: Proust, Tolstói, os adivinhos mais talentosos de cada movimento do espírito humano —, mesmo esses, na medida em que se comprometem com alguma descrição objetiva, seja por inspeção externa ou pela introspecção mais sutil, pelo insight mais sutil dos movimentos internos do espírito. Enquanto eles trabalharem sob a ilusão de que é possível, de uma vez por todas, anotar, descrever, dar um senso de finalidade ao processo que estão tentando captar, agarrar, segurar, imobilizar, o resultado será a irrealidade e a fantasia — uma tentativa, sempre, de capturar o que não pode ser capturado, de buscar a verdade onde não há verdade, de interromper o fluxo incessante, de captar o movimento por meio do repouso, de captar o tempo por meio do espaço, de captar a luz por meio da escuridão. Esse é o sermão romântico.

Quando eles se perguntavam como, nesse caso, se pode começar a compreender a realidade, em algum sentido da palavra "compreender", como se pode obter algum insight dela sem distinguir positivamente a si mesmo como sujeito, de um lado, e a realidade como objeto, de outro, sem matá-la nesse processo, a resposta que procuravam dar, pelo menos alguns deles, era que a única maneira de fazer isso era por meio dos mitos, por meio desses símbolos que já mencionei brevemente, pois os mitos encarnariam dentro de si algo inarticulável e também conseguiriam abarcar o obscuro, o irracional, o inexprimível — aquilo que transmite a profunda escuridão de todo esse processo — em imagens que, por si mesmas, nos levam a outras imagens e que apontam, elas próprias, para alguma direção infinita. De todo modo, é isso que pregavam os alemães, que são, afinal, os responsáveis por toda essa perspectiva. Para eles, os gregos compreendiam a vida porque Apolo e Dionísio eram símbolos, eram mitos, que transmitiam certas propriedades; porém, se você se perguntasse o que Apolo representava, o que queria Dionísio, a tentativa de dizê-lo em um número finito de palavras ou até mesmo pintar um número finito de quadros era, claramente, absurda. Portanto, os mitos são, ao mesmo tempo, imagens que a mente pode contemplar, em relativa tranquilidade, e ainda assim algo eterno, que acompanha cada geração, que se transforma com a transformação dos homens, e é uma fonte inesgotável de imagens relevantes, que são ao mesmo tempo estáticas e eternas.

No entanto, essas imagens gregas estão mortas para nós, já que não somos gregos. Isso Herder lhes havia ensinado. A ideia de voltar para Dionísio ou Odin é absurda. Portanto, devemos ter mitos modernos, e, uma vez que não existem mitos modernos já que a ciência os matou ou pelo menos tornou o ambiente desfavorável a eles, temos de criá-los. Como resultado, há um processo consciente de elaboração de mitos: encontramos, no início do século 19, um esforço consciente e doloroso de construir mitos — ou talvez não tão doloroso, talvez parte dele espontânea — que vai nos servir da mesma forma como os antigos mitos serviam aos gregos. "As raízes da vida se perdem na escuridão", disse August Wilhelm Schlegel; "a magia da vida se baseia em um mistério insolúvel",[2] e é isso que os mitos devem incorporar. "A arte romântica", disse seu irmão Friedrich, "é [...] um perpétuo devir sem jamais alcançar a perfeição. Nada pode sondar suas profundezas [...] Apenas ela é infinita, apenas ela é livre; sua primeira lei é a vontade do criador, a vontade do criador que não conhece lei alguma."[3] Para o Romantismo, toda arte é uma tentativa de evocar por símbolos a visão inexprimível da atividade incessante que é a vida. Foi isso que tentei transmitir.

É assim que *Hamlet*, por exemplo, se torna um mito, ou *Dom Quixote*, ou *Fausto*. O que Shakespeare teria dito sobre a extraordinária literatura que se acumulou em torno de *Hamlet*, o que Cervantes teria dito sobre as aventuras extraordinárias que *Dom Quixote* teve desde o início do século 19 — isso não sei; mas, de todo modo, essas obras foram convertidas em ricas fontes de mitologia, e, se seus inventores não sabiam nada a respeito, tanto melhor. A suposição era que o autor não pode saber quais profundezas obscuras ele está sondando. Mozart não pode dizer o que é esse gênio que o inspira; na verdade, na medida em que ele puder dizer, seu gênio provavelmente secará em igual medida. Para quem desejar uma ilustração vívida da capacidade de elaboração de mitos do início do século 19, que é o cerne do movimento romântico — a tentativa de romper a realidade em fragmentos, de escapar da estrutura das coisas, de dizer o indizível —, a história da ópera *Don Giovanni* de Mozart é perfeitamente adequada.

Como sabem todos que já ouviram essa ópera, ela termina, ou quase termina, com a destruição de Don Giovanni pelas forças infernais; depois que ele se recusa a corrigir-se, a arrepender-se, ouve-se um trovão e ele é engolido pelas forças do Inferno. Depois que a fumaça desaparece no palco, os personagens restantes no drama cantam um pequeno sexteto muito belo sobre como é esplêndido que Don Giovanni tenha sido destruído, enquanto eles estão vivos e felizes, e propõem buscar uma vida perfeitamente tranquila, satisfeita e comum, cada um a sua maneira: Masetto vai casar com Zerlina, Donna Elvira vai voltar para seu convento, Leporello vai encontrar um novo amo, Don Ottavio vai casar com Donna Anna, e assim por diante. No século 19, esse sexteto perfeitamente inofensivo, que é uma das composições mais encantadoras de Mozart, foi considerado pelo público uma blasfêmia e, por isso, não foi mais apresentado. Foi reintroduzido pela primeira vez nos repertórios europeus, que eu saiba, por Mahler, no final do século 19 ou início do 20, e agora é sempre executado.

A razão é a seguinte. Aqui está essa vasta, dominadora, sinistra figura simbólica, Don Giovanni, que representa não sabemos o quê, mas decerto algo inexprimível. Representa, talvez, a arte contra a vida, algum princípio do mal inesgotável contra algum bem do tipo burguês, filisteu; representa o poder, a magia, alguma força infernal sobre-humana. A ópera termina com um enorme clímax, em que uma força infernal é engolida por outra, e esse vasto melodrama se eleva para uma culminação vulcânica, que visa amedrontar o público e lhe mostrar como é instável e aterrorizante esse mundo em que vivem; e, de repente, vem esse pequeno sexteto burguês, em que os personagens simplesmente cantam em paz o fato de que um canalha foi punido, e daí em diante os homens de bem continuarão com sua vidinha comum, perfeitamente pacífica. Isso foi considerado não artístico, superficial, sentimental e repulsivo; portanto, foi eliminado.

Essa elevação de *Don Giovanni* à condição de um grande mito, que domina sobre nós e que deve ser interpretado de modo a transmitir os aspectos mais profundos e mais inexprimíveis da natureza terrível da realidade, estava, com certeza, muito longe dos pensamentos do libretista, provavelmente muito longe dos pensamentos de Mozart. O libretista Lorenzo Da Ponte, que iniciou a vida como um judeu convertido em Veneza e a terminou como professor de italiano em Nova York, estava muito longe de pensar em colocar no palco um dos grandes símbolos da existência espiritual na Terra. Mas no século 19 essa foi a atitude tomada para com Don Giovanni, que continuava a assombrar a mente das pessoas — assombrou a mente de Kierkegaard de maneira profunda — e, de fato, assombra até os dias de hoje. Esse é um exemplo típico da total inversão de valores, da completa transformação de algo que começou seco, clássico, simétrico em todos os aspectos, de acordo com as convenções da época, mas estourou os limites de sua moldura e, de repente, passou a se propagar da forma mais inusitada e assustadora.

Essa visão de grandes imagens que dominam a humanidade — as forças das trevas, o inconsciente, a importância do indizível e a necessidade de levá-lo em conta e lhe dar espaço — se dissemina para todas as esferas da atividade humana, e não se limita à arte, de maneira alguma. Ela entra, por exemplo, na política, primeiro de forma leve, nas imagens grandiosas de Edmund Burke[4] da grande sociedade que abrange os mortos, os vivos e os que ainda não nasceram, unidos por uma miríade de fios não analisáveis aos quais somos leais, de modo que qualquer tentativa de analisá-la de forma racional — digamos, como um contrato social ou como um arranjo utilitário destinado a permitir que se viva uma vida mais feliz ou a evitar colisões com os outros seres humanos — é superficial e trai o espírito interno inexprimível que domina qualquer associação humana e que a leva adiante, e ao qual ela é ela, trai a imersão espiritual que está no cerne de uma vida humana verdadeira, genuína, profunda, devotada. Em Adam Müller, um discípulo alemão de Burke, isso atinge a forma mais eloquente. A ciência, diz ele, só pode reproduzir um Estado político sem vida; a morte não pode representar a vida, tampouco a estagnação (ou seja, o contrato social, o Estado liberal, o Estado inglês, em particular) pode representar o movimento. A ciência, o utilitarismo, o uso das máquinas não transmitem o Estado, o qual "não é uma mera fábrica, fazenda, companhia de seguros ou sociedade mercantil; *é a união íntima de todas as necessidades físicas e espirituais de uma nação, de todas as suas riquezas físicas e espirituais, de toda a sua vida interna e externa, em um grande todo, pleno de energia, infinitamente vivo e ativo"*.[5]

Essas palavras místicas se tornam então o coração e o centro de toda a teoria orgânica da vida política, e da lealdade para com o Estado, e do Estado como organização semiespiritual, simbólica dos poderes espirituais do mistério divino — o que é, sem dúvida, o que o Estado se torna entre os românticos, pelo menos os românticos mais extremos.

O mesmo ponto de vista entra na esfera do direito. Na escola alemã de jurisprudência histórica, a verdadeira lei não é aquilo que determinada autoridade, um rei ou uma assembleia por acaso aprova; isso é simplesmente um evento empírico, guiado talvez por considerações utilitárias ou outras igualmente desprezíveis. Não é isso, nem é algo eterno — as leis da natureza, as leis divinas, que qualquer alma racional pode descobrir por si mesma, tal como ensina a Igreja Católica, ou os estoicos, ou os *philosophes* franceses do século 18. Essas autoridades podem ter discordado sobre o que eram essas leis ou sobre como descobri-las, mas todas concordavam que havia certos princípios imutáveis, eternos, que deviam servir de alicerce para a vida humana, e adotá-los tornava os homens morais, justos e bons. Isso foi negado. A lei é o produto da força que pulsa dentro da nação, das obscuras forças tradicionais, da seiva orgânica que flui por seu corpo como através de uma árvore, de algo que não podemos identificar e não podemos analisar, mas que todos os que são leais a seu país sentem correndo nas veias. A lei é um produto tradicional, em parte questão de circunstâncias, mas em parte a alma interna da nação, agora começando a ser concebida como quase individual — aquilo que os membros da nação geram, em conjunto. A verdadeira lei é a lei tradicional: cada nação tem sua própria lei, cada nação tem sua própria forma; essa forma vem de muito longe, remonta a um passado nebuloso, suas raízes estão em algum lugar na escuridão; e, se suas raízes não estão na escuridão, é muito fácil derrubá-la. O filósofo francês Joseph de Maistre, um católico reacionário, que acreditava apenas parcialmente nessa visão orgânica da vida, na medida em que era adepto do tomismo — pelo menos em teoria —, disse que qualquer coisa que o homem pode fazer o homem pode estragar. Qualquer coisa que o homem pode criar o homem pode destruir; portanto, a única coisa que é eterna é esse processo misterioso, assustador, que se dá abaixo do nível de consciência. É isso que cria tradições, é isso que cria Estados, nações, Constituições; qualquer coisa escrita, qualquer coisa articulada, qualquer coisa alcançada por homens sensatos em um momento de raciocínio frio é uma coisa muito fina, superficial, que provavelmente vai desmoronar quando outros homens igualmente sensatos, igualmente superficiais, igualmente razoáveis a refutarem — e, portanto, não tem nenhuma base verdadeira na realidade.

Isso também vale para as teorias históricas. A grande escola histórica alemã tenta traçar a evolução histórica em termos de obscuros fatores inconscientes, que se entrelaçam em formas inexplicáveis de todo tipo. Existe até mesmo a "economia romântica", em particular na Alemanha, sob a forma, por exemplo, da teoria econômica de homens como Fichte e Friedrich List, que acreditavam na necessidade de criar um Estado isolado, *der geschlossene Handelsstaat*, no qual a verdadeira força espiritual da nação pode se manifestar sem ser fustigada por outras nações, isto é, no qual a finalidade da economia, a finalidade do dinheiro e do comércio é o autoaperfeiçoamento espiritual do homem, e não obedecer às chamadas leis econômicas inquebrantáveis, como acreditavam até mesmo pessoas como Edmund Burke. Este não só acreditava como, de fato, disse que as leis do comércio são as leis da natureza e, portanto, leis de Deus, e deduziu daí que não se poderia fazer nada quanto à aprovação de qualquer reforma radical, e os pobres teriam de morrer de fome — essa é, aproximadamente, a consequência de tal visão das coisas. Essa foi uma das conclusões que deram à escola econômica do laissez-faire certo descrédito justificado. A economia romântica é exatamente o oposto disso. Todas as instituições econômicas devem tender para algum ideal de convivência, de maneira espiritualmente progressiva. Acima de tudo, não se deve cometer o erro de supor que há leis externas, que há leis objetivas da economia, já dadas, que estão além do controle humano. Esse é um retorno típico à *rerum natura*. Significa, mais uma vez, que você acredita em uma estrutura das coisas que pode ser estudada, que fica imóvel enquanto você a examina e a descreve — e isso é falso. Qualquer suposição do tipo, de que existem leis objetivas, é simplesmente uma fantasia humana, uma invenção humana, uma tentativa dos seres humanos de justificar sua conduta, em especial sua conduta desonrosa, invocando e colocando a responsabilidade sobre os ombros de leis externas imaginárias, tais como as leis da oferta e da procura ou qualquer outro tipo de lei externa — esta lei da política, aquela lei da economia — supostamente imutável e que, portanto, não só explica, como também justifica a pobreza, a miséria e outros fenômenos sociais nada atraentes.

A esse respeito, os românticos podiam ser progressistas ou reacionários. Nos Estados que poderiam ser chamados de revolucionários — os Estados radicais criados após a Revolução Francesa —, eles eram reacionários, pediam o retorno de uma escuridão medieval; nos Estados reacionários, como a Prússia depois de 1812, tornaram-se progressistas, na medida em que consideravam a criação de algo como "o rei da Prússia" um mecanismo sufocante, artificial, que asfixiava o impulso biológico natural da vida dos seres humanos aprisionados por ele. Podia assumir qualquer uma das duas formas. É por isso que encontramos românticos revolucionários e românticos reacionários. É por isso que é impossível vincular o Romantismo a uma visão política em particular, por mais que já se tenha tentado.

Essas são as bases fundamentais do Romantismo: a vontade, o fato de que não existe uma estrutura das coisas, que a pessoa pode moldar as coisas como quiser — elas passam a existir apenas como resultado de sua atividade de moldar —, e, portanto, a oposição a qualquer doutrina que tentasse representar a realidade como dotada de alguma forma que pudesse ser estudada, descrita, aprendida, comunicada a outros e tratada de maneira científica em algum aspecto.

Não há área em que essa atitude seja mais evidente do que na da música, sobre a qual ainda não tive nada a dizer. É interessante e até divertido observar o desenvolvimento das atitudes em relação à música desde o início do século 18 até meados do 19. No século 18, especialmente na França, a música era considerada uma arte bastante inferior. A música vocal tinha seu lugar porque elevava a importância das palavras; a música religiosa tinha seu lugar porque contribuía para o estado de espírito que a religião quer induzir. Mesmo antes, D'Urfé dizia que era óbvio que as artes visuais eram muito mais sensíveis à vida espiritual do homem do que o ouvido. Fontenelle, o homem mais civilizado de sua época e, na verdade, da maioria das épocas, disse, quando a música instrumental começou a invadir a França e as sonatas começaram a aparecer, em contraste com a música religiosa vocal ou a música lírica às quais ele estava acostumado (e que tinham um enredo, uma explicação, alguma importância extramusical): *"Sonate, que me veux-tu?"* [Sonata, o que queres de mim?].[6] Ele condenou a música instrumental como uma combinação sem sentido de sons, não realmente adequada para ouvidos delicados ou civilizados.

Essa era uma atitude bastante comum na França em meados do século 18. Ela aparece vividamente nos versos dirigidos pelo ensaísta e dramaturgo Marmontel, na década de 1770, ao compositor Gluck, que nesse período conquistou os palcos de Paris. Gluck, como todos sabem, reformou a música ao colocar a melodia acima das palavras e ao forçar as palavras a entrar em conformidade com a verdadeira emoção e o drama que ele desejava transmitir por meio da música — a grande reforma musical de não mais usar a música como mero acompanhamento para o significado das palavras dramáticas. Isso indignou Marmontel, que supunha que o drama e toda a arte tinham alguma qualidade mimética, que a função da arte era a imitação da vida, a imitação dos ideais da vida, a imitação de seres imaginários, seres ideais, não necessariamente seres reais, mas, ainda assim, algum tipo de imitação, algum tipo de relação com acontecimentos reais, pessoas reais, emoções reais, algo que existia na realidade, e que era tarefa do artista, se necessário, idealizar, mas, de todo modo, representar como aquilo realmente é. Era claro que a música, não tendo nenhum significado por si só, sendo simplesmente uma sucessão de sons, era não mimética. Todo mundo percebia isso. As palavras tinham algo a ver com as palavras ditas na vida comum; as tintas tinham algo a ver com as cores percebidas na natureza; os sons, no entanto, eram muito diferentes dos sons ouvidos no farfalhar das florestas ou no canto dos pássaros. Os sons que os músicos utilizavam eram, sem dúvida, muito mais remotos de qualquer experiência humana comum do que os materiais usados por outros artistas. Foi por isso que Marmontel atacou Gluck com as seguintes palavras:

Il arriva le jongleur de Bohême.
Il arriva précédé de son nom;
Sur le débris d'un superbe poème,
Il fit beugler Achille, Agamemnon;
Il fit hurler la reine Clytemnestre;
Il fit ronfler l'infatigable orchestre[7]

[Ele chegou, o charlatão da Boêmia.
Ele chegou, mas sua fama veio primeiro;
Sobre as ruínas de um esplêndido poema,
Ele fez uivar Aquiles, Agamemnon;
Fez gritar a rainha Clitemnestra;
Fez roncar a incansável orquestra.]

É um ataque muito típico de sua época. É a atitude de quem não queria abandonar a associação com a natureza, ou a ideia da imitação, em favor dessa noção peculiar de mera expressão da alma interior. Isso é verdade em relação a Fontanes, que escreveu em 1785. Para ele, o único propósito da música é evocar certas emoções; se ela não evocar alguma emoção que já existe, se não for a reminiscência de alguma coisa, se não estiver associada a algum tipo de experiência, não tem nenhum valor. Os sons, em si, não expressam nada e não devem ser utilizados dessa forma. Madame de Staël tipicamente, já no início do século 19, falando sobre a música, da qual afirmava gostar imensamente, disse algo assim sobre onde reside o valor da música. "Qual é o homem", pergunta ela, "que, exaurido por uma vida de paixões, consegue ouvir com indiferença a melodia que animava as danças e brincadeiras de sua juventude tranquila? Qual mulher cuja beleza o tempo acabou derrotando consegue ouvir sem emoção a melodia que seu amante cantou outrora?"[8] Sem dúvida isso é verdade, mas é uma abordagem muito diferente da música daquela que já vinha sendo expressa pelos românticos alemães desse período. Mesmo Stendhal, que gostava de Rossini com uma paixão quase física, diz sobre a música de Beethoven que a detesta, com sua combinação de harmonia erudita e matemática — mais ou menos o tipo de coisa que hoje as pessoas podem se inclinar a dizer sobre Schoenberg.

Isso é muito diferente de Wackenroder, que escreveu nos anos 1790 que a música "nos mostra todos os movimentos de nosso espírito, desencarnados",[9] ou de Schopenhauer, que diz: "O compositor nos revela a essência íntima do mundo; ele é o intérprete da sabedoria mais profunda, falando uma língua que a razão não pode compreender".[10] Nem a razão, nem qualquer outra coisa: esse é o ponto central do argumento de Schopenhauer, pois ele via a música como a expressão da vontade nua, daquela energia interna que move o mundo, daquele impulso interno inexprimível que é a essência, para ele, da realidade e que todas as outras artes, até certo ponto, tentam domar, ordenar, combinar, organizar e, nessa medida, penetrar, distorcer e matar. Essa é também a visão de Tieck e de August Wilhelm Schlegel — na verdade, de todos os românticos, alguns dos quais gostavam muito de música. Há ensaios notáveis de Hoffmann não só sobre Beethoven e Mozart, mas também, por exemplo, sobre o real significado cósmico, metafísico da tônica e da quinta, descritas como grandes gigantes com armas resplandecentes. Ele também escreveu um pequeno ensaio sobre o verdadeiro significado de determinada clave, digamos a clave de lá bemol menor — algo que naquele período dificilmente seria escrito por um membro de qualquer outra nação europeia.

Assim, a música é vista como algo abstrato, separado da vida, uma forma de expressão direta, não mimética, não imitativa, e o mais distante possível de qualquer descrição objetiva de qualquer coisa. No entanto, os românticos não pensavam que as artes deveriam ser desenfreadas, que cada um deveria cantar simplesmente o que lhe viesse à cabeça, pintar o que quer que seu estado de espírito lhe ordenasse pintar ou dar uma expressão totalmente indisciplinada às emoções — eles foram acusados disso por Irving Babbitt e outros, mas erroneamente. Novalis diz claramente: "Quando as tempestades se agitam no peito do poeta, e ele está perplexo e confuso, o resultado é uma algaravia".[11] Um poeta não deve vagar à toa o dia todo em busca de sentimentos e imagens. Decerto ele deve ter esses sentimentos e imagens, obviamente deve permitir que essas tempestades se agitem — pois, na verdade, como poderia evitar isso? —, mas então deve discipliná-los, deve encontrar o meio adequado para expressá-los. Schubert disse que a marca de um grande compositor é ser apanhado em uma vasta batalha da inspiração, onde as forças se agitam da maneira mais descontrolada, mas manter a cabeça durante essa tempestade e dirigir as tropas. Essa é, sem dúvida, uma expressão do fazer artístico muito mais genuína do que aquelas observações dos românticos desenfreados, que desconheciam a natureza da arte por não serem, eles próprios, artistas.

Quem eram essas pessoas que tanto celebravam a força da vontade, que tanto odiavam a natureza fixa da realidade e que acreditavam nessas tempestades, nesses abismos indomáveis, intransponíveis, nesses fluxos impossíveis de organizar? É muito difícil dar qualquer explicação sociológica para a ascensão do movimento romântico, embora seja necessário fazer isso. A única explicação que já consegui descobrir provém do esforço de saber quem eram essas pessoas, especialmente na Alemanha. A verdade é que não eram homens sofisticados. Eram pobres, eram tímidos, eram gente dos livros, ficavam muito constrangidos no convívio social. Eram facilmente desprezados, tinham de trabalhar como preceptores para grandes homens, eram alvo constante de insultos e de opressão. Viviam confinados e contraídos em seu universo; eram como o galho vergado de Schiller,[12] que sempre acabava saltando para trás e batendo em quem o estava vergando. Havia alguma coisa na Prússia, de onde provinha a maioria deles — alguma coisa nesse Estado excessivamente paternalista de Frederico, o Grande, no fato de que ele era um mercantilista contumaz e com isso aumentou a riqueza da Prússia, aumentou seu exército, fez dela o mais rico e poderoso de todos os Estados alemães, mas ao mesmo tempo pauperizou seus camponeses e não abriu oportunidades suficientes para a maioria de seus cidadãos.

Também é verdade que esses homens, a maioria filhos de clérigos, funcionários públicos e similares, receberam uma educação que lhes deu certas ambições intelectuais e emocionais; e o resultado foi que, como muitos empregos na Prússia eram atribuídos a pessoas bem-nascidas, onde as distinções sociais eram preservadas rigorosamente, eles não conseguiram alcançar a plena expressão de suas ambições e, assim, um tanto frustrados, começaram a engendrar fantasias de todos os tipos possíveis.

Há aí algo de verdade. De todo modo, essa me parece uma explicação mais razoável — de que foram homens humilhados, excitados pela Revolução Francesa e pela reviravolta geral dos acontecimentos, que originaram esse movimento — do que a teoria de Louis Hautecoeur, que julga que o movimento começou na França, entre damas da sociedade, e se deve ao efeito exercido sobre os nervos do consumo demasiado de chá e café, dos espartilhos muito apertados, de cosméticos venenosos e de outros meios de autoembelezamento com resultados fisicamente nocivos. Essa não me parece, soma total, uma teoria que valha a pena investigar muito mais a fundo.

Seja como for, o movimento surgiu na Alemanha e ali encontrou seu verdadeiro lar. No entanto, viajou para além dos confins da Alemanha, para todos os países onde havia descontentamento e insatisfação social, principalmente para países oprimidos por pequenas elites de homens brutais, prepotentes ou ineficientes, em especial na Europa Oriental. Talvez tenha encontrado sua expressão mais ardorosa, entre todos os países, na Inglaterra, onde Byron foi o líder de todo o movimento romântico, no sentido de que o byronismo se tornou quase sinônimo de Romantismo no início do século 19.

De que maneira Byron se tornou um romântico é uma história muito longa, que eu nem sequer poderia tentar contar, mesmo que soubesse. Mas não há dúvida de que ele era o tipo de pessoa inquieta, cuja melhor descrição foi feita por Chateaubriand: "Os Antigos mal conheciam essa ansiedade secreta, a amargura das paixões sufocadas, tudo isso fermentando junto. Vida política ampla, jogos esportivos no ginásio ou no Campo de Marte, negócios no Fórum — isto é, negócios públicos — preenchiam seu tempo e não deixavam lugar para o tédio do coração".[13] Essa era, com certeza, a condição de Byron, e ela foi descrita com precisão por Chateaubriand, que era talvez só metade romântico, um romântico apenas no sentido de que era subjetivo, introspectivo, e tentou fazer com que um vago mito, feito de valores cristãos, substituísse os mitos já não disponíveis do mundo antigo e medieval.

Chateaubriand é meio respeitoso, meio irônico para com o movimento. Talvez a melhor expressão deste seja dada por uma cançoneta francesa de autoria de um poeta anônimo de meados do século 19:

L'obéissance est douce au vil coeur des classiques;
Ils ont toujours quelqu'un pour modèle et pour loi.
Un artiste ne doit écouter que son moi,
Et l'orgueil seul emplit les âmes romantiques.[14]

[É doce a obediência ao vil coração dos clássicos;
Eles sempre têm alguém como modelo e como lei.
Um artista deve escutar apenas a si mesmo,
E só o orgulho enche as almas românticas.]

Essa é, com certeza, a posição de Byron no mundo emocional e, de fato, também no mundo político oitocentista. A principal ênfase de Byron é sobre a vontade indomável, e toda a filosofia do voluntarismo, da visão de que há um mundo que deve ser dominado e subjugado pelas pessoas superiores, tem origem nele. Os românticos franceses, de Victor Hugo em diante, são discípulos de Byron. Byron e Goethe são os grandes nomes, mas Goethe era um romântico muito ambíguo. É verdade que ele criou, em Fausto, alguém que está sempre dizendo "Avante, avante, nunca parar, nunca cessar, nunca pedir ao momento que espere; passando por cima do assassinato, do crime, de todos os obstáculos concebíveis, o espírito romântico deve forjar seu caminho",[15] mas suas últimas obras e sua própria vida desmentiram isso. Já Byron agiu, pôs em prática suas crenças da maneira mais convincente. Aqui estão alguns de seus versos típicos, que penetraram na consciência europeia e infectaram todo o movimento romântico:

Apart he stalked in joyless reverie [...];
With pleasure drugged, he almost longed for woe,
And e'en for change of scene would seek the shades below.[16]

There was in him a vital scorn of all: [...]
He stood a stranger in this breathing world [...];
So much he soared beyond, or sunk beneath,
The men with whom he felt condemned to breathe [...].[17]

[Sozinho ele caminhava, em um devaneio sem alegria (...);
Entorpecido pelo prazer, quase ansiava pelo sofrimento,
E até pela mudança de cenário buscava as sombras inferiores.*

Havia nele um desprezo vital por tudo: (...)
Era um estranho neste mundo que respira (...);
Tanto se alçava acima como afundava abaixo
Dos homens em cuja companhia se sentia condenado a respirar (...).]

Essa é a nota típica do pária, do exilado, do super-homem, do homem que não suporta o mundo porque sua alma é grande demais para contê-lo, porque ele tem ideais que pressupõem a necessidade de um fervoroso e perpétuo movimento, movimento que é constantemente confinado pela estupidez, pela falta de imaginação e pela monotonia do mundo. Por isso a vida das figuras byronianas começa com o escárnio, passa para o vício e

---

* Com a expressão "as sombras inferiores" ele se refere à morte.

daí ao crime, o terror e o desespero. Essa é a carreira comum de todos os Giaours, das Laras e dos Cains que povoam sua poesia. Como no poema "Manfred":

My Spirit walked not with the souls of men,
Nor looked upon the earth with human eyes;
The thirst of their ambition was not mine,
The aim of their existence was not mine;
My joys — my griefs — my passions — and my powers,
Made me a stranger [...].[18]

[Meu Espírito não caminhava com as almas dos homens,
Nem contemplava a Terra com olhos humanos;
A sede de ambição que tinham não era a minha,
O seu objetivo na existência não era o meu;
Minhas alegrias — meus pesares — minhas paixões — e meus poderes
Faziam de mim um estranho (...).]

Toda a síndrome byroniana consiste na adesão aos dois valores que tentei explicar: o predomínio da vontade e a ausência de uma estrutura no mundo à qual a pessoa deva se ajustar. De Byron a síndrome passa para outros: Lamartine, Victor Hugo, Nodier, os românticos franceses em geral; e deles vai mais longe, para Schopenhauer, que vê o homem como um ser atirado em uma frágil casca de árvore no vasto oceano da vontade, que não tem nenhum propósito, nem fim, nem direção, e ao qual o homem só pode resistir por sua conta e risco, com o qual o homem só pode chegar a um acordo se conseguir se livrar desse desejo desnecessário de ordenar, de se organizar, de criar um lar aconchegante para si nesse elemento indomável e imprevisível. De Schopenhauer passa para Wagner, cujo sermão em *O anel do nibelungo*, por exemplo, é a natureza terrível do desejo insaciável, que leva, inevitavelmente, ao sofrimento mais atroz e, finalmente, à imolação violenta de todos os que são possuídos por um desejo que não conseguem evitar, tampouco satisfazer. O resultado disso deve ser uma extinção definitiva: as águas do Reno sobem e recobrem essa doença violenta, caótica, irreprimível, incurável que afeta todos os mortais. Esse é o cerne do movimento romântico na Europa.

Permitam-me agora voltar atrás e considerar novamente qual é a posição em relação ao extenso catálogo que dei no início. Tentei mostrar que o Romantismo parecia, na superfície, dizer tudo e seu contrário. Se eu tiver razão, então talvez seja possível afirmar que esses dois princípios, a necessidade da vontade e a ausência de uma estrutura das coisas, podem satisfazer a maioria dos critérios que mencionei e que as contradições que pareciam tão rigorosas talvez não sejam tão violentas assim.

Começando com aquilo de que Lovejoy reclamou tão amargamente: como é possível que a palavra "Romantismo" represente, ao mesmo tempo, duas coisas tão contraditórias como, de um lado, o bom selvagem, o primitivismo, a vida simples, camponeses de faces rosadas, um afastamento da medonha sofisticação das cidades rumo às campinas sorridentes dos Estados Unidos, ou alguma outra forma de vida simples, em alguma parte do globo real ou imaginária, e, de outro lado, as perucas verdes, os cabelos azuis, o absinto, Gérard de Nerval passeando pelas ruas de Paris puxando uma lagosta para atrair a atenção para si mesmo, o que de fato conseguiu? Se você perguntar o que há de comum entre essas duas coisas — e Lovejoy expressa, naturalmente, certa surpresa ao ver que a mesma palavra é usada confortavelmente para as duas coisas —, a resposta é que ambas desejam romper a natureza do que é dado. No século 18, há uma ordem extrema de sofisticação, há formas, regras, leis, há a etiqueta, uma forma de vida extremamente estrita e bem-organizada, seja nas artes, na política ou em qualquer outra esfera. Qualquer coisa que destrua isso, qualquer coisa que venha a explodir tudo isso é bem-vinda. Portanto, quer você vá, de um lado, para as Ilhas Afortunadas, ou para os bons selvagens, ou para o coração simples e incorrupto do homem simples, tal como cantado por Rousseau, quer você vá, de outro lado, rumo às perucas verdes, aos coletes azuis, aos homens de temperamento descontrolado e às pessoas da mais extrema sofisticação e boemia desenfreada, seja qual for o caminho que você tome, ambos são métodos de explodir, de despedaçar aquilo que é dado. Quando em Hoffmann uma aldraba de bronze se transforma em uma velha, ou uma velha se transforma em um conselheiro, ou um conselheiro se transforma em uma tigela de ponche, isso não é feito simplesmente para excitar os sentimentos do leitor, não tenciona ser apenas uma história ligeiramente fantástica que dá prazer e é logo esquecida; quando, no famoso conto de Gógol "O nariz", um nariz se desprende do rosto de um pequeno funcionário público e passa a viver violentas aventuras românticas, de cartola e sobretudo, isso não se destina apenas a ser uma história peculiar, e sim a ser uma invasão, um ataque contra a natureza hedionda da realidade dada e inalterável. Há um desejo de mostrar que por baixo dessa superfície suave há forças terríveis, inexprimíveis em ebulição, que nada pode ser dado como certo e que uma visão profunda da vida implica, essencialmente, quebrar essa superfície espelhada. Para onde quer que você se volte, seja para a extrema sofisticação ou para uma simplicidade inaudita, o resultado é o mesmo.

Claro, se você acha que pode realmente tornar-se um bom selvagem, se você acha que pode realmente transformar-se em um singelo nativo de algum país não sofisticado, vivendo uma vida muito primitiva, então a magia desaparece. Mas nenhum deles fez isso. O ponto central da visão romântica do bom selvagem é que ele era inatingível. Se fosse possível de alcançar, teria sido inútil, pois se tornaria então um terrível dado, uma terrível regra da vida, igualmente limitadora, igualmente disciplinadora, tão detestável como aquilo que ele veio substituir. É por isso que o inencontrável, o inatingível, o infinito são o ponto central da questão.

Da mesma forma, o que há em comum, de um lado, entre os encantadores, as aparições, os grifos, os fossos, os fantasmas, os morcegos barulhentos esvoaçando em torno dos castelos medievais, os fantasmas de mãos sangrentas e as terríveis vozes das trevas vindas de ravinas misteriosas e aterrorizantes — o que há em comum entre isso tudo, de um lado e, de outro, o grande espetáculo da era medieval, pacífica, orgânica, com seus torneios, seus arautos e seus padres, seus personagens da realeza e sua aristocracia, uma era tranquila, digna, inalterável e, essencialmente, em paz consigo mesma? (Ambos os tipos de fenômeno são a especialidade dos escritores românticos.) A resposta é que ambos, se colocados ao lado da realidade cotidiana de uma civilização industrial iniciante, em Lyon ou em Birmingham, a comprometeriam.

Vejamos o caso extraordinário de Walter Scott. Eis um escritor comumente considerado romântico. Pode-se perguntar, como de fato perguntam vários críticos marxistas intrigados: por que Scott é um autor romântico? Scott é simplesmente um escritor extremamente imaginativo e escrupuloso que conseguiu descrever com uma fidelidade considerável, de uma forma que afetou todos os tipos de historiadores, a vida em épocas anteriores à sua — digamos, a Escócia do século 17, ou a Inglaterra do século 13, ou a França do século 15. Por que isso é romântico? Por si só, não seria. Naturalmente, se você for simplesmente um historiador da Idade Média muito fiel e escrupuloso descrevendo os costumes exatos de seus antepassados, estará apenas sendo um historiador, na melhor tradição clássica. Estará apenas dizendo a verdade da melhor maneira que conseguir, e isso não é romântico, em nenhum sentido, mas, ao contrário, uma atividade acadêmica altamente respeitável. Scott, porém, era um escritor romântico. E por quê? Simplesmente porque ele gostava dessas formas de vida? Isso não basta. O ponto principal é que, ao pintar as imagens tão atraentes, deliciosas e hipnóticas dessas épocas, ele colocou ao lado de nossos valores — refiro-me aos valores de 1810, aos valores de 1820, aos valores de sua Escócia contemporânea, da Inglaterra ou da França contemporâneas, que eram o que eram, aos valores do início do século 19 —, ao lado desses valores, fossem o que fossem, protestantes, não românticos, industriais ou, de todo modo, não medievais, ele colocou outro conjunto de valores, igualmente bom, se não melhor, em concorrência com aqueles. Isso despedaçou o monopólio, despedaçou a possibilidade de que cada época é tão boa quanto pode ser e, na verdade, está avançando para outra época melhor ainda.

Se procurarmos a diferença entre T. B. Macaulay e Scott, vamos encontrá-la precisamente nisso, no fato de que Macaulay realmente acredita no progresso. Ele acredita que tudo se encaixa em seu devido lugar e que o século 17 teve menos sorte do que o 18, e o 18, muito menos sorte que o 19. Tudo está muito bem onde está. Tudo pode ser explicado em termos de suas próprias forças causais. Estamos progredindo. Tudo se encaixa, tudo avança; a certo custo, pode ser, mas, ao mesmo tempo, se não fossem a estupidez humana, a ociosidade humana, a perversidade humana e outras forças das trevas, os interesses escusos e similares, deveríamos estar progredindo muito mais rápido. Isso ele tinha em comum, até certo grau, com James Mill e os utilitaristas. Como Bacon, é evidente que não acreditava na religião mística. Essa é uma imagem em que se diz que existe uma realidade, ela tem certa natureza, nós a estudamos, somos científicos, sabemos mais agora do que sabíamos antes.

Nossos ancestrais não sabiam como se tornarem felizes; nós sabemos melhor. Não sabemos perfeitamente, mas sabemos melhor que eles, e nossos descendentes saberão melhor ainda. Se é que algum dia alcançaremos o objetivo de uma sociedade perfeita, estável, inalterável, com todos os desejos humanos possíveis e reais totalmente satisfeitos de maneira harmoniosa, isso ninguém pode dizer, mas não é um ideal absurdo. É o ideal do quebra-cabeça resolvido.

Se Walter Scott está certo, isso não pode ser verdade. É como Herder novamente. Se existem valores no passado que são mais valiosos do que os do presente ou, pelo menos, competem com eles, se houve uma magnífica civilização algures, na Grã-Bretanha do século 13 ou em algum remoto lugar do mundo, seja no espaço ou no tempo, que tenha sido tão ou mais atraente do que a civilização monótona em que você está vivendo, mas que (e isso é o mais importante) é irreproduzível — você não pode voltar a ela, ela não pode ser reconstruída, deve permanecer um sonho, deve permanecer uma fantasia, deve permanecer um alvo de desilusão se você for buscá-la —, se é assim, então você jamais ficará satisfeito, já que dois ideais entraram em colisão e é impossível resolver a colisão. É impossível chegar a um estado de coisas que contenha o melhor de todas essas culturas, porque elas não são compatíveis. Portanto, a noção de incompatibilidade, de pluralidade de ideais, cada qual com sua própria validade, torna-se parte do grande aríete que o Romantismo arremessa contra a noção de ordem, contra a noção de progresso, contra a noção de perfeição, os ideais clássicos, a estrutura das coisas. É por isso que Walter Scott é chamado, de maneira um tanto surpreendente, porém correta, de escritor romântico.

Não há um padrão universal, não há um grande estilo: *la ligne vraie* de que falava Diderot, a verdadeira linha, a tradição subterrânea na qual T.S. Eliot desejava penetrar — essas são as coisas que são negadas e denunciadas por todo o movimento romântico, do início ao fim, como uma ilusão terrível, capaz de levar os que a buscam apenas à estupidez e à superficialidade. Essa é a *Nature Methodiz'd* de Pope;[19] isso é Aristóteles, isso é o que os românticos mais detestavam. Portanto, é preciso acabar com essa ordem: é preciso rompê-la, seja voltando-a para o passado ou penetrando dentro de si mesmo, saindo do mundo exterior. É preciso sair à procura e se tornar um só com algum grandioso impulso espiritual com o qual nunca será possível se identificar por completo, ou é preciso idealizar algum mito que nunca se tornará realidade, seja o mito nórdico, ou o mito do sul, ou um mito celta, ou algum outro mito, não importa qual — de classe, nação, Igreja, ou seja lá o que for —, que impulsionará a pessoa constantemente para a frente e que nunca será realizado; sua essência e valor consistem em ser um mito estritamente irrealizável, de modo que, caso se realizasse, seria inútil. Essa é a essência do movimento romântico, até onde percebo: o predomínio da vontade e o homem como uma atividade, como algo que não pode ser descrito porque está perpetuamente criando; não se deve nem mesmo dizer que ele está criando a si mesmo, pois não existe nenhum "eu", existe apenas movimento. Esse é o cerne do Romantismo.

Finalmente, algo deve ser dito sobre as consequências do Romantismo nos dias de hoje. É certo que o movimento teve consequências, em altíssimo grau, embora tenha sido recebido por algumas forças contrárias que, em certa medida, atenuaram o golpe.

Seja o que for que se diga sobre o Romantismo, não há dúvida de que ele tocou em algo que o classicismo havia deixado de fora, nessas forças obscuras inconscientes, no fato de que a descrição clássica dos homens, assim como a descrição dos homens feita por cientistas ou homens influenciados pela ciência, como

Helvétius, James Mill, H. G. Wells, Bernard Shaw ou Bertrand Russell, não captura o homem por inteiro. O Romantismo reconheceu que havia certos aspectos da existência humana, em particular os aspectos interiores da vida humana, que ficavam totalmente excluídos, de modo que a imagem era violentamente distorcida. Um dos movimentos aos quais o Romantismo levou no presente é o chamado movimento existencialista na França, sobre o qual eu gostaria de dizer algumas palavras, pois o existencialismo me parece ser um herdeiro do Romantismo, e o mais verdadeiro.

A grande conquista do Romantismo, que tomei como ponto de partida, foi que, ao contrário da maioria dos outros grandes movimentos da história da humanidade, ele conseguiu transformar certos valores nossos em um grau muito profundo. E foi isso que tornou possível o existencialismo. Primeiro direi algo sobre esses valores, e então tentarei mostrar como o Romantismo penetra essa filosofia moderna e como ele entra também em certos outros fenômenos da vida moderna, tais como a teoria emotiva da ética e o fascismo, ambos profundamente influenciados por ele.

Já indiquei — mas devo agora dar maior ênfase ao fato — que um novo conjunto de virtudes apareceu com o movimento romântico. Uma vez que somos vontade, e uma vez que devemos ser livres no sentido kantiano ou fichtiano, os motivos contam mais que as consequências, pois as consequências não podem ser controladas, mas os motivos, sim. Uma vez que devemos ser livres, e uma vez que temos de ser nós mesmos ao máximo grau possível, a grande virtude — a maior virtude de todas — é o que os existencialistas chamam de autenticidade e os românticos chamavam de sinceridade. Como já tentei dizer antes, isso é novo: não creio que, no século 17, se houvesse um conflito religioso entre um protestante e um católico, seria possível para o católico dizer: "O protestante é um herege condenável e está levando almas à perdição, mas o fato de que ele é sincero o eleva, em minha opinião. O fato de que ele é sincero, que está preparado para dar a vida pelo absurdo em que ele acredita, é um fato moralmente nobre. Qualquer homem íntegro, qualquer um que esteja disposto a sacrificar-se em qualquer altar, aconteça o que acontecer, tem uma personalidade moral que é digna de respeito, por mais detestáveis ou falsos que sejam os ideais aos quais ele dobra os joelhos". A noção de idealismo é nova. Idealismo significa que você respeita pessoas que estão prontas para abrir mão de saúde, riqueza, popularidade, poder, todo tipo de coisas desejáveis que suas emoções exigem, para abandonar aquilo que elas mesmas não conseguem controlar, aquilo que Kant chamou de fatores externos, as emoções que também fazem parte do mundo psicológico ou físico — estão prontas para deixar tudo isso de lado por causa de algo com que realmente se identificam, seja lá o que for. A concepção de que o idealismo é uma coisa boa e o realismo é ruim — de que, se eu disser que sou um tipo mais ou menos realista, isso quer dizer que estou prestes a dizer uma mentira ou fazer algo peculiarmente inferior — é resultado do movimento romântico. A sinceridade se torna uma virtude em si mesma.

É isso que está no cerne da coisa toda. O fato de que há admiração, a partir dos anos 1820, pelas minorias como tais, pela rebeldia como tal, pelo fracasso como sendo mais nobre, em certos aspectos, do que o sucesso, por todo tipo de oposição à realidade, por assumir posições de princípio em que o próprio princípio pode ser absurdo; o fato de que isso não é visto com o mesmo tipo de desprezo com que você olha um homem que diga que duas vezes dois é sete, o que também é um princípio, mas que, mesmo assim, você sabe que é a afirmação de algo falso — isso é significativo. O que o Romantismo fez foi minar a ideia de que, em matéria de valores, política, moral, estética, existem critérios objetivos que funcionam entre os seres humanos, de modo que qualquer um que não use esses critérios é simplesmente um mentiroso ou um louco, o que é verdade quando se fala de matemática ou de física. Essa divisão entre um âmbito no qual vale a verdade objetiva — na matemática, na física, em certas regiões do bom-senso — e outro no qual a verdade objetiva foi comprometida — na ética, na estética e no resto — é nova e criou uma nova atitude perante a vida. Se essa atitude é boa ou ruim, não vou opinar.

Isso aparece se nos perguntarmos que tipo de avaliação moral devemos fazer de certos personagens históricos. Em primeiro lugar, podemos examinar figuras utilitárias, por assim dizer, que trouxeram benefícios à humanidade, como Frederico, o Grande, ou Kemal Paxá. Podemos julgar que seu caráter pessoal não foi irrepreensível e que eles foram, talvez, em determinados aspectos, duros de coração, brutais ou cruéis, ou nem um pouco livres de certos impulsos que os seres humanos em geral desaprovam. Ao mesmo tempo, não há dúvida de que eles melhoraram a vida de seu povo, foram competentes, foram eficientes, elevaram o nível de vida, criaram grandes organizações duradouras e têm sido a fonte de muita satisfação, força e felicidade de numerosas pessoas. Agora, suponhamos que os comparemos com alguém que obviamente causou sofrimento, como Jan van Leiden, o líder anabatista que provocou a ocorrência de canibalismo na cidade de Münster e causou o assassinato de numerosas pessoas por causa de sua religião apocalíptica, ou Torquemada, que destruiu um número enorme de pessoas, as quais hoje devemos considerar inocentes, pelo bem de suas almas, pelo mais puro motivo possível. Qual dessas pessoas deve receber avaliação mais elevada? No século 18 não haveria nenhuma dúvida. É certo que Frederico, o Grande, está acima de um religioso louco. Hoje, porém, as pessoas sofreriam com certas dúvidas, pois julgam que o idealismo, a sinceridade, a dedicação, a pureza de coração, a pureza da mente são qualidades preferíveis à corrupção, à maldade, ao calculismo, ao egoísmo, à falsidade, ao desejo de explorar os outros para benefício próprio, traços de que esses grandes fundadores de Estados eram, sem dúvida, culpados.

Portanto, somos filhos de ambos os mundos. Até certo ponto, somos herdeiros do Romantismo, porque ele quebrou esse grande molde único que a humanidade, de uma forma ou de outra, tinha adotado até então, a *philosophia perennis*.* Depois dele, passamos a ser produtos de certas dúvidas — nem sempre podemos ter certeza sobre as coisas. Valorizamos as consequências, e também as motivações, e oscilamos entre as duas coisas. Às vezes isso leva muito longe, como ocorreu com Hitler, e não julgamos que sua sinceridade é, necessariamente, uma qualidade salvadora, embora na década de 1930 isso tenha sido muito citado em seu favor. A pessoa pode ir mesmo muito longe, mas, se o fizer, desrespeitará valores extremamente universais. Assim, continuamos sendo membros de alguma tradição unificada, porém agora o campo dentro do qual oscilamos livremente, a nossa aceitação da tolerância, é maior do que nunca. E a responsabilidade por isso cabe, em grande parte, ao movimento romântico, na medida em que pregava a incompatibilidade dos ideais, a importância da motivação, a importância do caráter ou, pelo menos, das intenções em relação às consequências, à eficiência, aos efeitos, à felicidade, ao sucesso e à posição no mundo. A felicidade não é um ideal, disse Hölderlin; a felicidade é "água tépida sobre a língua";[20] e Nietzsche disse: "O homem não busca a felicidade, apenas os ingleses a desejam".[21] Sentimentos desse tipo mereceriam risos nos séculos 17 ou 18. E, se

* Filosofia perene.

hoje não são motivo de riso, isso talvez seja um produto direto do movimento romântico.

O sermão central do existencialismo é essencialmente romântico, ou seja, que não há nada no mundo onde possamos nos apoiar. Suponhamos que você tente explicar sua conduta e diga *"C'est plus fort que moi"* — é mais forte do que eu, a emoção tomou conta de mim. Ou então que há certos princípios objetivos e, embora os odeie, devo submeter-me a eles; ou que recebi ordens de uma instituição eterna ou divina, ou que é objetivamente válida, e, embora eu não goste dela, como ela deu uma ordem — sendo "ela" as leis da economia, ou do Ministério do Interior, ou seja lá o que for —, ela tem direito a minha obediência. Uma vez que você começa a fazer isso, estará simplesmente usando álibis. Estará simplesmente fingindo que não está tomando decisões, quando, na verdade, você decidiu, mas não quer enfrentar as consequências do fato de que foi você quem decidiu.

Mesmo quando você diz: sou em parte inconsciente, sou o produto de forças inconscientes, não posso evitar, tenho um complexo, não é minha culpa, sou impelido, é porque meu pai era cruel com minha mãe que sou hoje o monstro que sou — isso, segundo o existencialismo (que provavelmente tem razão nesse ponto), é uma tentativa de conseguir favores ou simpatia transferindo o peso da responsabilidade por seus atos, na execução dos quais você é inteiramente livre, para algo objetivo, e não importa se é uma organização política ou uma doutrina psicológica. Você está tentando tirar a responsabilidade de seus ombros (porque é você quem toma as decisões) e passá-la para outro lugar. Uma vez que você diz que é um monstro — e não se importa de ser um monstro, evidentemente —, isso passa a ser uma aceitação complacente de algo que você sabe que é maligno, mas do qual você retira a maldição ao dizer: não sou eu o responsável, é a sociedade; somos todos determinados, não podemos evitar, existe uma causalidade que permeia o mundo, e sou apenas o instrumento de forças poderosas que não posso impedir de me tornarem mau, assim como não posso impedi-las de tornar você bom; você não merece elogios por ser bom, nem eu devo ser condenado por ser mau; nenhum de nós dois pode evitar seu destino; somos simplesmente fragmentos de um enorme processo causal.

Sartre, com certa justiça, ecoa a visão de Fichte, ecoa a visão de Kant, de quem tudo isso provém, em última instância, ao dizer que isso é ou cometer autoengano, ou então enganar os outros deliberadamente. E os existencialistas vão mais longe. Eles rejeitam a própria noção de uma estrutura metafísica do Universo, a própria noção de teologia ou metafísica, a tentativa de dizer que certas coisas têm uma essência (o que significa apenas que as coisas são o que são por necessidade), que chegamos a um mundo dotado de certa estrutura que não pode ser alterada — uma estrutura física, uma estrutura química, uma estrutura social, uma estrutura psicológica e uma estrutura metafísica e teológica, com Deus no topo dessa grande criação e as amebas lá embaixo, ou o que quer que você acredite. Isso nada mais é do que uma tentativa patética do ser humano de se sentir em casa no mundo criando enormes fantasias acolhedoras, é ver o mundo de maneira a poder se encaixar nele mais confortavelmente e não ter de enfrentar a perspectiva terrível de tomar sobre os próprios ombros a responsabilidade total por todos os seus atos. Quando ele dá razões para fazer o que faz, quando diz: "Fiz isso por causa daquilo, a fim de atingir tal finalidade", e você pergunta: "Mas por que você deve buscar essa finalidade, em particular?", e ele responde: "Porque é objetivamente certo", também isso para o existencialista é uma tentativa de transferir a responsabilidade pelo que deveria ser uma livre escolha no vácuo para algo que não é seu, algo que é objetivo — a lei natural, as palavras dos sábios, os pronunciamentos dos livros sagrados, os pronunciamentos dos cientistas em um laboratório, o que os psicólogos e sociólogos dizem, o que os políticos ou economistas declaram; não eu, e sim eles. Isso é considerado uma tentativa de descartar a responsabilidade e cegar-se, desnecessariamente, para o fato de que o Universo é, na realidade, uma espécie de vazio — é isso que se entende quando o chamamos de absurdo — no qual você, e apenas você, existe, e você faz o que quer que haja para fazer, e é responsável por fazer o que faz, e não pode alegar atenuantes. Todas as desculpas são falsas e todas as explicações são apenas desculpas; e isso pode muito bem ser encarado por um homem que seja corajoso e trágico o bastante para encarar a realidade como deveria. Esse é o sermão estoico do existencialismo, e ele deriva diretamente do Romantismo.

Alguns românticos decerto foram longe demais. Isso pode ser ilustrado pelo exemplo extraordinário de Max Stirner, que talvez possa mostrar o que há, afinal, de valioso no Romantismo, mesmo para nós hoje. Stirner era um professor alemão hegeliano que argumentou, com toda a razão, o seguinte. Os românticos estão totalmente certos ao supor que é um erro pensar que as instituições são eternas. As instituições são criadas livremente pelos seres humanos para o benefício de outros seres humanos e, com o tempo, ficam desgastadas. Quando, pois, observando-as do ponto de vista do presente, vemos que estão desgastadas, precisamos aboli-las e implantar novas instituições, livremente constituídas por nossa própria vontade indomável. Isso não é verdade apenas em relação às instituições políticas, às instituições econômicas ou a outras instituições públicas; também é verdade em relação às doutrinas. As doutrinas igualmente podem ser um peso terrível sobre nós, temíveis cadeias e tiranias que nos subjugam a todo tipo de ideias que o presente ou nossas próprias vontades já não desejam. Portanto, também as teorias devem ser explodidas; qualquer teoria geral — hegelianismo, marxismo — é, em si mesma, uma medonha forma de despotismo, que alega ter uma validade objetiva para além da escolha individual do homem. Isso não pode estar certo, pois nos limita e nos restringe, e limita nossa livre atividade. Mas, se isso é verdade acerca das doutrinas, será igualmente verdade acerca de todas as proposições gerais; e, se é verdade para todas as proposições gerais, então — e esse é o último passo, que alguns românticos certamente deram — é verdade também para todas as palavras, pois todas as palavras são gerais, todas elas classificam. Se eu uso a palavra "amarelo", quero dizer com ela a mesma coisa que quis dizer com ela ontem e a mesma coisa que você vai querer dizer com ela amanhã. No entanto, esse é um terrível jugo, é um temível despotismo. Ora, por que a palavra "amarelo" haveria de significar a mesma coisa agora e amanhã? Por que não posso alterá-la? Por que duas vezes dois são sempre quatro? Por que as palavras devem ser uniformes? Por que não posso fazer meu próprio Universo cada vez que eu começar? Mas, se eu fizer isso, se não houver um simbolismo sistemático, então não conseguirei pensar. E, se eu não conseguir pensar, vou ficar louco.

Para lhe fazer justiça, Stirner realmente ficou louco. Ele terminou sua vida, em 1856, de uma forma muito honrosa e coerente, em um hospício, como um louco totalmente inofensivo e pacífico.

Algo desse tipo também fervilhava na mente de Nietzsche, um pensador muito superior, mas que em certos aspectos se assemelha a Stirner. Disso se pode tirar uma moral, qual seja: enquanto vivemos em sociedade, nós nos comunicamos. Se não nos comunicássemos, nem seríamos homens. Parte do que queremos dizer com "ser humano" é que tal ser tem de compreender o que dizemos a ele, pelo menos em parte. Nesse sentido, então, deve haver uma linguagem comum, uma comunicação comum e, até certo ponto, valores comuns; caso contrário, não haverá inteligibilidade entre os seres humanos. Um ser humano que não consegue entender o que qualquer outro ser humano diz quase não é um ser humano; dele se diz que é anormal. Na medida em que há normalidade e há comunicação, existem valores comuns. Na medida em que há valores comuns, é impossível dizer que tudo deve ser criado por mim; que, se eu encontrar algo já dado, devo arrebentá-lo; que, se eu encontrar algo estruturado, devo destruí-lo, a fim de dar livre curso a minha imaginação desenfreada. Nesse aspecto, o Romantismo, se levado a sua conclusão lógica, de fato termina em um tipo de loucura.

O fascismo também é herdeiro do Romantismo, não porque seja irracional — muitos movimentos já o foram —, nem por acreditar nas elites — muitos movimentos já mantiveram essa crença. A razão pela qual o fascismo deve algo ao Romantismo é, novamente, a noção da vontade imprevisível, seja de um homem ou de um grupo, que segue avante de uma forma que é impossível organizar, prever, racionalizar. Aí está todo o coração do fascismo: o que o líder dirá no dia seguinte, de que modo o espírito nos impelirá, para onde iremos, o que devemos fazer — isso não se pode prever. A autoafirmação histérica e a destruição niilista das instituições existentes porque limitam a vontade ilimitada, que é a única coisa que conta para os seres humanos; a pessoa superior que esmaga o inferior porque sua vontade é mais forte; isso é herança direta — em uma forma extremamente distorcida e deturpada, sem dúvida, mas, mesmo assim, é uma herança — do movimento romântico; e essa herança tem desempenhado um papel extremamente poderoso em nossa vida.

O movimento todo, na verdade, é uma tentativa de impor um modelo estético sobre a realidade, de dizer que tudo deve obedecer às regras da arte. De fato, para os artistas talvez algumas afirmações do Romantismo possam parecer muito válidas.

Mas a tentativa delas de converter a vida em arte pressupõe que os seres humanos são coisas, são simplesmente uma espécie de material, tal como as tintas ou os sons são tipos de materiais; e, na medida em que isso não é verdade, na medida em que os seres humanos, a fim de se comunicarem uns com os outros, são forçados a reconhecer certos valores em comum, certos fatos em comum, a viver em um mundo em comum, na medida em que nem tudo o que a ciência diz é absurdo, nem tudo o que o bom senso diz é falso — pois dizer isso é, por si só, uma proposição autocontraditória e absurda —, o Romantismo, em sua forma completa, e até mesmo suas ramificações, na forma tanto do existencialismo como do fascismo, me parece ser falacioso.

O que podemos dizer que devemos ao Romantismo? Muita coisa. Devemos ao Romantismo a noção da liberdade do artista e o fato de que nem ele, nem os seres humanos em geral podem ser explicados por noções simplistas, como as que predominavam no século 18 e como ainda são enunciadas por analistas excessivamente racionais e científicos, seja em relação aos seres humanos ou aos grupos. Também devemos ao Romantismo a ideia de que uma resposta unificada quanto aos assuntos humanos provavelmente será ruinosa; que, se você realmente acredita que há uma única solução para todos os males humanos e que você deve impor essa solução a qualquer custo, você provavelmente se tornará um tirano violento e despótico em nome de sua solução, pois seu desejo de remover todos os obstáculos a ela vai acabar destruindo as criaturas que você pretende beneficiar ao oferecer a solução. A visão de que há muitos valores e que eles são incompatíveis; toda a noção de pluralidade, de inesgotabilidade, da imperfeição de todas as respostas e arranjos humanos; a ideia de que nenhuma resposta que afirme ser perfeita e verdadeira, seja na arte ou na vida, pode, em princípio, ser perfeita ou verdadeira — tudo isso devemos aos românticos.

Como resultado, surge uma situação bastante peculiar. Aqui estão os românticos, cujo principal fardo é destruir a vida comum tolerante, destruir a mediocridade burguesa, destruir o bom senso, destruir as ocupações pacíficas dos homens, elevar todos a um nível apaixonado de experiência autoexpressiva, de um tipo que talvez apenas as divindades, em obras mais antigas da literatura, deveriam manifestar. Esse é o sermão ostensivo, o propósito ostensivo do Romantismo, seja entre os alemães ou em Byron, seja entre os franceses ou em quem quer que seja; e, contudo, como resultado de deixar clara a existência de uma pluralidade de valores, como resultado de atacar a noção do ideal clássico, da resposta única a todas as perguntas, da possibilidade de racionalizar tudo, de responder a todas as perguntas, de toda uma concepção da vida como um quebra-cabeça, eles ressaltaram e enfatizaram a incompatibilidade dos ideais humanos. Mas, se esses ideais são incompatíveis, então os seres humanos, mais cedo ou mais tarde, percebem que precisam conseguir fazer as coisas de algum jeito, precisam fazer concessões, pois, se tentarem destruir os outros, os outros tentarão destruí-los; e assim, como resultado dessa doutrina ardente, fanática, meio insana, passamos a apreciar a necessidade de tolerar os outros, a necessidade de preservar um equilíbrio imperfeito nos assuntos humanos, a impossibilidade de empurrar os seres humanos para dentro do curral que criamos para eles ou obrigá-los a se conformar com aquela solução única, aquela que nos possui; eles acabarão por se revoltar contra nós ou, de todo modo, serão esmagados por essa solução única.

Assim, o resultado do Romantismo é o liberalismo, a tolerância, a decência e a apreciação das imperfeições da vida; algum aumento na autocompreensão racional. Isso, aliás, estava muito longe das intenções dos românticos. Mas, ao mesmo tempo — e, nessa medida, a doutrina romântica é verdadeira —, eles são as pessoas que mais destacavam a imprevisibilidade de todas as atividades humanas. No fim, o tiro saiu pela culatra. Ao mirarem uma coisa, eles produziram, felizmente para todos nós, quase exatamente o oposto.

APÊNDICE

Algumas cartas sobre as conferências

A primeira das cartas a seguir é uma resposta aos pedidos de Huntington Cairns* e John Walker** para que Berlin assuma um compromisso definitivo de ministrar as Conferências Mellon em 1964 ou 1965.

Para John Walker
19 de dezembro de 1960
Headington House, Oxford

Caro Johnnie,

Eu deveria, naturalmente, ter respondido há muito tempo. Farei isso agora mesmo. Não tenho certeza absoluta de que consigo cumprir todas as condições acerca de entregar o manuscrito etc., mas posso prometer um livro. Quanto a David [Cecil],*** você pergunta se eu poderia trocar com ele e ir em

---

* Huntington Cairns (1904-1985), secretário tesoureiro e diretor jurídico da National Gallery of Art (NGA) de Washington, DC, de 1943 a 1965.

** John Walker (1906-1995), amigo pessoal de Berlin; diretor da NGA de 1956 a 1969.

*** Lord David Cecil (1902-1986), *fellow* do New College, Oxford, de 1939 a 1969 e professor de literatura inglesa da Goldsmiths, Universidade de Londres,

1964, mas não posso — quanto mais cedo, mais aterrorizante; ele não tem certeza se poderia ir em 1964, e, portanto, você talvez tenha de contratá-lo para 1966! No entanto, deixo isso a cargo de vocês dois. Ambos são excelentes missivistas e a correspondência poderia ser histórica. [...]

Seu, carinhosamente

Isaiah

21 de dezembro de 1964

All Souls College, Oxford

Caro Johnnie,

[...] Quanto às palestras, me sinto aterrorizado, e com razão. Se alguma condição técnica impedisse as palestras de se realizarem em 1965, ah, como seria providencial! Nem uma palavra está escrita ainda, nada de anotações coerentes, Deus sabe o que vai acontecer — creio que vai ocorrer um desastre lá pela metade. Quero adverti-lo, foi uma péssima escolha que você fez; nós dois somos igualmente culpados — você por me convidar, e eu por aceitar —, mas meu crime é maior, pois sua escolha foi estimulada por uma fé infundada, e a minha, pela frivolidade e pela vaidade. [...] Perdoe-me por parecer tão nervoso: David Cecil, que tem um ano inteiro pela frente, e até mais, também parece estar assim. Oh, que fazer?

Cordialmente,

Isaiah [...]

→ a partir de 1948; em 1966 proferiu as Conferências Mellon *Dreamer or Visionary: A Study of English Romantic Painting*, publicadas como *Visionary and Dreamer — Two Poetic Painters: Samuel Palmer e Edward Burne-Jones* (Princeton/Londres, 1969).

A carta a seguir é destinada à produtora de origem russa Helen Rapp, da BBC, que conhecia Berlin e lhe tinha escrito sobre a possibilidade de transmitir suas Conferências Mellon no Third Programme, *da rádio BBC.*

Para Helen Rapp
8 de janeiro de 1965

Headington House

Cara sra. Rapp,

Que maravilha para mim, que horrível para vocês! A senhora pode não saber, mas sou um cliente que causa muitos problemas, como a pobre srta. Kallin* aprendeu a duras penas. Minhas palestras não estão formuladas por escrito, é claro — nem sequer existem anotações. No momento estou trabalhando como louco para elaborar uma concepção básica do que as seis palestras devem ser — parece que uma delas deve ser dada no domingo de Páscoa, já que cada palestra será em um domingo; se isso for impossível, não sei o que vai acontecer; duvido que eles me deixem dar apenas cinco, embora eu bem que gostaria. Quanto menos eu falo em público, mais fico satisfeito. De todo modo, ainda não há nada, lamento dizer; e tudo o que se pode esperar, na melhor das hipóteses, é um conjunto de lamentáveis fitas gravadas: tenho certeza de que não terão uso e talvez eu tenha de fazer a coisa toda outra vez, ou então vamos apenas decidir cancelar tudo em relação à BBC — a senhora está observando os sintomas de paranoia e de "tribulação"? Aqui estou eu, sentado aqui neste momento, tentando ler livros, mesmo neste último momento, sobre o

---

* Anna Kallin (1896-1984), nascida na Rússia, produtora da rádio BBC, a força motriz do *Third Programme*; produtora de Isaiah Berlin de 1946 a 1964.

assunto, a respeito do qual sei muito pouco para apresentar em Washington ou em qualquer outro lugar.

[...] Quando estiver em Londres, com certeza vou lhe telefonar, ou mesmo antes de chegar, só para avisá-la do transtorno que está por vir. Terei enorme prazer em tudo isso, tenho certeza — não as palestras, é claro, que são o inferno, mas a cooperação com a senhora: quanto a suas reações, se nossas boas relações não cederem sob o peso de tudo isso, a senhora será uma santa, realmente.

Cordialmente, sempre,

Isaiah B.

Para John Walker
31 de janeiro de 1965

Headington House

Caro Johnnie,

[...] obrigado por seu convite para almoçar no primeiro domingo, mas devo ser uma péssima companhia (nunca esquecerei minha total incapacidade de me comunicar com a sra. Kennedy na Casa Branca antes daquela famosa palestra).*
Depois da palestra, o que você quiser, mas, antes, é melhor me deixar sozinho com a pobre Aline, que vai ter de aguentar o impacto de tudo isso. Estou cada vez mais em pânico cada dia que passa. [...]

Cordialmente,

Isaiah

---

* Em 1962, Berlin deu uma palestra para o grupo de discussão Hickory Hill, de Robert Kennedy, na Casa Branca (excepcionalmente). Era uma versão inicial de "Artistic Commitment: A Russian Legacy", publicado em *The Sense of Reality: Studies in Ideas and Their History* (edição de Henry Hardy, Londres, 1996).

28 de fevereiro de 1965
{Entre chaves são indicados acréscimos manuscritos feitos pelo autor}

All Souls

Caro Johnnie,

Só mais uma coisa: é melhor chamar as palestras (e o livro) de {É minha opção, definitivamente, IB} "Fontes do pensamento romântico". "Raízes" é muito ambicioso, e há outras objeções, sobre as quais posso lhe falar.* Se eu falar sobre "raízes", creio que precisarei voltar para Platão, Plotino, os trovadores e Deus sabe mais o quê; talvez "fontes" implique isso também? Se assim for, seria melhor chamá-las de "A ascensão do Romantismo"? Prefiro esse nome a "A revolução romântica" (que, aliás, já foi usado por outra pessoa) ou "A revolta romântica" ou "Rebelião" ou "Impacto" — qualquer que seja o nome que você dê, vai dar certo em relação às palestras; suponho que estou pensando, realmente, no livro. Talvez um desses títulos horríveis como "Prometeu: um estudo sobre a ascensão do Romantismo no século 18" seja melhor {Não! Sou contra!} — deixo isso por sua conta.

Cordialmente,

Isaiah

{PS [...] Cheia de sinais de neurose, esta carta — pior que Marion F[rankfurter]...}**

---

* Ver p. 11.

** Marion Frankfurter (1890-1975), esposa de Felix Frankfurter, que havia morrido recentemente. Ela sofria de crises periódicas de depressão, e fatores psicológicos podem ter se combinado com a artrite para confiná-la ao leito em seus últimos vinte anos de vida.

9 de março de 1965

Headington House

Caro Johnnie,

[...] Recebi duas cartas chamando minha atenção para um artigo "muito desagradável" no *Washington Post*, informando ao mundo que sofro de um "impedimento de fala" e que, portanto, você e Huntington Cairns acham que eu não seria facilmente inteligível para o público, ou algo assim {Eu não *vi* o artigo}.[*] Vou apresentar uma queixa a Kay,[**] que simplesmente vai me achar maçante; {Será que posso processar por danos? Justificando que a Universidade de, digamos, Honolulu poderia hesitar em me contratar? Quanto um júri ordenaria que me fosse pago? Você dividiria comigo?} e peço a você encarecidamente que não deixe os jornalistas chegarem à porta; solte os cães em cima deles, se necessário: estou preparado para suportar a ira deles. Tenho certeza de que qualquer coisa que você possa ter dito foi distorcida etc. Enfim, estou em um estado em que nada poderia me derrubar ainda mais, e aceito essas coisas com uma indiferença como a do hediondo Lázaro.

Cordialmente,

Isaiah

---

[*] A coluna de Maxine Cheshire no *Washington Post* em 28 de fevereiro de 1965 (ver p. 8) relatava que Berlin estava "sofrendo de um ligeiro impedimento de fala [...]. Aqueles que o conhecem bem, incluindo John Walker, da National Gallery, e Huntington Cairns, estão preparados para a possibilidade de que algumas pessoas só saberão o que ele disse quando suas palestras saírem mais tarde em um volume encadernado".

[**] Katharine Graham (1917-2001), então no comando da Washington Post Co. e *publisher* do *Washington Post*.

Para Helen Rapp
13 de setembro de 1965

Headington House

Cara Helen,

Muito obrigado por sua carta, a qual compreendo perfeitamente. Estou aqui de hoje até amanhã apenas — não creio que vou suportar ouvir as fitas e fazer anotações em momentos em que digo coisas terríveis. Creio que realmente vou ter de ler a transcrição. Então, se a senhora não puder transcrevê-las sozinha, o que compreendo perfeitamente, talvez alguém possa fazê-lo — mesmo que lentamente, com todo o prazo necessário. [...] Se isso puder ser feito em algum momento, então talvez, com essa "partitura" a minha frente, eu consiga ouvir as fitas e preencher as lacunas que a pessoa que transcrever provavelmente vai deixar, e corrigir o que foi transcrito errado. Feito isso, poderíamos então pensar no que fazer a seguir. Tenho certeza de que arremessar diretamente na cabeça do público britânico o que foi dito a esse público de Washington *não* teria um efeito muito bom. E, quanto à emissora americana, talvez eu realmente tenha dado permissão para a WAMU[*] (decerto não me lembro de nada disso), mas tenho certeza de que ninguém ouviu, e, de todo modo, eu me importo muito menos com o que acontece nos Estados Unidos do que com o que acontece aqui. Isso pode ser chauvinista e totalmente equivocado, mas julgo que é profundamente verdadeiro; portanto, por favor, peça ao sr. Newby[**] — se de fato esse é o homem — que me forneça as transcrições dentro do prazo que lhe for conveniente.

---

[*] WAMU-FM, rádio educativa dos Estados Unidos cujas iniciais indicam sua licenciadora, a Washington American University. Berlin tinha realmente autorizado a emissora a transmitir as palestras, o que ocorreu em junho e julho de 1965.

[**] P. H[oward] Newby (1918-1997), diretor do *Third Programme*, da BBC, de 1958 a 1969.

A srta. Kallin costumava fazer isso para mim e tenho certeza de que não está além dos recursos da BBC.

Espero que tudo lhe corra muito bem.

Atenciosamente,

Isaiah B.

Para Isaiah Berlin
8 de dezembro de 1965 [*telegrama*]

BBC

QUERIDO ISAIAH FICARIA GRATA POR DECISÃO SOBRE CONFERÊNCIAS MELLON PONTO ESPERO QUE SEJA POSITIVA = HELEN RAPP +

Para Helen Rapp
sem data [*telegrama*]

Nova York

NÃO AGUENTO LER ALÉM SEGUNDA PALESTRA CORRIGIDA MAS SE VOCÊ REALMENTE ACHA QUE NÃO VAI PROVOCAR RESENHAS CRÍTICAS ANTECIPADAS DOS OUVINTES PODE SOLTÁ-LAS MAS POR FAVOR POR FAVOR QUANDO EU ESTIVER EM VIAGEM PONTO VOLTO SEGUNDA-FEIRA
ISAIAH

Para P. H. Newby
20 de setembro de 1966

Headington House

Caro sr. Newby,

Muito obrigado por sua carta. O senhor sabe da agonia pela

qual passei até concordar, por tão pouco apreciar o conteúdo e a forma de minhas palestras; o fato de que elas não foram muito mal recebidas foi um bálsamo para minhas feridas, na maior parte autoinfligidas. Suas palavras me dão muito orgulho e me reconfortam, e lhe sou muito grato por elas. Estou espantado por saber que houve pessoas que de fato ouviram as palestras, e cartas de fãs que recebi me tocaram profundamente. Apenas uma carta levemente ofensiva disse, com alguma justiça, que não houve muita reflexão na elaboração dessas palestras — apenas muita leitura e muita frequência à ópera. Isso talvez seja injusto, mas contém algo de plausível que me perturba um pouco.

A carta mais comovente veio de Edimburgo, de um homem que disse que estava pronto para se levantar às três horas de uma madrugada gelada de inverno — o nome do sr./da sra./da srta. Fenton provavelmente estará gravado em meu coração quando eu morrer. (Também fiquei muitíssimo satisfeito ao ver que figuras tão terrivelmente exigentes e independentes como David Sylvester e, privadamente, Stokes não pensaram muito mal de minhas palestras. Na verdade, os críticos foram muito afáveis, e fico tão feliz por qualquer elogio — como todo mundo sempre fica — que gostaria de poder agradecer-lhes suas palavras, agora que não se pode suspeitar de nenhuma influência indevida. Como se faz isso? Não vou fazer nada e talvez deixe isso por sua conta. Creio que eles saberão como estou grato.) Mas ao senhor devo minha maior gratidão, pois, sem seu incentivo e sua fé irracional nesse empreendimento, eu nunca teria considerado a possibilidade de soltar esse enorme fluxo de palavras — mais de seis horas de fala agitada, em certos pontos incoerente, apressada, ofegante e até histérica a meus ouvidos.

Muito obrigado mesmo.

Cordialmente,

Isaiah B.

Para Helen Rapp
21 de setembro de 1966

Headington House

Cara Елена,*
　　Tenho uma grande dívida de gratidão com você, como você
bem sabe, e lhe sou muitíssimo grato. Na verdade, as coisas
correram melhor do que eu ousaria esperar, e fiquei imensamente lisonjeado com o que os críticos disseram, em particular
David Sylvester, cuja opinião valorizo muito. Realmente não
sei muito sobre os outros, mas todos eles foram tão educados
e tão gentis que fiquei comovido, como qualquer um ficaria,
com tanta amabilidade e simpatia por minhas ideias. [...]
　　Obrigado mais uma vez, agradeço muito, mesmo, por tudo.
Cordialmente,
Isaiah

---

* Helena, em caracteres russos.

Notas

PREFÁCIO [PP. 9-20]

1. Butler, Joseph. *Fifteen Sermons Preached at the Rolls Chapel: To Which Is Added a Preface*. Londres, 1729, p. XXIX.

2. Berlin, Isaiah. "Two Concepts of Liberty" (1958). In: *Liberty*. Edição de Henry Hardy. Oxford University Press, 2002, p. 172.

3. Carta de 20 de setembro de 1966; ver pp. 216-7.

4. No prefácio escrito em 1994 especialmente para a edição alemã de *O Mago do Norte*; ver Berlin, Isaiah. *Der Magus in Norden*. Berlim, 1995, p. 14. O texto original em inglês desse prefácio foi depois publicado em: Berlin, Isaiah. *Three Critics of the Enlightenment: Vico, Hamann, Herder*. Londres/Princeton, 2000; para essa observação, ver p. 252 do referido volume.

EM BUSCA DE UMA DEFINIÇÃO [PP. 21-45]

1. Frye, Northrop. "The Drunken Boat: The Revolutionary Element in Romanticism". In: *Romanticism Reconsidered: Selected Papers from the English Institute*. Nova York/Londres, 1963, p. 1.

2. Salmo 114:1, 3-4, 7.

3. Virgílio. *Écloga* 3, verso 60. Cf. Aratus. *Phaenomena* 2-4.

4. Seillière, Ernest. *Les Origines romanesques de la morale et de la politique romantiques*. Paris, 1920, esp. seção 2 da introdução (pp. 49 ss.) e cap. 1.

5. Guizot, François. *Mémoires pour servir à l'histoire de mon temps*. Paris, 1858,

v. 1, p. 6. "*Celui qui n'a pas vécu au dix-huitième siècle avant la Révolution ne connaît pas la douceur de vivre.*" ["Quem não viveu no século 18 antes da Revolução não conhece a doçura de viver."]

6. Carlyle, Thomas. "The Hero as Prophet". In: *On Heroes, Hero-Worship, and the Heroic in History* (1841). Edição de Michael K. Goldberg et al. Berkeley, 1993, p. 40.

7. Idem, "The Hero as Man of Letters", ibidem, p. 161.

8. Idem, "The Hero as Priest", ibidem, p. 102.

9. Hegel, Georg Wilhelm Friedrich. *Vorlesungen über die Aesthetik* (1835) [Palestras sobre a estética]. In: *Sämtliche Werke* [Obras completas]. Edição de Hermann Glockner. Stuttgart, 1927-51, v. 12-14 passim, v. 12, p. 298, v. 14, pp. 529, 554; *Aesthetics: Lectures on Fine Art*. Tradução para o inglês de T. M. Knox. Oxford, 1975, pp. 220, 1.196, 1.216; não é uma citação exata.

10. Gautier, Théophile. *Mademoiselle de Maupin: double amour* (1835-6). Paris, 1880, prefácio, p. 41.

11. Wordsworth, William. *Lyrical Ballads*. 2. ed. Londres, 1800, prefácio, p. XXXIII.

12. Stendhal. *Racine et Shakespeare*. Paris, 1823, começo do cap. 3.

13. Citado, por exemplo, por: Dumur, Louis. "Les Détracteurs de Jean-Jacques". *Mercure de France*, n. 67, pp. 577-600, maio-jun. 1907.

14. Chateaubriand, François-Auguste. *Itinéraire de Paris à Jérusalem* (1811). Edição de Emile Malakis. Baltimore/Londres, 1946, v. 1, prefácio, p. 71, l. 25.

15. Aynard, Joseph. "Comment définir le romantisme?". *Revue de littérature compare*, n. 5, pp. 641-58, 1925.

16. Lukács, Georg. "The Classical Historical Novel in Struggle with Romanticism". In: *The Historical Novel* (1937). Tradução para o inglês de Hannah e Stanley Mitchell. Londres, 1962, pp. 63-88.

17. Esse é um motivo nacionalista fundamental usado por Barrès (e por autores posteriores que seguiram sua liderança). Uma ocorrência marcante está no título de uma palestra escrita para (mas não proferida) La Patrie Française: Maurice Barrès, *La Terre et les morts (sur quelles réalités fonder la conscience française)* ([Ligue de] La Patrie Française, Troisième Conférence, Paris, 1899). A Ligue de la Patrie Française foi uma associação conservadora extraparlamentar de vida breve, fundada em dezembro de 1898, logo após o Caso Dreyfus, como rival da Liga dos Direitos do Homem, defensora de Dreyfus e considerada "não patriótica".

18. Burke, Edmund. *Reflections on the Revolution in France* (1790). In: Mitchell, L. G. *The French Revolution*. Oxford, 1989, p. 147. (Coleção *The Writings and Speeches of Edmund Burke*, edição de Paul Langford, Oxford, 1981-2015, v. 8.) Aqui Burke descreve a sociedade como "uma parceria não só entre os que

estão vivos, mas também entre os vivos, os mortos e os que ainda não nasceram".

19. Spalding, John Lancaster. "Religion and Art". In: *Essays and Reviews*. Nova York, 1877, p. 328.

20. Lovejoy, Arthur Oncken. "The Meaning of Romanticism for the Historian of Ideas". *Journal of the History of Ideas*, n. 2, pp. 257-78, 1941.

21. Boas, George. "Some Problems of Intellectual History". In: Johns Hopkins History of Ideas Club. *Studies in Intellectual History*. Baltimore, 1953, p. 5.

22. Valéry, Paul. *Cahiers*. Edição de Judith Robinson. Paris, 1973-74, v. 2, pp. 1.220-1 (de um caderno com data de 1931-32).

23. Quiller-Couch, Arthur. "On the Terms Classical and Romantic". *Studies in Literature*, Cambridge, 1918, 1. série, p. 94.

O PRIMEIRO ATAQUE AO ILUMINISMO [PP. 46-76]

1. Fontenelle, Bernard le Bovier. "Préface sur l'utilité des mathématiques et de la physique" (1699). In: *Oeuvres de Fontenelle*. Paris, 1790-92, v. 6, p. 67.

2. Rapin, René. *Les Reflexions sur la poetique de ce temps et sur les ouvrages des poètes anciens et modernes* (1674-75). Edição de E. T. Dubois. Genebra, 1970, prefácio, p. 9.

3. Pope, Alexander. *An Essay on Criticism* [Ensaio sobre a crítica] (1709), ll. 88-9.

4. *"Edle Einfalt"*, *"stille Größe"*. Winckelmann, Johann. *Gedanken über die Nachahmung der griechischen Werke in der Malerei und Bildhauerkunst* [Reflexões sobre a imitação das obras gregas na pintura e na escultura] (1755). In: Eiselein, Joseph (ed.). *Johann Winckelmanns Sämtliche Werke* [Obras completas de Johann Winckelmann]. Donaueschingen, 1825-29, v. 1, p. 30.

5. Bolingbroke, Henry St. John, visconde. *Letters on the Study and Use of History* (1779), carta 2. In: *The Works of Lord Bolingbroke*. Londres, 1844, v. 2, p. 177. Bolingbroke diz acreditar ter lido essa observação em Dionísio de Helicarnasso, e tem razão (ver *Ars Rhetorica*, v. 2, p. 2), só que *Ars Rhetorica* não é mais atribuída a Dionísio. O Pseudo-Dionísio atribui sua versão — "a História é a filosofia por meio dos exemplos" — a Tucídides, mas é, na verdade, uma paráfrase criativa do que Tucídides diz em v. 1, p. 22, l. 3.

6. Montesquieu. *De l'esprit des lois* (1758), liv. 24, cap. 24.

7. Zinzendorf, Nikolaus Ludwig von. *M. Aug. Gottlieb Spangenbergs Apologetische Schluß-Schrift* [...]. Leipzig/Görlitz, 1752; republicado fotograficamente como: Zinzendorf, Nikolaus Ludwig von. *Ergänzungsbände zu*

den Hauptschriften [Volumes suplementares aos escritos principais]. Edição de Erich Beyreuther e Gerhard Meyer. Hildesheim et al., 1964-85, v. 3, p. 181.

8. Ver: Plochmann, Johann Georg; Irmischer, Johann Konrad (Eds.). *Dr Martin Luther's sämmtliche Werke*. Erlangen et al., 1826-57, v. 16, pp. 142, 144, v. 29, p. 241.

9. Carta de Goethe para Hetzler, o Jovem, 14/7/1770. Goethe, Johann Wolfgang von. *Goethes Briefe* [Cartas]. In: *Goethes Werke* [Obras de Goethe]. Weimar, 1887-1919, 1990, v. 1, parte 4, p. 238, ll. 19 ss.

10. Essa referência parece ser uma paráfrase de: Hamann, Johann Georg. *Sämtliche Werke* [Obras completas]. Edição de Joseph Nadler. Viena, 1949-57, v. 2, p. 198, ll. 2-9.

11. Hamann, op. cit., v. 3, p. 225, ll. 3-6.

12. Fonte não encontrada.

13. Goethe. *Aus meinem Leben: Dichtung und Wahrheit* [Da minha vida: poesia e verdade] (1811-33). In: *Goethes Werke*, v. 28, p. 109, ll. 14-6.

14. Idem, ibidem, p. 108, ll. 25-8.

OS VERDADEIROS PAIS DO ROMANTISMO [PP. 77-104]

1. Lavater, Johann Kaspar. *Physiognomische Fragmente, zur Beförderung der Menschenkenntniß und Menschenliebe* [Fragmentos fisionômicos para transmitir o conhecimento da natureza humana e do amor humano]. Leipzig/ Winterthur, 1775-78, passim. Palavras modernas iniciadas por "fisio(g)nom" (por exemplo, "fisionomia") derivam, por compressão de sílabas, etimologicamente inadequada, do grego *"physiognomon"*. De fato, uma edição francesa, que omite o nome do tradutor e que foi supervisionada e revisada por Lavater, intitula-se *Essai sur la physiognomonie* (Haia, [1781]-1803). *Physiognomik*, portanto, significa "julgamento da natureza".

2. Blake, William. *The First Book of Urizen* (1794), prancha 28, ll. 4-7. In: Bentley Jr., G. E. (ed.). *William Blake's Writings*. Oxford, 1978, v. 1, p. 282.

3. Idem, "Auguries of Innocence" (1803), ll. 5-6. In: Bentley, op. cit., v. 2, p. 1.312.

4. Idem, *Songs of Experience* (1789), prancha 51 ("A Little Girl Lost"), ll. 1-4. In: Bentley, op. cit., v. 1, p. 196.

5. Idem, "Lacoon" (c. 1826-27), aforismos 17, 19. In: Bentley, op. cit., v. 1, pp. 665, 666.

6. Diderot, Denis. *Salon de 1765*. Edição de Else Marie Bukdahl e Annette Lorenceau. Paris, 1984, p. 47.

7. Carta de Rousseau para Chrétien-Guillaume de Lamoignon de Malesherbes, 26/1/1762. Rousseau, Jean-Jacques. *Oeuvres complètes*. Edição de Bernard Gagnebin et al. Paris, 1959-95, v. 1, p. 1.141.

8. Fonte não encontrada, mas cf. Hamann, op. cit., v. 2, p. 163, l. 19.

9. Lenz, Jakob Michael Reinhold. "Über Götz von Berlichingen" [Sobre Götz von Berlichingen] (1773). In: *Werke und Briefe in Drei Bänden* [Obras e cartas em três volumes]. Edição de Sigrid Damm. Munique/Viena, 1987, v. 2, p. 638. Tradução livre.

10. Herder, Johann Gottfried. *Sämmtliche Werke* [Obras completas]. Edição de Bernhard Suphan. Berlim, 1877-1913, v. 5, p. 509.

OS ROMÂNTICOS CONTIDOS [PP. 105-36]

1. Rousseau, Jean-Jacques. *Émile*, liv. 2. In: Rousseau, op. cit. (nota 44), v. 4, p. 320.

2. Shaftesbury, Lord. [Anthony Ashley Cooper.] *An Inquiry concerning Virtue, or Merit* (1699), liv. 1, parte 3, § 3. In: *Characteristics of Men, Manners, Opinions, Times*. 2. ed. Londres, 1714, v. 2, p. 55.

3. Kant, Immanuel. "Über den Gemeinspruch: Das mag in der Theorie richtig sein, taugt aber nicht für die Praxis" [Sobre o ditado popular: isso pode ser verdade na teoria, mas não é adequado para a prática] (1793), seção 2. In: *Kant's gesammelte Schriften*. Berlim, 1900-, v. 8, p. 290, ll. 35 ss.

4. Idem, ibidem.

5. Idem, "Von der Freyheit" [Da liberdade]. In: "Bemerkungen zu den Beobachtungen über das Gefühl des Schönen und Erhabenen" [Da liberdade: comentários sobre as observações sobre o sentimento do belo e do sublime] (1764), ibidem, v. 20, p. 94, ll. 1-3.

6. Idem, *Critique of Practical Reason*, ibidem, v. 5, p. 96, l. 15 ("*elender Behelf*").

7. Idem, *Kritik der praktischen Vernunft* [Crítica da razão prática] (1788), parte 1, liv. 1, cap. 3, ibidem, v. 5, p. 97, l. 19.

8. Schiller, Johann Christoph Friedrich von. "Über das Erhabene" [Sobre o sublime] (1801). In: Oellers, Norbert et al. (Eds.). *Schillers Werke: Nationalausgabe*. Weimar, 1943-, v. 21, p. 50, ll. 7-17.

9. Talvez o leitor deva ser avisado de que esse é um breve resumo da teoria complexa (e nem sempre expressa com total clareza) contida na obra de Schiller *Über die ästhetische Erziehung des Menschen* (1795) [edição brasileira: *Cartas sobre a educação estética da humanidade*. Tradução de Roberto Schwarz. 2. ed. São Paulo: EPU, 1992].

10. Tradução livre de texto sobre Fichte em *Entsiklopedicheskii slovar'*. São Petersburgo, 1890-1907, v. 36, p. 50, col. 2; não foi encontrada a fonte em Fichte.

11. Fichte, Johann Gottlieb. *Erste Einleitung in die Wissenschaftslehre* [Primeira introdução à ciência do conhecimento] (1797). In: *Sämtliche Werke* [Obras completas]. Edição de I. H. Fichte. Berlim, 1845-46, v. 1, p. 434.

12. Idem, *Die Bestimmung des Menschen* [O destino do homem] (1800), ibidem, v. 2, p. 263.

13. Idem, ibidem, p. 264.

14. Idem, ibidem, p. 256 (tradução livre).

15. Idem, ibidem, loc. cit. (tradução livre).

16. Idem, ibidem, pp. 264-5 (paráfrase).

17. Royce, Josiah. *The Spirit of Modern Philosophy: An Essay in the Form of Lectures.* Boston/Nova York, 1892, p. 162.

18. *"Frei seyn ist nichts, frei werden ist der Himmel"*, Torquato Tasso. In: Raupach, Ernst. *Tasso's Tod: Trauerspiel in fünf Aufzügen* [A morte de Tasso: tragédia em cinco atos]. Hamburgo, 1835, ato 1, cena 3, p. 56.

19. Fichte, Johann Gottlieb. *Über das Wesen des Gelehrten* [...] [Sobre a natureza do acadêmico] (1806), palestra 4. In: *Sämtliche Werke*, v. 6, p. 383.

O ROMANTISMO DESENFREADO [PP. 137-69]

1. Fichte, Johann Gottlieb. *Reden an die deutsche Nation* [Discursos à nação alemã] (1808), n. 7. In: *Sämtliche Werke*, v. 7, pp. 374-5.

2. Idem, ibidem, loc. cit.

3. Fonte não encontrada (paráfrase?).

4. Não foi encontrada a fonte com essas palavras exatas, que provavelmente derivam de um diálogo entre o herói e Cyane em: Novalis. *Heinrich von Ofterdingen* (1802), parte 2. In: Novalis. *Schriften* [Escritos]. Edição de Richard Samuel e Paul Kluckhorn. Stuttgart, 1960-88, v. 1, p. 325. "Aonde estamos indo, então?", pergunta Heinrich; "Sempre para casa", responde Cyane. Cf. também o fragmento: "A filosofia é, em essência, a saudade de casa. Uma ânsia, sentida em todo lugar, de estar em casa". Idem, ibidem, v. 3, p. 434.

5. Observação, provavelmente apócrifa, atribuída a Benjamin Jowett por Max Beerbohm na legenda de um desenho em aquarela de 1916 intitulada *A Remark by Benjamin Jowett.* A legenda diz: "A única observação que provavelmente foi feita por Benjamin Jowett sobre as pinturas murais de Oxford Union. 'E o que

eles vão fazer com o Graal quando o encontrarem, sr. Rossetti?'". O desenho está na Tate Gallery, Londres, e foi reproduzido como número 4 em: Beerbohm, Max. *Rossetti and his Circle*. Londres, 1922.

6. Fonte não encontrada (paráfrase?).

7. Eckermann, Johann Paul. *Gespräche mit Goethe in den letzten Jahren seines Lebens* [Conversas com Goethe nos últimos anos de sua vida] (1836, 1848), 2/4/1829.

8. Paráfrase de ideias no final de "Charakteristik der Kleinen Wilhelmine", parte da obra: Schlegel, Friedrich. *Lucinde* (1799): *Kritische Friedrich-Schlegel-Ausgabe*. Edição de Ernst Behler. Munique et al., 1958-, v. 5: edição de Hans Eichner, p. 15.

9. As "citações" das peças de Tieck nesse relato, que parece derivar, pelo menos em parte, da obra de George Brandes *Main Currents in Nineteenth Century Literature*, v. 2: *The Romantic School in Germany* (1873), Londres, 1902, pp. 153-5, são, na verdade, uma mistura de tradução e paráfrase. Para *O Gato de Botas*, ver: Tieck, Ludwig. *Der gestiefelte Kater* (1797), ato 1, cena 2. In: *Schriften*. Edição de Hans Peter Balmes et al. Frankfurt, 1985-, v. 6: *Phantasus*, edição de Manfred Frank, pp. 509-10. Para a última observação sobre essa peça, "Mas isso é desprezar [...]", talvez cf. ato 3, cena 3, idem, ibidem, p. 546, ll. 21-3. A peça em que Scaramouche ("Skaramuz", em alemão) é um personagem é *Die verkehrte Welt* (1798) [O mundo virado de cabeça para baixo]. Para as passagens referidas aqui, cf. ato 2, cena 3, idem, ibidem, p. 588, ll. 2-29; a última observação, "Vocês têm de parar [...]", e o comentário seguinte podem derivar das traduções de Brandes de passagens do ato 3, cena 5, ibidem, p. 612, ll. 5-7, p. 622, ll. 5-9, 24-7.

OS EFEITOS DURADOUROS [PP. 170-208]

1. "Nós assassinamos para dissecar": William Wordsworth em "The Tables Turned" (1798).

2. Schlegel, August Wilhelm. *Geschichte der klassischen Literatur* (1802-3). Heilbronn, 1884, pp. 69-70. [Schlegel, August Wilhelm. *Vorlesungen über schöne Literatur und Kunst*, parte 2 (1802-3)]. "*Eben auf dem Dunkel, worein sich die Wurzel unsers Daseyns verliert, auf dem unauflöslichen Geheimniß beruht der Zauber des Lebens.*" ["A magia da vida repousa precisamente na escuridão em que se perdeu a raiz da nossa existência, no mistério indissolúvel."]

3. Schlegel, Friedrich. *Athenäums-Fragmente* (1798) [Fragmentos de Athenaum], op. cit. (nota 74), v. 2: edição de Hans Eichner, p. 183.

4. Burke, Edmund. *Reflections on the Revolution in France* (1790), op. cit.

5. Müller, Adam H. *Die Elemente der Staatskunst* [Elementos da arte de governar] (1809). Edição de Jakob Baxa. Jena, 1922, v. 1, p. 37.

6. Atribuído a Fontenelle no verbete escrito por Rousseau *"Sonate"* na *Encyclopédie* (1751-72); Rousseau revisou esse artigo para seu *Dictionnaire de musique* (Paris, 1768).

7. Marmontel, Jean-François. *Polymnie*, n. 7, ll. 100-5. In: Kaplan, James M. *Marmontel et "Polymnie"*. Oxford, 1984, pp. 108-9 (Coleção Studies on Voltaire and the Eighteenth Century, edição de H. T. Mason, 229). Ou, em outra subdivisão, Marmontel, Jean-François. *Polymnie*, n. 6, ll. 100-5. In: *Oeuvres posthumes de Marmontel*. Paris, 1820, p. 278.

8. Staël, Germaine de. *Lettres sur les ouvrages et le caractère de J. J. Rousseau*. Paris, 1788; reprodução fotográfica, Genebra, 1979, carta 5, p. 88.

9. Wackenroder, Wilhelm Heinrich. "Die Wunder der Tonkunst" [A maravilha da música], publicado postumamente em: *Phantasien über die Kunst, für Freunde der Kunst* [Fantasias sobre a arte, para amigos da arte]. Edição de Ludwig Tieck. Hamburgo, 1799, p. 156. In: Wackenroder, Wilhelm Heinrich. *Sämtliche Werke und Briefe* [Obras completas e correspondência]. Edição de Silvio Vietta e Richard Littlejohns. Heidelberg, 1991, v. 1, p. 207, ll. 35-6.

10. Schopenhauer, Arthur. *Die Welt als Wille und Vorstellung* [O mundo como vontade e representação] (1818, 1844), v. 1, § 52. In: *Sämtliche Werke* [Obras completas]. Edição de Arthur Hübscher. 2. ed. Wiesbaden, 1946-50, v. 2, p. 307, ll. 29-31.

11. Fonte não encontrada.

12. Nas palestras, Berlin atribuiu essa imagem a Diderot, mas substituí por Schiller, a quem ele a atribui em ensaios publicados mais tarde por ele próprio. No entanto, parece que a verdade é mais complexa. Berlin provavelmente derivou a imagem de um galho vergado de G. V. Plekhanov em *Essays in the History of Materialism* (1893), tradução para o inglês de Ralph Fox, Londres, 1934, p. VII, onde se lê: "Quando o ramo é vergado em uma direção, tem de ser vergado ao contrário para se endireitar". Berlin certamente leu esse livro, e o cita na bibliografia de seu *Karl Marx: His Life and Environment*, Londres, 1939. Plekhanov, porém, está falando sobre corrigir conceitos errados dos pensadores que está examinando, não sobre o nacionalismo. Parece razoável supor que a metáfora de Plekhanov causou impacto sobre Berlin, que posteriormente a vinculou a uma visão do nacionalismo que ele associava a Schiller. Dali em diante, atribuiu erroneamente a metáfora, em geral a Schiller (de maneira plausível, mas equivocada) e, nessa ocasião, a Diderot (erroneamente). A visão de Schiller do nacionalismo encontra-se em seu *Geschichte des Abfalls der vereinigten Niederlande von der spanischen Regierung* [História da revolta dos Países Baixos Unidos contra o governo espanhol] (1788). A descoberta desse provável vínculo com Plekhanov foi feita em maio de 2004 por Joshua L. Cherniss.

13. Chateaubriand, François-Auguste. *Le Génie du christianisme*. Paris, 1802, parte 2, liv. 3, cap. 9, v. 2, p. 159.

14. De "Poëme sur l'orgeuil" [Poema sobre o orgulho] (1846), poema não publicado de um membro anônimo de um grupo satanista, citado por: Maigron, Louis. *Le Romantisme et les moeurs*. Paris, 1910, p. 188.

15. Não é uma citação de *Fausto*, de Goethe (1808), talvez uma paráfrase do espírito faustiano. Há ecos em, por exemplo, parte 2, ll. 11.433 ss. "Nunca pedir ao momento [...]" é uma referência ao trato de Fausto com o diabo: parte 1, ll. 1.699 ss., e cf. parte 2, ll. 11.574-86 (a última fala de Fausto).

16. Byron, George Gordon. *Childe Harold's Pilgrimage* (1812-18), canto I, estrofe 6.

17. Idem. *Lara* (1814), canto I, estrofe 18, ll. 313, 315, 345-6.

18. Idem. *Manfred* (1817), ato 2, cena 2, ll. 51 e segs.

19. Pope, Alexander. *An Essay on Criticism* (1709), op. cit.

20. Hölderlin, Friedrich. *Hyperion* (1797, 1799), v. 1, liv. 1. In: *Sämtliche Werke* [Obras completas]. Edição de Norbert v. Hellingrath, Friedrich Seebass e Ludwig v. Pigenot. Berlim, 1943-, v. 2, p. 118.

21. Nietzsche, Friedrich. "Sprüche und Pfeile" [Mágicas e flechas], n. 12, *Götzen-Dämmerung, oder, Wie man mit dem Hammer philosophiert* [Crepúsculo dos ídolos, ou, como filosofar com um martelo] (1889). In: *Werke* [Obras]. Edição de Giorgio Colli e Mazzino Montinari. Berlim, 1967-, v. 6, p. 55.

Sobre as notas bibliográficas

[...] um aparato editorial pesado, ainda que inútil, destinado a embalsamar o mais efervescente dos historiadores contemporâneos.

Nicholas Richardson[1]

Uma das maneiras como [*The Proper Study of Mankind*] apresenta um estado ligeiramente abastardado do ensaio [de Berlin] é que Henry Hardy fez o possível para vesti-lo com todas as notas de rodapé possíveis; isso sem dúvida é útil para quem deseja procurar alguma das referências de Berlin, mas realmente ameaça domesticar aquilo que tinha sido pessoal e cheio de estilo, fazendo-o parecer meramente convencional e laborioso.

Stefan Collini[2]

Não seria difícil para um estudioso com os pesados compromissos de magistério dedicar as horas livres de toda a sua vida de trabalho à edição e exegese de uma única peça teatral grega. Como [...] me inclino a pensar que um trabalho feito pela metade, hoje, é mais útil para os estudantes de literatura grega do que uma promessa de que o trabalho estará concluído amanhã, decidi terminar o trabalho sobre *As nuvens* até certa data, mesmo sabendo que mais um ano de trabalho produziria algumas melhorias [...]

Kenneth Dover[3]

Este pesado aparato epigráfico fornece um pano de fundo útil para as poucas observações que desejo fazer sobre as fontes informadas nas notas bibliográficas.

Stefan Collini tem razão, é claro, que acrescentar referências em notas ao pé de página a um texto tão claro é cometer uma alteração no tom do original. No entanto, é uma alteração que Berlin aprovou plenamente; se assim não fosse, eu não o faria. Quando a acusação de Collini lhe foi apresentada, durante sua doença final, Berlin a rejeitou de imediato, observando que apresentar referências "transformou o que era apenas beletrismo em estudo acadêmico".[4] Essa observação mostra o costumeiro excesso de modéstia e generosidade de Berlin, mas é uma resposta suficiente, tanto para Collini como para Richardson, sobretudo se acrescentarmos que o próprio Berlin, quando as informações necessárias estavam disponíveis, forneceu copiosas notas de rodapé de sua própria lavra — em especial para "The Originality of Machiavelli" e para *Vico e Herder*.[5]

As notas são, na maioria, referências de citações ou semicitações, mas por vezes, quando aconteceu de encontrar, dou a referência de uma paráfrase. O ideal seria, talvez, que eu apresentasse referências para todas as atribuições de opiniões específicas: foi isso que o próprio Berlin tentou fazer nas páginas iniciais de "The Originality of Machiavelli", onde, de maneira análoga ao presente caso, uma infinidade estonteante de visões conflitantes é reunida como prelúdio às sugestões do próprio Berlin. Contudo, completar essa tarefa, mesmo com a ajuda das anotações de Berlin que ainda restam, teria levado muitos meses, no mínimo, e julguei melhor — é aqui que entra a epígrafe de Dover — disponibilizar as palestras agora, sem um aparato de erudição tão exaustivo e talvez desproporcional, do que segurá-las por ainda mais tempo; afinal, já se passaram mais de trinta anos que elas foram proferidas. Pela mesma razão, não me senti obrigado a rastrear cada (semi)citação até sua respectiva origem, como fiz nos livros de ensaios de Berlin que publiquei durante sua vida. Nestes, nos poucos casos em que eu não conseguia encontrar uma citação, mesmo com a ajuda de especialistas na área em questão, eu tirava as aspas e tratava o trecho como uma paráfrase, arriscando-me assim a ser acusado de plágio (esse procedimento foi aprovado por Berlin). Aqui, para evitar gastar tempo demais em pesquisas, muitas das quais poderiam ser infrutíferas, deixei registrado que algumas frases que obviamente são citações ficaram sem a fonte.[6] Ficarei extremamente grato a qualquer um que possa preencher as lacunas e, em futuras reimpressões deste livro, vou incorporar qualquer informação que eu receber. Já estou preparado para passar vergonha diante dos especialistas.

As notas muitas vezes dependem da generosidade de outros especialistas, a quem sou muito grato. Andrew Fairbairn foi mais uma vez incansável em me dar apoio e conseguiu encontrar soluções que certamente teriam me escapado se eu contasse apenas com meus próprios recursos. Também fui auxiliado, em casos específicos, por G. N. Anderson, Gunnar Beck, Prudence Bliss, Elfrieda Dubois, Patrick Gardiner, Gwen Griffith Dickson, Nick Hall, Ian Harris, Roger Hausheer, Michael Inwood, Francis Lamport, James C. O'Flaherty, Richard Littlejohns, Bryan Magee, Greg Moore, Alan Menhennet, T. J. Reed, David Walford, Robert Wokler (alguns deles já não estão entre nós) e outros a quem peço desculpas por não manter um melhor registro de sua ajuda.

HENRY HARDY

NOTAS

1. Resenha de *Russian Thinkers*, de Berlin (edição de Henry Hardy e Aileen Kelly, Londres, 1978), em *New Society*, 19/1/1978, p. 142.

2. Resenha de *The Proper Study of Mankind*, de Berlin (edição de Henry Hardy e Roger Hausheer, Londres, 1997), em *The Times Literary Supplement*, 22/8/1997, p. 3.

3. Prefácio a sua edição de *Clouds* [*As nuvens*], de Aristófanes (Oxford, 1968), p. v.

4. Carta de Pat Utechin, secretária de Berlin, para Henry Hardy, 12/12/1997.

5. "The Originality of Machiavelli" (1972) está incluído em *Against the Current: Essays in the History of Ideas* (Londres, 1979; Nova York, 1980; 2. ed., Princeton, 2013) e em *The Proper Study of Mankind* (op. cit.). *Vico and Herder* (1976) está agora incorporado a *Three Critics of the Enlightenment: Vico, Hamann, Herder* (edição de Henry Hardy, Londres/Princeton, 2000).

6. As fontes de algumas dessas citações vieram à luz depois que a primeira edição foi publicada e foram devidamente acrescentadas à lista. Alguma coisa ainda continua faltando.

Índice remissivo

ação: Fichte sobre, 131-3
Adriano, imperador romano, 13, 27
Ájax, 90
Alcorão, 34
alegoria, 71, 148, 157
Alemanha: ataque ao racionalismo,
63; atraso cultural, 63;
autossuficiência econômica e, 37;
busca da realidade e, 174; canção
folclórica e, 94; classe social
dos pensadores, 68; combatida
por Napoleão, 142; desunião e
isolamento, 64; discursos de
Fichte para, 139-41; estética e,
93-4; herói romântico e, 125-6;
identidade nacional e, 95-6, 134-6;
influência da Grécia sobre, 130;
natureza criativa e, 95, 140-1;
o "eu" e, 138-9; ocultistas, 79;
origens do Romantismo e, 27, 40,
67, 69, 88-91, 187, 207; pesadelos
ficcionais, 157; ressentimento
contra a França e os franceses, 63,
67-9, 81-3, 135, 158-9; *Sturm und
Drang* (peça teatral), 89-90; visão
de Rousseau, 87
Alexandre, o Grande, 54, 66
alienação, 109

Alighieri, Dante, 34, 65n
alma: Hamann sobre, 74; visão do
Iluminismo, 51
amizade, Aristóteles sobre, 25
anel do nibelungo, O (Wagner), 190
Aristóteles, 24-5, 53, 66, 196; *Ética
a Nicômaco*, 25
Arnold, Gottfried, 66
arte: como libertadora, 161;
estética e, 93; finalidade da,
36-7, 42-3; inspiração e, 145,
185; noção de pertencimento
e, 96-8; profundidade e, 150-1;
representação da natureza e,
52-5; Romantismo e, 43, 144, 165,
205-6; Schelling sobre a vida e
a arte, 144
astronomia, 80
autonomia, 114
Aynard, Joseph, 40

Babbitt, Irving, 39, 185
Bach, Johann Sebastian, 64, 65n
Bacon, Francis, 194
Balzac, Honoré de: *A obra-prima
ignorada*, 36
Barrès, Auguste-Maurice, 42
Batteux, abade Charles, 84, 93

Becker, Carl: *The Heavenly City of the Eighteenth-Century Philosophers*, 60
Beethoven, Ludwig van, 36, 184-5
beleza: ideais objetivos de, 54; *ver também* estética
Bellow, Saul: *Herzog*, 11
bem, noções de, 49-51
Bergin, Thomas Goddard, 16n
Bergson, Henri, 72, 131, 143
Berlioz, Hector, 42
Bernini, Gian Lorenzo, 54
Berz, I., 65n
Besterman, Theodore, 16n
Bíblia: enquadramento do pensamento e, 23-4; pietismo e, 65
Blake, William, 43, 81-3
Boas, George, 44
Böhme, Jacok, 134, 152
Bolingbroke, Henry St. John, primeiro visconde, 56
bom selvagem, 86, 191-2
Brunetière, Ferdinand, 39
Büchner, Georg, 42; *A morte de Danton*, 35
Buffon, Georges Louis Leclerc, conde de, 68
Burke, Edmund, 133, 178, 180
Butler, Joseph, 9
Byron, George Gordon (Lord): influência, 30; Romantismo, 42, 187-9, 190, 207

Cagliostro, Alessandro (pseudônimo de Giuseppe Balsamo), 79
Cairns, Huntington, 209, 214
calvinismo, 122, 130
canção dos nibelungos, A (poema épico alemão), 38, 101
canção folclórica, 94, 145
Carlyle, Thomas, 33-4, 42; *On Heroes, Hero-Worship, and the Heroic in History*, 33
católicos: chocados com o desinteresse de Montezuma, 59; crenças, 38

causalidade, 107, 111, 130, 168
Cecil, Lord David, 209-10
Cervantes, Miguel de: *Dom Quixote*, 175
César, Júlio, 100
Chateaubriand, François-René, 40, 42, 123, 187; *René*, 123
Cheshire, Maxine, 214n
ciência: ataques do Romantismo, 171; compromisso de Kant com a, 105-6; Estado e, 178; Iluminismo e, 53, 77; pietismo alemão e, 89; proposições da, 71; razão e, 48-50; sociedade humana e, 73
ciências ocultas *ver* misticismo
civilização: Kant a respeito da, 108; *ver também* cultura
Clark, Kenneth Mackenzie, 13, 27
Coleridge, Samuel Taylor: atitude para com a natureza, 21, 142, 144; influência de, 30; influência de Schelling sobre, 39; sobre alcançar o infinito, 142, 144
Collini, Stefan, 228-9
comportamento (humano), 110-1
Condillac, abade Étienne Bonnot de, 68, 71
Condorcet, Jean Antoine Caritat, marquês de, 68
conhecimento: ataque do Romantismo ao, 170-1; como instrumento, 131-2; Hamann sobre o, 71-2; Iluminismo e, 46-8; teoria de Fichte sobre o, 137-43; virtude e, 51, 170
consciência: mudanças na, 22, 24; Schelling sobre o desenvolvimento da, 143-5
consequências não intencionais, 159
Corneille, Pierre: *Medeia*, 122
Cortés, Hernán, 59
Couperin, François, 64
crença, dúvidas de Hume sobre, 60
criatividade: Hamann sobre o desejo humano pela, 73; Herder sobre a, 95
crime e permissividade, 124

cristianismo: anormalidade e, 90; estrutura de pensamento, 24, 26; Montezuma a respeito do, 59
Cruzadas, 100
cultura: antiga, 22-5; como um padrão de vida, 22-3; contra a violência, 133; diferenças de, 99-104, 135, 193-4; *ver também* pluralismo

D'Alembert, Jean Le Rond, 68
D'Urfé, Honoré, 182
Da Ponte, Lorenzo, 177
dadaísmo, 167
dandismo, 42-4
Danton, Georges Jacques, 35-6
Davi, rei de Israel, 54
David, Jacques-Louis, 29
Demóstenes, 66
Descartes, René, 132, 149
Desmoulins, Camille, 35
despotismo, 23, 92, 108, 204
determinismo, 111-2, 114
Deus, noção de Hamann sobre, 71, 80, 90
Devonshire, Georgiana, duquesa de (nascida Spencer), 79
Diderot, Denis: estética, 92, 195; origem social, 69; Rousseau e, 87; Salão de 1765, 84; sobre a irracionalidade e o gênio no homem, 83-4
Dionísio, pseudo *ver* Pseudo-Dionísio, o Areopagita
Don Giovanni (figura mítica), 176
Dostoiévski, Fiódor, 90, 124, 149
Dover, Kenneth, 228-9
Dubos, abade Jean-Baptiste, 75, 84
Dürer, Albrecht, 63

Eckartshausen, barão Karl von, 68
Eckhart von Hochheim, mestre, 152
economia, 180
Édipo, 35, 121
Eichendorff, Joseph Freiherr von, 40
élan vital, 74

Eliot, T.S., 195
emocionalismo e o movimento romântico, 28, 37, 197
empiristas, 137
enciclopedistas (franceses), 73, 86-7; *ver também* Iluminismo
engajamento, Kant sobre, 111
entusiasmo, 27
epicuristas, 66
escolhas, 111-3
Estado: adoração do, 37; isolado, 180; natureza mística do, 178; românticos sobre o, 64; secular, 77
estética: natureza e, 53; razão e, 48; *ver também* arte
estoicos, 66, 112, 179
ética: efeito do Romantismo na, 196; razão e, 48; subjetivismo e, 51
evolucionismo, 98
excentricidade, 42-4
existencialismo, 197, 201, 203
exploração como um mal, 109-11
expressionismo, 92, 95

fascismo, 197, 205-6
felicidade, 75, 200
Ferguson, Adam, 133n
Fichte, Johann Gottlieb: discursos à nação alemã, 140-1; doutrinas, 130-5, 149, 156, 172; economia, 180; efeito no Romantismo, 137-9; em Jena, 163; nacionalismo, 134, 140-2; origem social, 68; sobre a vontade, 132-5, 142, 145; sobre o "eu", 137-9; teoria do conhecimento, 137-40
Fídias, 54
Fisch, Max, 16n
Fontanes, Louis-Marcelin, marquês de, 184
Fontenelle, Bernard le Bovier de, 50, 53, 57, 182
França: classe social dos pensadores, 68; comportamento na, 57; filósofos na, 27; hostilidade dos alemães à, 64, 67-9, 81-2, 135; predomínio

cultural, 64; românticos na, 38, 190, 207; subjuga e humilha a Alemanha, 64, 158; *ver também* Iluminismo; Revolução Francesa

Francke, August Hermann, 66

Frankfurter, Marion, 213n

Frederico II (o Grande), rei da Prússia, 92, 108, 186, 199

Freud, Sigmund, 172

Frye, Northrop, 13, 21, 40

Galiani, abade Ferdinand, 69

Gardiner, Patrick Lancaster, 18, 20

Gautier, Théophile, 36-7, 44

generosidade, vista como vício por Kant, 114

Gêngis Khan, 64

gênio, Diderot sobre, 83-4

Gentz, Friedrich von, 38

geometria, 23, 61

Gibbon, Edward, 57

Gluck, Christoph, 182-3

Goethe, Johann Wolfgang von: amigos, 30; *As afinidades eletivas*, 162; chocado com *Lucinde*, de Friedrich Schlegel, 163; *Fausto*, 162, 175, 188; *Hermann und Dorothea*, 162; influenciado por Hamann, 71, 74; oposição ao provincianismo alemão, 67; origem social, 68; *Os anos de aprendizado de Wilhelm Meister*, 137, 160; Romantismo discutível, 188; sobre Moses Mendelssohn, 74; sobre o antropomorfismo, 151; sobre o Romantismo e os românticos, 38, 161, 188; *Werther*, 91, 123

Gógol, Nikolai: "O nariz", 192

gótico, 27, 41

gregos (antigos): compreensão dos, 97-101; declínio da vida civil, 66; esquema de pensamento, 22-4; influência sobre os românticos alemães, 130, 174-5; mitos, 130, 174; sobre a tragédia, 35

Griboiédov, Aleksander S., 124

Grimm, Friedrich Melchior, barão, 68

Guerra dos Trinta Anos (1618-48), 63

Hamann, Johann Georg: contexto, 70; ideias e influência, 70-6, 80, 85, 90, 92-3; pietismo, 70, 92, 106; sobre Deus, 70, 80, 90; sobre o anormal, 90-1; sobre os mitos, 80; sobre Rousseau como sofista, 87; sobre Sócrates, 98; visão de Kant sobre, 70, 106

Hardenberg, Friedrich von *ver* Novalis

Hautecoeur, Louis, 187

Hegel, Georg Wilhelm Friedrich: astúcia da razão e, 156; chocado com *Lucinde*, de Friedrich Schlegel, 163; identidade alemã e, 141; influência dos gregos sobre, 130; sobre Fichte, 131; sobre o choque do bem contra o bem, 36, 204; teodiceia, 160

Heine, Heinrich Christian Johann, 38, 39

Heliodoro, 13, 27

Helvétius, Claude Adrien, 57, 68, 87, 114, 119, 197

Hemingway, Ernest, 149

Hércules, 90

Herder, Johann Gottfried: admiração por Hamann, 71; como pai do movimento romântico, 91, 103; doutrinas e crenças, 92, 104, 134, 195; excluído em Paris, 69; gregos e, 175; origem social, 68; sobre a arte e o artista, 93, 95; sobre a canção folclórica, 94, 145; sobre compreender outros povos e culturas, 96, 98-104; sobre o pertencimento, 92, 94-7, 98, 103; temperamento, 92; visão de Kant sobre, 106

Herrnhuter (movimento religioso alemão), 67

história: Bolingbroke sobre a, 56; escritos de Voltaire sobre a, 56; pessoal e impessoal, 86; teorias conspiratórias e, 155; teorias da, 180
historicismo, 98
Hitler, Adolf, 70, 200
Hobbes, Thomas, 126
Hoffmann, E. T. A., 164-5, 185, 192
Holbach, Paul-Henri Thiry, barão d', 68, 86-7, 114, 119
Hölderlin, Friedrich: influência dos gregos sobre, 130; origem social, 68; sobre a felicidade, 200
Homero, 21, 38, 54
Hugo, Victor, 30, 40, 42, 188, 190
Hume, David: apoio de Hamann a, 71; ataca o racionalismo do Iluminismo, 60-2; crenças, 62; sobre a crença na causa e efeito, 60; sobre a realidade da existência, 61, 71; sobre o "eu", 137; sobre o comportamento humano, 56

ideais: incompatibilidade de, 92, 99-102, 195, 206; inventados, 129-30
ideal: como algo inalcançável, 154; no pensamento do Iluminismo, 47, 54-6, 101-3; visão do, 23; ver também utopia
idealismo, 198, 200
Iluminismo: ataques de Hume ao, 60; ciência e, 77; crítica de Hamann ao, 73, 77; doutrinas e proposições do, 46-51, 52, 99, 152; relativismo e, 57-8
inconsciente, 143-5, 149
individualidade, 39, 74
infinito, no pensamento romântico, 150-4
ironia romântica, 168

jacobinos, 29, 86
James, William, 131
Jan van Leiden (Johann Buckholdt), 199

Jean Paul ver Richter, Johann Paul Friedrich
Jena, Cénacle (grupo literário), 163
Jesus Cristo, Blake sobre, 83
Johnson, Samuel, 63
judeus e judaísmo: esquema de pensamento e valores, 23-4; influência sobre Hamann, 70-1
Júpiter, 25
justiça, 52

Kafka, Franz, 149, 156
Kalidasa, 13, 21
Kallin, Anna, 211, 216
Kant, Immanuel: antiautoritarismo, 117; aprova a Revolução Francesa, 116; como pai do Romantismo, 105; crença no método científico, 106; doutrinas, 92; Fichte e, 130; filosofia moral, 106-15, 117-8, 127, 198; influência sobre Schiller, 118, 122, 124, 127, 129; nacionalismo e, 136; ódio ao Romantismo, 105; origem e educação, 68, 106; resposta à pergunta "O que é o Iluminismo?", 108; Sartre e, 202; sobre a natureza, 114-5; sobre a primazia da vontade, 108-11, 117, 122; sobre o fim da astronomia, 80; sobre o Iluminismo, 108
Kemal Paxá (Ataturk), 199
Kennedy, Jacqueline (nascida Bouvier), 212
Kennedy, Robert Fitzgerald, 212n
Kierkegaard, Søren, 71, 177
Kleist, Heinrich von, 68
Klinger, Friedrich von: Os gêmeos, 89; Sturm und Drang, 89

La Mettrie, Julien Offray de, 50
La Popelinière, Madame de (Thérèse Boutinon des Hayes), 57
Lamartine, Alphonse de, 190
Laocoonte, 120-1
Lavater, Johann Kaspar, 79

Lawrence, D. H.: *O amante de Lady Chatterley*, 164
lei, 178
Leibniz, Gottfried Wilhelm, 63, 78
Leisewitz, Johann Anton: *Julius von Tarent*, 90
Lenz, Jakob, 88, 104
Lessing, Gotthold, 68; *Minna von Barnhelm*, 124
liberalismo, 207
liberdade, 107, 110, 118, 130-3, 163, 197
linguagem: Hamann sobre, 76; Herder sobre, 95, 97, 134
List, Friedrich, 180
literatura russa, 124
Locke, John, 81, 132
Lovejoy, Arthur Oncken, 43-4, 191
Luís 16, rei da França, 28
Lukács, Georg, 40
luteranismo, 64-5
Lutero, Martinho, 34, 63, 67

Mably, abade Gabriel Bonnot de, 29, 68
Macaulay, Thomas Babington, barão, 194
maçonaria, 79, 155
magia, 79
Mahler, Gustav, 176
Maine de Biran, François Pierre Gonthier, 142
Maistre, conde Joseph de, 179
mal, 107, 201
Maomé, o Profeta, 33-4
Maquiavel, Nicolau, 29
Marmontel, Jean-François, 182
martírio, 31
Marx, Karl: influência dos gregos sobre, 130; luta de classes e, 156
marxismo: sobre o Romantismo, 193; teodiceia, 160
matemática, 23
Mendelssohn, Moses, 74, 76
Mesmer, Franz Anton, 79
metáforas, 149

metodistas, 44
Metternich, Klemens von, 38
Michelet, Jules, 42
milagres, 78, 80
Mill, James, 194, 197
Milton, John, 120
misticismo, 42, 105, 152
mitos, 81, 174-6, 188
Molière (Jean-Baptiste Poquelin): *O misantropo*, 125
Montesquieu, Charles Louis de Secondat, barão de: crenças, 57-9, 62, 71, 116; origem social, 68
Montezuma 2º, imperador asteca, 59
moralidade, Kant sobre a, 106-15
Morávia, Irmandade da, 67
Morellet, abade André, 69
Mozart, Wolfgang Amadeus, 185; *Don Giovanni*, 176-7
Müller, Adam Heinrich, 167, 178
Münster, Alemanha, 199
Murry, John Middleton, 40
música: mudança nas visões da, 181-5; na Alemanha, 64

nacionalismo: apoio de Fichte ao, 135, 140; Herder e, 96, 100; na Alemanha, 134-6
Nadler, Joseph, 39
Napoleão 1º (Bonaparte), 134, 140, 142
natureza: atitude em relação à, 21; como um sistema harmonioso, 115-6; e o ideal, 54-5; Kant sobre, 115-6; no vocabulário do século 18, 49, 52, 86
natureza humana, 50, 122, 159
Nelson, almirante Horatio, primeiro visconde, 147
Nerval, Gérard de, 42, 44, 191
neutralidade, 116; Fichte sobre, 132; Schiller sobre, 121-2; visão de Schelling sobre, 142-5
Newby, Percy Howard, 18, 215-6
Newton, Isaac, 49, 81
Nicolini, Fausto, 17n

Nietzsche, Friedrich: e o grande pecador, 124; e o Universo em mutação, 172, 204; sobre a felicidade, 200; sobre o Romantismo, 38

Nodier, Charles, 190

nostalgia, 152, 153

Novalis (pseudônimo de Friedrich von Hardenberg), 68, 152, 185

paranoia, 152, 154-6, 160, 211

Paris, Gaston, 39

Pascal, Blaise, 149, 151

paternalismo, 108, 114

patriotismo, 140; *ver também* nacionalismo

Paulo, São, 54, 90

perfeição *ver* ideal

Péricles, 66

Perrault, Charles, 54

personalidade, aprendida por esforço, 142

pertencimento, visão de Herder sobre a noção de, 92, 94-7, 98, 103

pessimismo, 155-9

philosophes, 27, 73; *ver também* Iluminismo

Physiognomik, 79

piedade, 114, 119

pietismo, 65, 70, 89, 92, 106

pintura *ver* arte

Pirandello, Luigi, 167

Platão: compreensão de, 97-8; estrutura de pensamento, 22-4; ideais, 66; influência sobre os alemães, 152; inspiração na arte e, 145; *Íon*, 145; origens do Romantismo e, 39; Seillière cita, 27; virtude como conhecimento e, 170

Plotino, 27

pluralismo, 195, 206; *ver também* ideais, incompatibilidade de

Polifemo, 22

política: e a razão, 48; Romantismo e, 181; subjetivismo e, 50

Pope, Alexander, 13, 21, 53, 196

populismo, 100

positivismo, 47

prazer, a universalidade do, 58

profundidade, como conceito, 149-51

progresso, 194-5

protestantes, 31, 40

Proust, Marcel, 150, 173

Prússia, 70, 117, 140, 181, 186

Pseudo-Dionísio, o Areopagita, 39

psicologia, 26

Quiller-Couch, Arthur, 45

Racine, Jean, 13, 21, 38

racionalismo: ataques ao, 60-1, 81; ordem perfeita e, 23, 55; pressupostos, 46-8, 62; religião e, 78; *ver também* razão

Rafael Sanzio, 52

Rameau, Jean-Philippe, 64, 65n

Rapin, padre René, 53

Rapp, Helen, 211, 215-6, 218

Raupach, Ernst, 133

Raynal, abade Guillaume, 69

razão: astúcia da, 156; crença de Kant na, 118; criatividade e, 83; dúvidas de Hume sobre a, 60-1; Lutero condena a, 67; origens do Romantismo e, 28; religião e, 77-9, 90; *ver também* racionalismo

Read, Herbert Edward, 27

realidade: compreensão da, 174-5; oposição à, 198

realismo, 198

Régulo, Marco Atílio, 120

relativismo (social), 58

religião: diferenças e relativismo, 59; guerras de, 31; procura de Deus e, 152; razão e, 77-9, 90

Renan, Joseph Ernest, 39

Renascimento, e a visão da perfeição, 23

Revolução Americana (1775-83), 117

Revolução Francesa: Carlyle sobre a, 33; Estados progressistas e reacionários, 181; influência sobre o movimento romântico, 28-9, 38, 137, 155-9, 187; Kant aprecia a, 116; tentativas de explicar a, 158-9

Revolução Industrial, 29, 39

Reynolds, Joshua, 54, 63

Richardson, Nicholas, 228, 229

Richardson, Samuel: *Clarissa Harlowe*, 121

Richter, Johann Paul Friedrich (Jean Paul), 163

Robespierre, Maximilien, 29, 35-6

Rohan, Louis René Edouard, cardeal de, 79

Roma (antiga), Herder sobre, 100-1

Romantismo: antirracionalismo e, 97; artes e, 144, 185; ataque ao conhecimento, 170-4; características, 30, 37, 40-5, 154-5, 188-96; como movimento transformador, 22, 26-8, 45; consequências e influências, 21, 196-207; contido, 105; definições de, 21, 37-40; economia e, 180; o "eu" e, 137-8, 152; expressão e, 154; Friedrich Schlegel identifica influências sobre o, 137-8, 157-9; Herder e, 92, 103; heróis ficcionais, 125; ironia e, 168; liberdade de ação e, 124; mudança constante e, 153-4; origens, 26-30, 63, 68, 91, 130, 187; pietismo e, 65; política, 167, 181; profundidade e, 149-51; Rousseau e, 86; Schelling sobre o, 144-5; símbolos e, 148; valores e crenças, 47, 163

rosa-cruz, 79

Rossetti, Dante Gabriel, 154

Rossini, Gioacchino, 184

Rousseau, Jean-Jacques: atitudes dos alemães e, 88; crença na razão, 118; doutrina e ideais, 85, 87-8, 127; *Émile*, 118; Hamann sobre os sofistas, 87; homem simples e, 127, 192; movimento romântico e, 29, 40, 85-6; *O contrato social*, 29; origem social, 69; sobre a bondade do homem, 51, 118; sobre a natureza das coisas, 105; temperamento de, 86-7

Ruskin, John, 39

Russell, Bertrand, 197

Saint-Evremond, Charles de Saint--Denis, 50

Saint-Simon, Claude-Henri, conde de, 37

Santo Graal, 154

Sartre, Jean-Paul, 202

Savonarola, Girolamo, 29, 44

Schelling, Friedrich: doutrinas e influência, 142-6, 172; origem social, 68; prega a liberdade total, 163; sobre a alegoria, 148

Schiller, Friedrich: *Os bandoleiros*, 35, 125; doutrinas e ideais, 118, 121-3, 125-9; *Fiesco*, 123; galho vergado e, 186; influência de Kant sobre, 118, 122, 124, 127, 129; influência dos gregos sobre, 130; origem social, 68; quase casamento, 163; sobre a natureza, 119, 121; sobre a tragédia, 119-24; visão dos românticos, 161

Schlegel, August Wilhelm: casamento, 163; influência dos gregos sobre, 130; no grupo literário de Jena, 163; sobre a magia da vida, 175; sobre a música, 185; sobre o Romantismo, 30, 39, 133, 137, 157, 159

Schlegel, Friedrich: ironia romântica, 168; *Lucinde*, 163; no grupo literário de Jena, 163; sobre o Romantismo, 30, 39, 163, 175; sobre o sagrado como impossível de captar, 151; sobre o Universo como uma onda constante, 153

Schleiermacher, Friedrich, 163-4

Schoenberg, Arnold, 184

Schopenhauer, Arthur, 155-6, 172, 184, 190

Schubert, Franz, 37, 185

Schwärmerei (entusiasmo), 105

Scott, Walter, 37, 40, 42, 193-5

Sehnsucht (nostalgia), 152-3

Seillière, barão Ernest, 13, 27, 39

self, 138, 140, 142, 152

Shaftesbury, Anthony Ashley Cooper, terceiro conde de, 107

Shakespeare, William: Hamlet, 175; Romantismo, 40; Schiller e, 120; Stendhal sobre, 38; tragédia e, 35

Shaw, George Bernard, 197

Shelley, Percy: Romantismo e, 41-2; sobre alcançar o infinito, 39

símbolos e simbolismo, 145-8, 174

sinceridade, 197-201

Sismondi, Jean Charles Léonard de, 38

sociologia, 26

Sócrates, 87, 90, 98, 170

sofistas, 58, 87

Sólon, 90

Southey, Robert, 42

Spener, Philipp Jacob, 66

Spengler, Oswald, 160

Spinoza, Baruch: determinismo, 114; sobre a aceitação, 61; visão da perfeição e, 23

Staël, Anne Louise Germaine, baronesa de, 30, 38-9, 184

Stendhal (Marie-Henri Beyle), 38, 40, 42, 184

Stirner, Max (Johann Kaspar Schmitt), 203-4

Stolberg, conde Christian, 68

Stolberg, conde Friedrich Leopold, 68

Sturm und Drang (movimento), 89

surrealismo, 167

Swedenborg, Emanuel, 81

Sylvester, David, 217-8

Taine, Hippolyte, 39

Telemann, Georg Philipp, 64

Tempestade e Ímpeto, movimento (Sturm und Drang), 89

teodiceias, 160

teoria conspiratória, 155

Tieck, Johann Ludwig, 30, 157, 164, 166, 185; O Gato de Botas, 166; O loiro Eckbert, 157

Tolstói, Lev, 149-50, 173

Torquemada, Juan de, 199

Toynbee, Arnold, 160

tradição, 170-1, 193

tragédia: atitudes para a, 34-5; Schiller e, 119, 121

Turguêniev, Ivan Sergueiévich, 124

utilitaristas, 37, 178

utopia, como o estado ideal, 47, 129

Valéry, Paul, 45

valores (morais): criados, 171; Kant sobre, 110-1; Scott sobre, 194-5

Vauvenargues, Luc de Clapiers, marquês de, 57

verdade: aceitação da, 61-2; dificuldade de ser alcançada, 174; felicidade e, 52; objetiva, 199; religiosa, 32-3; universal, 58

Vico, Giambattista, 16n, 25, 80, 95, 97; Ciência nova, 95

Virgílio (Publius Vergilius Maro), 22

virtude, e o conhecimento, 51, 170

Volney, Constantin François Chasseboeuf, conde de, 68

Voltaire (François Marie Arouet): como figura do Iluminismo, 57; escritos históricos, 56; origem social, 69; Rousseau e, 86; sobre a necessidade de disciplina, 50; sobre Maomé, 33; sobre o desejo humano de felicidade, 73, 75; vida em Ferney, 86

vontade humana: Byron sobre a, 190; como elemento do Romantismo, 167, 169, 171, 181, 190, 196; doutrina de Fichte da ação e a, 132-5, 142, 145; Kant sobre a primazia da, 108-9, 117, 122; motivações e, 197; natureza e, 143; Schiller sobre a, 119, 122; Schopenhauer e, 190

Wackenroder, Wilhelm, 184
Wagner, Richard, 156, 190
Walker, John, 209, 212, 214n

Washington Post, 214
Wells, H. G., 197
Winckelmann, Johann Joachim, 55
Wolff, Christian, barão von, 78
Wordsworth, William, 21, 42, 173

Zêuxis, 52
Zinzendorf, Nikolaus Ludwig, conde von, 66, 67

Sobre o autor

Isaiah Berlin nasceu em 1909 em Riga, hoje capital da Letônia. Quando tinha seis anos, mudou-se com a família para a Rússia; em 1917, em Petrogrado [atual São Petersburgo], testemunhou as duas Revoluções — a de fevereiro de 1917, que derrubou o czar, e a de outubro do mesmo ano, que selou a vitória dos bolcheviques. Em 1921, sua família emigrou para a Inglaterra, e ele foi educado na St. Paul's School, em Londres, e no Corpus Christi College, em Oxford.

Em Oxford, foi *fellow* do All Souls e do New College, professor de teoria política e social e presidente fundador do Wolfson College. Também ocupou a presidência da British Academy. Além de *As raízes do Romantismo*, suas principais obras publicadas em português são *A força das ideias*, *Estudos sobre a humanidade*, *Ideias políticas na era romântica*, *Limites da utopia*, *O sentido de realidade*, *Pensadores russos*, *Quatro ensaios sobre a liberdade* e *Vico e Herder*.

Como expoente da história das ideias, foi agraciado com os prêmios Erasmus, Lippincott e Agnelli. Recebeu ainda o Prêmio Jerusalém pela dedicação à defesa das liberdades civis. Morreu em 1997. Para mais informações sobre Isaiah Berlin, visite os sites berlin.wolf.ox.ac.uk e isaiah-berlin.wolfson.ox.ac.uk.

Sobre o editor

Henry Hardy, *fellow* do Wolfson College, da Universidade de Oxford, é um dos responsáveis pelo espólio literário de Isaiah Berlin. Editou ou coeditou diversos outros livros de Berlin, todos listados na página anterior, além de uma edição em quatro volumes de sua correspondência. É ainda coeditor de *The One and The Many: Reading Isaiah Berlin* (2007), editor de *The Book of Isaiah: Personal Impressions of Isaiah Berlin* (2009) e autor de *In Search of Isaiah Berlin: A Literary Adventure* (2018).

A marca FSC® é a garantia de que a madeira utilizada na fabricação do papel deste livro provém de florestas gerenciadas de maneira ambientalmente correta, socialmente justa e economicamente viável e de outras fontes de origem controlada.

Copyright © 1999, 2013 The Trustees of the National Gallery of Art, Washington, DC, The Trustees of the Isaiah Berlin Literary Trust, and Henry Hardy
Copyright do desenho de Isaiah Berlin © 1965 The Washington Post
Copyright do telegrama de Helen Rapp © 1965 The BBC
Copyright da tradução © 2022 Editora Fósforo

Venda proibida em Portugal

Título original: *The Roots of Romanticism*

Todos os direitos reservados. Nenhuma parte desta obra pode ser reproduzida, arquivada ou transmitida de nenhuma forma ou por nenhum meio sem a permissão expressa e por escrito da Editora Fósforo.

EDIÇÃO E PREPARAÇÃO Três Estrelas
ASSISTENTE EDITORIAL Mariana Correia Santos
ÍNDICE REMISSIVO Probo Poletti
REVISÃO Eduardo Russo
DIREÇÃO DE ARTE Julia Monteiro
CAPA Alles Blau
FOTO DO AUTOR The Trustees of the Isaiah Berlin Literary Trust
IMAGEM DA CAPA *Sommer*, de Hans Thoma (1872). BPK/Nationalgalerie, SMB/Jörg P. Anders
PROJETO GRÁFICO Alles Blau
EDITORAÇÃO ELETRÔNICA Página Viva

Dados Internacionais de Catalogação na Publicação (CIP)
(Câmara Brasileira do Livro, SP, Brasil)

Berlin, Isaiah, 1909-1997
  As raízes do Romantismo / Isaiah Berlin ; edição Henry Hardy ; tradução Isa Mara Lando. — São Paulo : Fósforo, 2022.

  Título original: The Roots of Romanticism
  Bibliografia.
  ISBN: 978-65-89733-52-2

  1. Arte moderna — Século 18 2. Romantismo na arte I. Hardy, edição Henry. II. Título.

21-92742 CDD – 141.6

Índice para catálogo sistemático:
1. Romantismo : Filosofia   141.6

Cibele Maria Dias — Bibliotecária — CRB/8-9427

Editora Fósforo Rua 24 de Maio, 270/276, 10º andar, salas 1 e 2 — República 01041-001 — São Paulo, SP, Brasil — Tel: (11) 3224.2055
contato@fosforoeditora.com.br / www.fosforoeditora.com.br

Este livro foi composto em GT Alpina e
GT Flexa e impresso pela Ipsis em papel
Pólen Soft 80 g/m² da Suzano para a
Editora Fósforo em janeiro de 2022.